噪音与世界末日

颜峻 著

上海文艺出版社
Shanghai Literature & Art Publishing House

目录

非死不可

鬼魂笔记

目录

海边的洗衣店

你吃

失败者笔记

非死不可

澳大利亚笔记

悉尼：乡村会堂。

卧龙岗：荒郊野外，除了夜幕下的树，还是夜幕下的树，最多加上蚊子。

墨尔本：一座旧城，摇滚之城。也许所有的旧城都应该是摇滚之城。除了穿黑衣，嚎叫，抽烟，精神分裂，还能有更好的生活吗？一座巨大的铜钱，塑在墨尔本机场，上面写着中文：欢迎来到澳大利亚！有免税店！有提款机！

布里斯班：我们快速地拜访了考拉，它缓慢地看着我们。上个月的洪水已经退去，但河流仍然是混浊的。

堪培拉：野生袋鼠。愚蠢的政治家。我祝你变成北京。

我想要描述这些树、薄荷、飞蛾。蚂蚱像子弹一样噼啪地飞，白色的鸟顶着白色的皇冠，有着淡金色的爪子，发出破脸盆的叫声……我不知道它们的名字。我只知道，蜘蛛叫蜘蛛，还有大蜘蛛，长腿蜘蛛，彩色蜘蛛，胖蜘蛛，死蜘蛛，在一根细线上摇晃。猫头鹰知道它叫猫头鹰吗？它有一份好工作，在龙柏公园里飞来飞去，表演进餐。还有袋鼠，懒洋洋地晒着太阳，感谢着袋鼠上帝总在周末送来人类，打发它们的寂寞。

对袋鼠来说人类没有名字。袋鼠肉也没有名字，一些尸体的碎片而已。一旦死掉，袋鼠就不再是袋鼠。对袋鼠来说，草是草，袋鼠是袋鼠，石头是石头，它们之间有差别，但不大。在袋鼠的辞典里没有无生命的物体，因为生命尚未从它的存在中分离出来……no no no，因为袋鼠没有辞典。

石头是石头。 Richard Long 说，石头比较容易找到，所以我用石头创作。他扔石头，踢石头，把石头从石头这个词里分离出来，还给石头，但石头仍然没有名字。

悉尼：现在我坐在堪培拉机场，正要飞往悉尼。那里有温柔的人们。他们吃牛肉派，薯条炸鱼，培根蛋，和来自世界各地的垃圾食品。

国庆节：澳大利亚人总是不好意思地说，其实那是殖民和屠杀的历史，好像急于吐露压抑很久的内疚，和迷失。好像国庆节是一个羞耻的纪念日。在墨尔本的第一天，和我一起演出的，是一位容易激动的打击乐手，他会在对观众讲话的时候发抖，就像他的音乐，一种有力的克制。第二天就是国庆节，他说： fuck 澳大利亚！

在澳大利亚我觉得很轻松：反正我们都是外地人。

为了吃的，猫头鹰和鹰屈尊表演进餐。同样为了吃的，澳大利亚人招收了不计其数的中国留学生。那些再也快乐不起来的年轻人，善财童子，开着新车的招财猫，来自河南，山西，咸阳，副处长和煤老板的儿女们，被放逐在所有人都是外地人的土地上。

那些吃太多的人，半裸的人，说话像鸟叫的人，穿土黄色草绿色冲锋裤的人……我有点喜欢澳大利亚人的土气。我假设他们都把钱花在买门票上了。

可是那些绝望的艺术家，要在一场户外舞蹈中，表现出各族人民大团结，以及对袋鼠的爱。他们扭着土著的屁股，现代性的屁股，在歌剧院门口欢迎中国游客。一个根本称不上民族的民族，在放逐中自得其乐过一阵子。但是世贸中心塌了，推特发明了，人民币升值了……这些屁股出现在各种航空杂志上，与土著祖先的亡灵和谐共处。在海关等待检疫的长长的队列中，所有的民族都从包里往外掏着三明治、方便面、来自非洲的木头面具，或许还有皮鞭和人皮灯笼，这些都得扔掉。

我假设澳大利亚是外星人基地。我在海浪中吞吐着白噪音，海水真咸啊。长着猴子脸的鸟，从我们头顶飞过，像一座石头的雕塑扑扇着翅膀。它知道它长得酷吗？

澳大利亚人知道他们是澳大利亚人吗？

Lucas Abela 在唱片封套上说：世界上，还有哪个政府，能像澳大利亚政府一样，把一个噪音制造者当作文化使者给送到外国去。

我持续地想着 Richard Long。几天前，另一个 Richard，Sound Out 音乐节的主办人，指着 Richard Long 的画册说，很棒的概念！我在想：连续走了 2000 英里之后，他在多大程度上变成了动物？就像澳大利亚人，穿着土色的衣服，变成了土的一部分？走了 2000 英里之后，每个人都有资格说：去你妈的概念。

噪音：再大的噪音，也可以被这些树、飞蛾、蚂蚱消化掉。每天早上 7 点，飞机开始从头顶飞过，巨大的声响从窗外倾泻而入，像一顿好饭一样难忘。

我想，如果不是因为会死掉，袋鼠大概不介意被吃。考拉也不介意被保护。人类是它们的大自然。

不是巴塞尔笔记

那么我要不要去看死亡汽油弹的演出呢?

成吨的音箱，成吨的声音，那些汗，挤来挤去的老金属党，他们不会从 YouTube 里跳出来。轰隆隆！他们在空气中，确切地说在东北方向召唤。我查了公交网站，坐电车 10 分钟就到。那么我要不要从沙发上站起来呢？这是个问题。我一直在巡演，这是两个星期来的第一个休息日。我睡到了 12 点，看见桌上有饭，还有一张写着中文的字条：慢慢吃！

何止是吃。我慢慢洗澡，慢慢打电话，不时呆滞地站个一两分钟。天色渐变为无可挽回的暗黑，我假设全世界因此慢了下来，没有人需要被负责。

这是巴塞尔的星期天，我面临选择。

我以为巴塞尔不需要选择呢。有一天在电车上，看见穿翠绿运动衣的帅哥，戴着眼镜，跳上车来。肩头挎着冲锋枪。磨掉了漆的枪托，向一边折叠起来。

风和日丽，电车驶过市政府门前的广场，我在那里买过美味的奶酪。和平的年代，冲锋枪挎在肩头，和书包没有什么区别。颜色和材质，搭配得相当民主，像一个小知识分子的设计品牌。

这个国家的男人，都要去服兵役，然后把枪带回家，万一打仗了，或者外星人入侵，他们可以立刻组织起来。这就是传说中的人民战争。而这个国家，自称世界上最富、最美，以及最民主、最罗嗦、火车最准时，就这么放心她的人民，把杀人武器放在家里，没准就和奶酪放在一起。

我列了一个单子，去年没写完的一组笔记，要加上新的条目：

为什么不能虐杀兔子。购物狂和创造力。作为民族英雄的艺术家。谁动了我的奶酪。如何化妆成穆斯林和保加利亚人。

在这些笔记里，我和一些人翻了脸，有的人受了伤害，有的人感到失望。我还写了巴塞罗那笔记，旅行者笔记，鸵鸟肉笔记，夏日电影笔记。不是写日记，就是写笔记，一种偷懒的办法，满足我不写不行的老习惯。在巴塞尔，除了散步和吃饭，就剩下排练和演出，没人对不起我，也从不堵车。我总是在平静中跳起来，不由自主地写个几分钟，见缝插针，就像是上帝派我来干这个的。

在一个所有人都健康快乐的国家，我，一个外地人，总得干点什么和身份相称的事情吧。

在巴塞尔什么都不会发生。没有人开枪。连流浪汉都喝得醉醺醺的，不知道自己为什么要流浪。我的笔记，问题是，我把它放在哪里了呢？

一天就这样过去。时间是静止的，它一动不动，像一只吃饱了的乌鸦。而空气中的光线发生了变化，像一只乌鸦变老了，从树上掉了下来。演出就要开始了，但我还可以继续在沙发上坐下去。

在过去的4个星期里，我去了8个城市。凌晨5点，6点，我看见同一张摇滚音乐会的海报，贴在科隆、柏林、洛桑的火车站，15年前的我恍惚间来到今天，吃了一惊，挖，麦塔力克！麦格戴斯！炭疽！杀手！他们真的一起出现了！15年后的我拖着23公斤重的箱子，背着笔记本电脑，像一个时间旅行者，旁观着他的惊讶。

在巴塞尔德国火车站的杂志店里，我看到了这4支乐队的合影。巨大的舞台，好几万观众，一帮健康快乐的老东西，长得都跟红烧肉似的。那是一本卖乐队T-shirt的杂志。

在巴塞尔，我们讨论了一个要命的问题：为什么欧洲人总是喝冷水？其实我到处都问这个问题，有时候就变成了讨论。

这需要哲学家鲍德里亚的帮助。一年前他出现在一台电视机里。电视机出现在一个舞台上，这是一出关于死亡和巴洛克音乐的戏剧。导演是安娜。现在，她也是我的导演。我是她的演员和配乐师。我问安娜，也问了托马斯，还问了鲍里斯，欧洲人从什么时候开始喝冷水？为什么？喝冷水可以延长生命的保质期吗？还是一种刺激和锻炼？这是文化上的对死亡的恐惧吗？对生命的戒备吗？把冲锋枪放在冰箱里，可以让它更冷静吗？

我还没有开始怀念我的热气腾腾的祖国。

方便面，老干妈，涪陵榨菜。

我读了鲍德里亚，吃了奶酪，和小朋友讲了中文。客厅里摆着大电视，小朋友要看孙悟空，印度尼西亚裔的奶奶做了饭，向我打听毛泽东。3年前在科隆，也有人向我打听他的消息。那是一个黑人，在城市花园俱乐部门口抽烟，里面在演出，好像是爵士乐，他像弹簧一样晃来晃去，像全世界所有受苦的人一样满怀期望。但他实在问得太晚了。

我可以一直这样坐下去，只要我不动，就什么都不会发生。

非死不可

天阴着，像谁欠了它钱似的。世道艰难啊，我打开电脑，打算写点什么……说时迟，那时快，屏幕右下角跳出来一个东西，贼头贼脑，嬉皮笑脸，要告诉我啥叫职场红灯族，啥叫逆商测验，还有一个新词叫美魔女。

你大爷的。老子删了你。臭流氓。

上半年的一天，阳光灿烂的旧金山，街上飘着麻烟的味道，卷烟的小子也像是一种气体，忽而就不见了。Randy 向我问起大钧。我说大钧啊，打电话不接，邮件不回，一上微博就能堵到他。Randy 说耶斯！我刚注册了非死不可才 5 分钟，大钧就出现了，他说已经等我好几年了！我说，想必，你碰到的只是大钧写的一段代码，微博里也是代码，真人已经不见了。

写到这，我想升级一下修辞：重启之后的旧金山，街上飘着麻烟的代码，卷烟的小子也像是一段代码，忽而就把自己删除了。

非死不可，台湾叫脸书。让人想起罪犯的刺青……杀人者武松是也……我朋友塞德里克就文了半脸的小圆点，像一只美丽的瓢虫。头发是玫瑰色的鸡冠。女式大衣。各种鼻环。过海关的时候，常常被请到办公室里聊天。他一定愿意变成一段代码，数据流， WiFi 着就把自己偷渡了。

但是不行啊。 WiFi 也有海关的。再说，万一你把自己编码了，又解码了，路上丢了几个比特，在柏林还是个好人，到了黎巴嫩变成连体人咋办？这种事又不是没有发生过，有个电影叫《苍蝇》，说的就是，有只苍蝇混进了密封舱，科学家从那头出来，就变成了苍蝇人……还有崂山道士，穿墙术啥的，普通话说不好，口诀念错，半条腿就卡在砖头里了……就拿这方面的专家来说吧，威廉·吉布森，赛博朋克作家，成名作叫《神经浪游者》，翻译成中文，就出现了这样的句子：“他一直认为这种特点是机器、系统、母公司的逐渐的自愿的积累，同时也是交易中冷漠的根源，是超越人与物之间的关系及其影响的心照不宣的姿态。”（雷丽敏译；上海科技教育出版社出版）

解码失败。死机。

我已经很久不用非死不可了。我生活在一个不确定的国度。很多外国网站，要翻墙才能上。有的要用 VPN，有的用代理网站，有的北京能上成都不能，有的网通能上电信不能。各种组合。这叫随机性，外国艺术家梦寐以求达半个多世纪的东西。

有个热爱中国的西班牙艺术家说：非死不可也不是什么好东西，禁了好。

他骑着女式电动自行车，像大象骑着一头小毛驴，在北京超速行驶。在他瓦伦西亚的厨房里，藏有500种辣椒酱。

非死不可：一种逐渐的，自愿的积累。冷漠的关系。心照不宣。

非死不可：我们终究是要死的。

有一个澳大利亚艺术家，大名鼎鼎的，中国一半的行为艺术家，都从他那里得到过激励的，正在研究不死。各种机器人。永生的人工智能。会说话的虚拟脑袋，摆在美术馆里，观众可以跟它说话，对答如流。听说他胳膊上移植了一只硅胶耳朵，还带蓝牙，而真的牙齿拔掉了一颗，空出来的地方镶了一个喇叭，你对着耳朵说话，话就到了他嘴里……他撸起袖子给我们看，靠，是真的呢。

早年他用铁钩子，钩着后背的肉，把自己吊起来，在哥本哈根上空飞翔。

最近我听说，他的一位中国同行，为了艺术，一年没有穿鞋，现在寒气攻心，半边身子不能动了。

要是有一天，非死不可买通了各国政府，不让我们死了，怎么办？都给我变成代码，到网上玩去，不许死机，不许转世。免费的永生。

安迪·沃霍尔说，要小心你想要的，它迟早会到来。鲍德里亚说，小心提防那种你从来没有付出、却完好“归还”给你的东西。瓦茨拉夫·哈维尔说，人民，这是你们的国家，现在还给你们了。

还给你的非死不可。

每个人都想要存在。每个人都想要存在。每个人都想要存在。重复三遍，咒语成真。

在切尔诺贝利核电泄露之后，有上百人回到了故居，在死寂中生活。辐射总归是凶险的，但死亡并不当即兑现。至少这里不出车祸。也没有恐怖分子。想必他们不上网。也不得肩周炎。一种自愿的，逐渐积累的死亡。和我们住在北京也没太大区别：已经大雾一星期了，空气污染指数还说是优和良。人们也不爱戴口罩：一种心照不宣的姿态，不是不怕死，是已经心死。

在雾霾的夜晚，鬼节照样到来，我们去十字路口，为死人烧纸：送冬衣啦，穿暖和点啊。按摩中心的盲人说，北京真好啊，我们那根本别想烧，城管，环卫，抓住就罚 500 块……盲人不在乎雾，死人也不在乎。北京不在乎非死不可。

鹿特丹笔记

鹿特丹的意思是：鹿特河上的大坝。最低处低于海平面6.7米。有一天它会因全球气候变暖而消失。说不定整个荷兰都会消失，变成那种装满水的玻璃球摆设，拿起来晃一晃，风车，房子，都被雪花笼罩。而我的朋友Roel说，好吧，到时候我就去东南部找我老爸，我们在山上有房子。

荷兰有山吗?

他开车，车是老丈人给的。我坐在副驾驶座位上，练习着他的名字：鲁！乌！耳！额！乎乎乎乎！

这是一个舌头的问题。我们卷不起来，弹不出去。就像香港人说不了儿话音一样：宝贝！儿！好生硬，好苦啊，跟吃了中药似的。也罢。

另一个问题是吃。听说要吃鲱鱼，我磨好了牙，练习了脖子，随时准备着一仰头把它吞下去，啊唔！结果就真的吃到了鲱鱼，盐水泡过的生鱼，已经不是生鱼了：啊呜！整条鱼进了肚子，舌头上沾着肥腻的残余物。我想，这样用手拎着，高高地举着，是为了怕别的动物来抢吗?

舌头。我跟坐在左边的Taku说，明天啊明天我要去见一个老朋友，他曾经是我最喜欢的摇滚乐队的吉他手。右边的马丁就伸过来半个头：叫什么名字？我要听！我说叫舌头，早就解散了。

后来我真的见到了 Roel 的老爸。在中国这叫鳏寡老人，想想都是苦的，门口倒着中药渣子，每天看 10 小时军事频道……然而他生活在开满奇异花朵的小镇上，小砖房，干净得跟样板间似的。后院也开着花，码着木头，等待着斧头的利刃。老头曾经是工厂市场部经理。和其他荷兰人一样强壮，劈点木头算什么。他出现在门口，几乎是沉默不语，好像整个房子都已经很久没有装过一句话。他找了些话来和我们说，用力地抱了他儿子。

在鹿特丹，强壮的人太多，皮肤都晒得金黄，像是蜜汁叉烧肉。

在鹿特丹，最美的鸟是乌鸦。

以及，在鹿特丹，我吃到了川味广东菜，额头微微出汗。

是啊，在鹿特丹，人们正在庆祝华人抵达一百周年，他们要在港口兴建新的中国中心，商贸城什么的。我就跟这些艺术家朋友说，你们的政府正在念叨：你看看人家中国！根本不支持文化事业，现在多有钱！

不同的艺术家，每天上街示威，抗议政府削减文化艺术开支。不同的朋友邀请我参加，听起来像是一件好玩的事情。鲜花盛开的示威，没有警棍，也没有秋后算帐啥的。可是，等欧洲经济再危机一点，你们的政府就会来中国取经，又叫出国考察，学习先进经验。那时候可就不好玩了，看谁还敢闹。

哦我真是太坏了。但是我能比坏人还坏吗？

巴西的黑社会，为了砍树，正在暗杀环保人士。我收到了不知道谁发的邮件，群发邮件，呼吁大家签名抗议。各国都有黑社会，特色不同，但天下乌鸦一般黑。但乌鸦是无辜的……等再多砍一些树，气候就会变暖，南极北极冰雪消融，鹿特丹就不见了。

但是我比坏人也好不了多少，小时候，我和同学们肩并着肩，摇头晃脑地唱着：但愿会有那么一天，大海把沙漠染蓝，和平的福音传遍，以微笑面对祖先……理想主义，念力很强的，海平面就这么上升了，我还以为是做好事，传福音呢。

结果传福音的就来了：我和吉他手肩并着肩，坐在广场上晒太阳。一个笑眯眯的白人妇女，一个苦着脸的华人妇女，也肩并着肩走过来，邀请我们投入到主的光照之下。可是我们已经在晒太阳了。不要挡住我的阳光。

敏感词就不传福音，最多是在名胜古迹附近发报纸，站在大幅的标语下，一句话都没有，也不练功，连目光都不接触一下。一看就是逃出来的。至今还没有逃出去。

几年前，刚开始在欧洲旅行的时候，张荐说，还是东德好，路上碰见人不用微笑打招呼。在其他地方，陌生人随随便便就冲你笑，不适应啊。他用了一个词：不礼貌！

东德人，就像迷失在超级市场里的外星人，脸上带着发自内心的困惑，不爱笑。

纽约人倒是爱笑，拍胸脯洒狗血，嗑了药似的，让世界充满爱和可口可乐。

鹿特丹人呢？鹿特丹人笑的少一点。据说是崇尚实干。将来一定会发大水，他们也一定早有准备，方舟已经造好了。移民去美国，还是去中国？或者巴西？这都不在话下。

他们中的一些人想去青藏高原。一个鹿特丹诗人，在朗诵结束的时候挥舞起拳头：福瑞吐波特！

如果他没有考虑过海平面这件事，又怎么有资格考虑吐波特呢？或者相反：如果他没有考虑过让所有人自由，是不是也没有办法自己自由？我假设他已经福瑞了自己，包括旅游城市鹿特丹，接下来要去福瑞其他的旅游区。

把这个世界，从旅游者手中解放出来！

我在鹿特丹骑自行车，海风吹得大桥晃晃悠悠，要么就是我自己晃晃悠悠。

掐指一算，吉他手离开北京，已经七年了。告别的时候，他说我会回去的，回去战斗。

一个鹿特丹人，汉学家，人高马大，在北京的大街上，突然想不起来“崩溃”的“崩”怎么写。他拦住一个正在过马路的保安，说哥们，崩溃的崩怎么写？对方没反应过来，就崩溃了。

第一次听说“超售”的时候，我还以为是超兽。

告别了吉他手，我迷失在思给婆机场，像一个迷失在澳门赌场的贪官。迟到了，我赶上超售了，荷兰皇家航空公司说，你反正是走不了了，接受赔款和另一张机票吧，骚瑞，但你别无选择。就这样我来到了莫斯科，转机，顺手买一盒套娃巧克力。

在莫斯科机场我就想，好歹是离故乡近一些了：这里的人也不爱笑。

机场里没有黑社会，只有免税店。我想像着一头超兽，在黑社会开的机场里逡巡，彷徨，它捂紧了口袋，生怕丢了护照。

噪音与世界末日

很多人在谈论 2012。地球磁极偏移，黑暗，地震和海啸，太阳翻脸了，电器停用。能死的都死了，剩下的陆续死。最后剩下的，直接进入另一层次，像传说中的天人那样生活，不用再操心柴米油盐，蝇营狗苟，也没有性欲。

我是这样想的：

你想的美啊。

都他妈不想活了。那你死一个给我看看？

可是就不。都不肯死。也不肯活。能赖着就赖着，抱怨，幻想，私下里期望着地球改革，但也不指望自己当选为新人类。事实上这已经是奢望了：不用付出任何努力，在一场人人平等的大灾难中，不负任何责任地了断。连主动去死的能力都没有，这样的人其实也不是在活着。

历史上，有许多人对现实不满。现在历史仿佛出现了尽头，好啦，不用再较劲了，很快就一笔勾销啦。所以，世界末日，成了和现实达成妥协的最好理由。

我是这样想的：世界末日会来到的。凡是相信彼岸的，都会去天堂。而我们留在这里。

因为这里就是地狱。地狱怎么可能存在于另一个地方？另一种现实里？

从日本回来的那天，正是中秋节。小阮在电话里说：欢迎回到地狱。

我知道他是说真的。他刚刚被伤害了。在这里我们都会被伤害。我们最擅长的，也是互相伤害。

10天以后，我们在远郊的一个没有任何执照的演出场地见面。演出的名字叫做“恨噪音”。我起的。宣传词是这样的：“其实我们不恨噪音，也不爱噪音，我们生活在噪音里，噪音也生活在身体里，都是一回事。以及，也可以解释为，关于恨的噪音。既然每个人都在谈论爱与和平，宁静的心灵，泪流满面的公民社会。”

那天，来演出的K和一个观众吵了起来，他说：Fuck You! 年轻的，全身黑衣，戴着黑框眼睛的观众也说：Fuck You! 我和观众聊了一会儿，我感觉他受到了伤害，但他不承认。也许是我想多了。

那天还放映了半部纪录片，关于K的。标题就叫“Fuck You”。看到一小半，K说，真是拍得太烂了，不看了。

很多人既不喜欢极权，也不喜欢资本主义。

问题是很多人有这样的感觉，却不知道该做什么。他们读书，听音乐，看电影，参加展览开幕式。他们从事创意产业，谈论民主和艺术，和平庸的生活划清界限。他们的朋友们都结婚了，买了房子和车，但没有买固定车位，因为太贵了。他们养了宠物而他们的朋友们养了孩子。

我反复地谈到这些人，因为我们本来就是同一种人。我始终指望着，我们一起做点什么。谈不上改变世界，也不是搞一场音乐革命，也许只是“啊还有人在做自己喜欢的事啊真好。”

我有一个老朋友，十年前我们同样激进，和所有叛逆者站在一起。有时候也睡在一起。现在他在时尚杂志工作，喜欢民谣。

他策划了一张唱片，关于低碳。除了民谣，他也邀请了我。他找人把我那首作品剪短了，被我知道了，又恢复了原样。那是 10 分钟嗑瓜子的声音，我在他办公室录的。这个录音我听了很多遍，确认它的起伏、疏密、响度，做母带处理，在不同的音箱和不同的环境里听，确认它能和环境融为一体，确认它可以无休止地重复播放，让人不费神，确认它足够简单，什么都不象征。这是我理解的低碳啊。

他剪成了一个强烈的象征：长度是 4 分 33 秒。

见面的时候他很尴尬。而我必须伤害他。我们曾经是朋友，未来还是，世界末日就在眼前，我不想看着他死无葬身之地。

说到 4 分 33 秒，就要说到寂静，像捆绑销售的合同。但寂静是不存在的。在地狱，我们只能听到噪音：大声的，极其微弱的，像逻辑一样犀利的，像猫一样柔软的。听不见不代表听到了寂静。但多数人宁肯选择听不见。毕竟，地狱是难以忍受的。

一些人对历史不耐烦了，渴望着变革：成为历史最后之人。另一些人每天都活在变革中，因此渴望着真正的变革。

但世界末日不会像你们想的那样到来。

像一个凶手，洗清了罪恶。一个寡妇，放下了包袱。一个小资产阶级，迎来了梦寐以求的牺牲。一个藏族人，结束了轮回。一个明星，凝视着自己，跳下了楼顶。一个慢性肝炎患者，大梦初醒……

在地狱里，一切都没有尽头，我们也不那么善良。

在现存的多数社会里，人们既没有死去，也不是在活着。民谣向他们许诺了另一些社会。

还有古琴。我该怎么谈论那些伪装成古代人的人呢？他们也会来看我的演出，对我说，希望有一天，政府会资助你们这种纯艺术，就像西方国家那样。他们中的一个，在听古琴的时候，盘腿闭目，双手合十。

我认识的最后一个唱民谣的流氓，已经销声匿迹一年多了。他穿着 20 年前流行的牛仔裤，头发乱得像物理实验，每次见面都说自己在戒酒。社会正在召唤他。他的小兄弟们，老朋友们，现在都登上了更多、更大的舞台。这是一个他终于可以养活自己的时代。来啊老大，我们去演出吧。

但他面对着新社会，而不能兼容。他总是从那些重振雄风的计划里逃走，就好像他曾经向谁许下诺言，要为所有人保留痛苦和失败的喇叭裤。他强烈地怀念着另一个时代，他连公交车站牌都不会看，他想要理解的并不是社会，而是世界。但世界，这是另一个时代的词。

在世界末日，他将成为天人的眼中钉、砂纸和瓜子皮。在一个极权的，资本主义的世界提升它灵性生命的时候，他是寂静中的一粒噪音。

鬼魂笔记

剥大蒜的人

我以前不认识大旺。听说过黑狼、映凡，尚未把这些名字联系起来。2011年冬天，我去台北演出，打算要和旃陀罗唱片（又叫旃社）的几位认识一下，后来果然也就认识了：又升、阿猪、大旺。

认识之前的认识，是在演出中。那是台北当代艺术中心的二楼，由White Fungus杂志和姚仲涵操办的。同台的还有DINO和王福瑞。我的独奏和以前一样，还是用那套反馈系统，时有高频持续刺耳。忽然间感觉什么东西正在发生，在弥漫，在反应。由空间内和身体内，同时发生，我还没空思考，任由其持续，如同高频在那水泥房子里来回地撞，撞成了一片碎而微微发亮的小东西，小偷，小王八蛋，在水泥和肉体之间穿行。然后我明白了，这个不就是气味吗。大蒜啊。从天而降的大蒜啊，汁水轻微地溅着，杀伤着。溅而且贱，就好像我们说要有光，就有了光，但不是佛光普照的光，而是口水和眼泪之光，黏膜上粉红色的光，在我们的鼻腔和肺叶间共享。

演完知道了那就是黄大旺。他在观众中剥大蒜。这大概是我在台北最为迷幻的经历。

后来有次他说，去看演出的时候，他会以既非表演者亦非观众的第三种形式，存在于场地之中。我也在另一次演出时，看见他匍匐于地，上半身向舞台抬起，目光从这姿势中延伸出去，像是雕塑，但他既非静止亦非吸引视线的中心物，他只是存在于此处，以其默默存在改变了重力要么就是万有引力，总之一切都轻微地不同，越来越不同。他越是面无表情，无意图，不表达，他的存在就越多，整个现场的时空也就增加至更多维度。

回溯那一晚大蒜之光的谱系，会有吴中炜在宝藏岩的原始人武器，有林其蔚的“磁带音乐”（又称“音肠”），有后工业艺术祭、浊水溪公社和零与声的混乱现场，以及隐藏在“好学生的学运”之下的前卫主义艺术-政治运动，或者还有今天零星从旃社（在社交媒体上的）言论中流露出的政治态度。这大概可以形成一个声音与现代性，或声音现代性的田野，一如林其蔚在《超越声音艺术》一书中呈现的挑战。我愿意做为读者，有一天可以坐享别人的研究成果。但就体验而言，这谱系已经从那种既非表演也非观看的姿态中，弥漫开来，影响着，使既成事实不再稳定。

有一好友，倾心于革命，说并不觉得大旺的作品（卧室那卡西、噪音……）有多震撼。我想他的确触到了大蒜的啥都没有的核心：那噪音不再有高潮，包括从自由爵士延续至大音量噪音的高潮，不再有残存的瓦格纳式的浪漫主义。它只是默默地扭曲着。就作品而言，它不去成功，不去搞定，而是持续下坠，并牵连他人。那里并没有传统意义上的革命，也没有鲜艳的主体，然而那些被刺激到的身体，轻微抖动着，剧烈抽搐着，在彼此呼应中骚扰着所有的好朋友的期待。

感谢大旺。

关于《回收》

（《回收》是我的一张唱片，计划由香港的 Re-Records 出版）

（收集于 2007—2009 年。使用 Edirol R1 录音机、Edirol R09 录音机、 Edirol R09H 录音机、 SONY PCM D－1 录音机、 Microphonemadness 定制话筒、 Soundman OKM Binaural Microphones 定制话筒、 Rode NT4 话筒、自制接触式话筒、自制电磁感应话筒、 Macbook Pro 电脑、电话录音盒。于不同地点录音。）

在每天的编辑工作中，我从田野录音素材中剪下不需要的片段，它们是录制错误、设备故障、编辑废料……我把它们放在一个专门的文件夹里。这张专辑的内容，都来自这个文件夹。

未经剪辑，未经压缩和降噪处理。

曲目顺序按照中文原标题的拼音顺序自然排列。

几乎每天，我会把随手录下来的文件放进电脑，听一下，顺手剪掉录坏了的开头和结尾。也删掉那些没用的，刚开始录就按了停止的小文件。后来我把它们全都留下来，有时候拿来用用。例如 2009 年在香港“听在”声音艺术节，我的作品“走走停停”就用到了这些鸡毛蒜皮。

当然这是另一些鸡毛蒜皮，和“走走停停”没有重复。

这些鸡毛蒜皮，和那些鸡毛蒜皮有区别吗？

鸡毛蒜皮和鸡毛蒜皮之间，没有区别吗？

关于普遍性和独特性：我上中学的时候，就知道要追求独特性。反叛无个性的社会，平庸的生活。这种追求，到了今天，却变成了社会所鼓励的。你看，每一个王八蛋都在激励你，去成为你自己，去与众不同，去买他代言的运动鞋。

这大概是我的同代人中，那些反叛者，最终找不到反叛对象的一个原因。

此外还有一个矛盾，始终无法得到解决：在那个反叛文化中，反精英反权威的人，怎么后来就变成了精英呢。先锋派，据说是草民的起义，怎么就在美术馆和大收藏家干杯了呢？被电视填塞喂养的，莫非才是草民，亲爱的人民？我们是要去拯救他们吗？

在我越扯扯远之前：好吧，说回到这些声音，它们是普通的，差一点被删除，在无价值的虚空中归于寂灭的。

说到寂灭，那大家都差不多，巴赫也是要寂灭的。我只要掐了电，他就得寂灭。

说到独特性，那么大家也都差不多，每一个声音，包含了那么多的振动，神奇的粒子和波。不管是多么天才的组合，都比不上这些物质和能量的神奇。甚至人类所能够发明的最精彩组合，也只是为了揭示出这样的秘密。想到这你难道不热泪盈眶，就像听到了哑巴开口唱歌？独特性，难道不是万物普遍具有的吗？

在录音的时候，通常我会尽量不发出声音，关手机。要是突然开来辆汽车，或者一个爱说话的人从天而降，我会继续保持沉默，在心里诅咒他们丫的。

后来，回家听这些遭到破坏的片段，我觉得还挺好。无心插柳柳成荫。我又不是录音师，又不是非要得到什么。老天爷给我什么就是什么吧。

但是再录音的时候，挑战再次出现，我听着一个声音，或许多声音，期待它持续下去，这样的愿望总是被现实打破。我对自己说，你是来听现实的，不要期待。可我总是不听劝告。啪嗒一声，关了机器。就在此时，声音发生了变化，意外发生了，奇迹降临了，可是我已经关机了。

录音就是选择。这显然是一种自我的磨练。

关于自我：这张 CD 的编辑过程是这样的——把那个叫“零碎”的文件夹扔到 iTunes 里，按文件名排列，听听是什么样子。然后去掉一些重复的，改掉一些文件名，再听听是什么样子。如是者三。

仍然是选择。你知道，为什么那些西方实验音乐家喜欢丢骰子吗？因为他们偷懒，逃避责任，不想选择。要么就是冒充大自然，以为可以消除自我。

我开玩笑的。我的意思是，自我哪里消除得了。万一消除了，谁还搞艺术，都在山洞里打坐呢，在云端下棋呢。

我就把自我当成大自然的一部分好了。我就尽量把自我抖落出来好了。这个想法是从现场演出里得来的。即兴演奏那件事，都说是需要把自我放空的，我放不空怎么办啊——那我就观察着我，看我是怎样的不空。

所以这并不是一个道法自然，混沌的，天然的作品。这里面有选择，有我和我的自我的关系，我的自我和声音素材的关系，声音和录音机和电池和音频线的关系。没办法，中国人就喜欢搞关系……

我是说，底噪，或者叫电流噪音，也是田野录音的对象之一。自我，也是被呈现的素材之一。架好了机器，摁下开关，自我就开始介入，谁也别假装不在场。

每一个自我，或物体，或声音，每一个删掉，或保留了的素材，都是独特的。没有谁比别人更独特。

关于《月球专用音乐》

（《月球专用音乐》是我的一张专辑，由撒把芥末出版于 2010 年）

月球在哪里?

这是个问题。很多人不相信美国人登上了月球。还有一些人，认为月球实际上是一个空心的金属球，飞船，能源基地，之类的。与此相关联的，是电视机上的小人，戴着大头盔，缓慢地移动，他启发了迈克尔·杰克逊的舞步。以及科幻电影，管弦乐团热情地演奏着，一些金属和塑料的模型在镜头里移动，它利用空间，比例，视觉差异，启发了，或限定了我们的想象力。

月球被媒体塑造出来，成为媒体时代的神话，反神话，反神话的神话。我们对想象力的需求，超过了对石油的需求。

我们因此并不真正抬头看见它。天上那个圆形，有时候香蕉形的金色的玩意，究竟是什么?

在《六祖坛经》里，有智慧的人说，你可以用手指着月亮，但你的手并不是月亮。

有时候我会想，此刻我在哪里？有时候需要 1 分钟，甚至更长的时间，才想起我所在的地点。这通常发生在旅途中，清晨，床上。当然我从没有以为自己在月球上。我甚至从没有想过自己在地球上。

地球是什么玩意？它太大了，太黑暗了。从飞机上看下去，只有山，平原，海洋，植被，长时间的黑暗之后，一片城市的灯火，然后又是没完没了的陆地或海洋。不管怎么说，它看起来是平的。

假设我现在就在月球上。这和在地球上没有任何区别。他们给了我氧气，改造了重力。在静止中，我，一个孤零零的生命体，如果不去想像，那么这和在地球上又有什么区别？如果我忘记了之前的阅读，看过的电视，也忘记了昨天的经历，比如说看见两只月球兔子赛跑，其中一只撞死在厨房门口的树上。

在月球上醒来的时候，一样要去听，去摸，以及吃饭。遗憾的是，我摸不到月球，也摸不到地球。对于摸来说，它们是同样的黑暗，和长时间的静止。我的手伸出去，它微微地发热，空气和黑暗带走了它的热量，通过这种损失，它摸到了自身的移动。

我们在地球上听巴赫，在月球上也听。这导致月球不自在。

因为月球变成了地球的附属品，殖民地。就像小时候在课本上看到的，月球是地球的卫星，忠诚的狗。

课本上还说，猪的全身都是宝，它们为人类做了贡献。旁边画着笑嘻嘻的猪，就差没把自己烤熟端上来了。

对猪和狗来说，巴赫意味着什么？很难想像一只有品位的猪……好吧我们不说猪了，听起来像骂人。事实上，通过语言的塑造，猪已经不存在了。狗也一样。任何动物，离人类越近，就越不是它自己。离得远也不行，比如恐龙：我们塑造了它，使它和那个在无名中保持着沉默的生物分离，永不再相聚。

很多城市人不知道鸡是什么样子，更不知道，抱着它的时候会感觉到什么样的体温和重量。抱一只鸡是很难的。你得捉住它的翅膀，从胳肢窝下面，将它提起来。胳肢窝比别的地方都热。然后它会拼命扑扇翅膀，挥动爪子，咯咯咯地叫。叫上一阵子，发现没用，它就乖了。这时候你也松弛了。两个松弛下来的生命体，在随时会被打破的静止中，感觉到自己。

那么在月球上听什么？听月球本身吗？听耳朵里血液的流动吗？说不定还有神经过度兴奋而产生的微弱生物电流

杂讯?

怎样聆听巴赫?

10年前的一天，谢德庆坐在我家的沙发上，阳光很好，他精力充沛而又松弛。他说：做艺术就是把自己抛向无限。他是一位行为艺术家，做过一些以一年为期的作品，被认为是挑战极限的人。当时他已经宣布停止创作。那是我第一次见到他，也是惟一一次。他是被上帝派来送我这句话的吗?

我想像了这句话，但无法体会。

我想像：一个地球的特写镜头，一个物体迎面飞来，越来越近，擦肩而过，镜头追过去，它越来越小，划着弧线，消失在茫茫的宇宙中。

不做艺术的话，也可以抛向无限吗?抛向月球总可以了吧?一路上我们静止，听我的音乐，听洗手间的水管子振动。关了灯，就看见黑暗。一些微弱的杂音，在飞船里此起彼伏。我们把自己抛向杂音。

注视着黑暗：一路上风景不错。

到了月球，我们下飞船，给爸爸妈妈打电话报平安，合影留念，到处找厕所，找自动提款机，找中餐馆。有的人，一溜烟跑没了，护照都不要了，导游气得骂娘：王八蛋，刷你的盘子去吧，祝你被移民局早早抓获!

鬼魂笔记

我来查查字典。possessed：着魔的，冷静的，疯狂的。

这么说冷静也是一种疯狂。或者人们把冷静视为一种疯狂：不再蝇营狗苟，不撒娇，不委屈，不蠢蠢欲动。冷静是凛冽的，钢丝绳上行走的人的安详。一般人受不了，于是选择疯掉。

要么就着魔。把自己让出去。放弃主权，请魔力，或神力，来操作这个身体。请另一个主体取代自己：哇哦！它抽搐了，舞蹈了，飞起来又掉下来，像被斩首的青蛙一样扑腾着，眼睛放射出光华，喷射着火焰，要么就是毒汁，围观的人们像是拥堵在另一个世界的入口处，他们也跟着沸腾了……

这是这套CD的第一张，第一首。Voice from possessed children，着魔孩子的声音。11岁的英国女孩珍妮，自称比尔，死在此屋中的故人，数小时用粗重的男声咆哮。在录音的最后，比尔走了，珍妮用她原来的嗓音向录音师呼喊：格罗斯先生！放弃吧！

这是 1978 年的事情。整套 CD 收录了 1905 年到 2007 年的若干录音，从出神状态的讲话，到预言，从使用陌生语言的讲话，到无法理解的语言，从神秘音乐，到闹鬼的声音，到我们熟悉的 EVP：电子人声现象，也就是从慢放、倒放的收音机录音里，听到鬼魂开口，向活人说话。

额……

后来我把这套 CD 借给了老冯。盒子上的标题是："Okkulte Stimmen-Mediale Musik"（超自然人声——超常音乐）。他有一阵子对这种玩意很着迷，现场演出也弄得阴森可怖，浑身裹着黑布，白纱什么的。没几天他出了车祸，动了大手术，脸上缝了很多针。恰巧之前，他给新专辑起了个名字，叫做《失相志》。我们就说，老冯究竟是信这个好呢，还是不信好呢？

信则有，不信则无。中国人很聪明，知道怎么安慰自己。不是死到临头，绝对不会嘴软。

类似的话还有一句：好人一生平安。

从前，人们说，王凡是个疯子，他在演唱会上昏倒，乐手们围着他，转着圈继续演奏，像是一种法会。他在大伙儿讲鬼故事的时候，说你看你看这不就是个鬼吗？就在那边，你看你看！笨蛋还没有看见啊，我来画个符，烧掉就能看见了。然后大伙儿就乖乖地看，什么也没看见，还不敢乱动。

此时此刻，王凡就是个蒲松龄。蒲松龄不怕鬼，他甚至说，有的鬼可以转化为实体，挥剑一击，噗通掉下来，是个大肉球，拿去厨房煎炒烹炸，味道还不错呢。王凡的歌，是通往另一世界的入口，他并不总是打开它，甚至相反，他在其他地方锁起门来，使通道减少，只剩下必需的。在大伙儿讲鬼故事的时候，巫师也不过是个讲故事的人。这属于一种化妆。

一个化妆成蒲松龄的巫师。

所以王凡也不是真疯。疯子是迷路的巫师，他们不怕鬼，而是怕人。无法沟通。被关怀，被治疗，被吐口水扔石头，被采访被出版，仍然是无法沟通。我认识的疯子，出现在人群中的时候，全都像面瓜一样，小心翼翼地，不让真相爆发。

爱伦·坡也不怕鬼。斯蒂芬·金也不怕鬼。作家天生就有护身符的。他们把鬼魂转化成语言，像是从血管里抽血，又囚禁在另一人的身体里。

仓颉造字，鬼就哭了。因为知识消耗了世界的可能性。像一个深渊，从中唤醒了思维，事物被命名，从乌有之乡，坐着电梯来到人间。而好的作家，又坐着电梯回深渊里去，有的着急，就直接跳下去。

电影就不行。开机之前，导演要烧香磕头的。因为影像是光，它不是转化，而是释放。光线再次接触到胶片的时候，鬼魂就像逃票的旅客一般，探头探脑，跃跃欲试，就下车了。

声音呢?

你知道宇宙是由三个声音创造的吗？其中的第一个叫做：啊。

以及：大日如来说了一个字，这个字就变成了金轮佛顶王。

以及： 1418年，宗喀巴大师把赞颂阎摩法王的词调命名为阎摩之吼音，并且在新建立的大型学院中传授。今天的藏传佛教，用这种声音诵经，经检测，可导致脑波变化。

声音是一种振动。万物都是振动。

听起来很美。但我从来没有体会到桌子的振动，这张厚达一点五寸的原木桌子，你说，它不过是一些小玩意互相绕着在飞？这表象的木头内部的粒子和波，时常被其他的振动所唤醒，又时时在振动着坐在它前面的我?

这还不是科学，这是文学。我最多能够振动自己的胸腔。这导致安神，健脾，有助于消化。以及振作精神。别说波了，就是我自己的分子我都没见过一个。

以及：它们属于我吗？

招魂者的声音：必须是低沉的，安详，绵长。要有持续的振动。

磬和铃：用以警醒神明。全世界的宗教，都喜欢圆形的法器，以制造长时间的泛音。最大的法器，就是有着高高穹顶的教堂。要么就围成一圈，嘿哟嘿哦，跺脚什么的，也是圆的。学运中的日本青年排成长龙，嘿哟嘿哟，按正弦波曲线跑动：圆形的变体。东欧苏菲派穆斯林的游行，围成圈，领唱，齐唱，转着圈跑动和跺脚。人群的嘿哟，仍然是泛音：声音中无法分析和书写的部分。知识只能到达音符，剩下的属于复合的振动，混沌，源源不断从深渊中溢出的实体。而深渊就是世界自身的潜意识：无法被书写的部分。

鬼魂就像一把面粉洒在喇叭上，被振动所召唤，变成了圆形，菱形，有鼻子有眼。或相反：鬼魂就像一座面粉的山丘，声音像春风吹拂，它就飘散了。

声音艺术家豪斯伍尔夫（CM von Hausswolff）的招魂，是用 140 到 701 赫兹的正弦波，在美术馆无休止地轰鸣，还笼罩着红光。前年，他在自己家里摆了台短波收音机，设定在 1485. 0 千赫兹，来客可以碰碰运气，看能不能收听到鬼魂的发言。这都和 EVP 有关：利用电子媒介和鬼魂沟通。

他说，鬼魂这东西，干嘛不信呢，信总比不信有趣吧?

他是三个孩子的父亲，穿着风衣，握着太太的手，来美术馆找我。

他的继父的一位女性朋友的前夫，就是 EVP 研究的创始人，于根森先生。那个 1485. 0 千赫兹，就叫做于根森赫兹。

不是每个人都做得了于根森。他是考古学家，画家，歌唱家，懂 10 种语言，有幻听和灵视能力。 EVP 是这样开始的： 1959 年，他在一段鸟叫的录音中，听见了亡母的召唤。

我们需要指点。像是戴着红帽子黄帽子的游客，在西湖十景之间快速移动，合影留念。游客的眼中，别说亡灵，连风景都没有。

于根森从事 EVP 研究，时间同步于麦克卢汉的媒体理论。按照后者的说法，收音机是热媒体。但收音机的杂讯呢，应该是冷媒体吧。和电视机一样，需要倾注能量，身心投入其中，去弥补其低品质，以其主动性，填充媒体缺失的频率和像素。这就是信则有。

所以，于根森在 1984 年预言，电视机也可以是 EVP 现象的媒体。两年后，他亲自显形：在自己的葬礼当天：在一个朋友家，电视机的雪花屏上。

鬼魂总是出现在模糊的地方：中学时的一天，午后溽热的昏睡中，我梦见两个人形的黑影，从天花板上下来，拉着我向上飘。快到天花板的时候，我回头看见自己还在床上，就用力挣脱，又回去睡觉了。

在万恶的教育体制下挣扎的少年，一分钟的睡眠都是珍贵的。不要打扰我。

而上帝是最大的无神论者。17世纪，和声学像教堂的穹顶一样，斤斤计较，而又辉煌灿烂。音乐从属于数学，而数学从属于上帝的秩序。上帝的眼睛里不揉砂子，他发明了蒸汽机，格林威治时间，福尔摩斯，计算机，华尔街，共和政治，奥林匹克运动会，贝塔斯曼读书会，辉瑞制药。鬼魂遭到了清洗，即使是在录音棚，母带修复专家也要把它从音符中剥离出来。

鬼魂选择黑胶，而不是mp3。但mp3压缩太多严重的时候，就又听见了悠悠然的杂音，国内的那些音频、视频网站上，全都偷渡这样的幽灵。

即使是一分钟的睡眠，也长过一天的清醒。而对鬼魂来说，一分钟意味着什么？鬼魂有手表吗？它从什么时候学会了，又忘记了60进制？

你知道什么叫“direct voice”吗？一根管子，它自己会说话。或者说，它代表一个鬼魂说话。你甚至可以跟它聊天。上个世纪中叶，伦敦的莱斯利·弗林特先生，擅长在黑暗中召唤出另一人的声音。我在录音里听到了奥斯卡·王尔德聊他的文学，还有夏洛特·勃朗特，丘吉尔什么的。如果门票在100块以下，我愿意去听听毛主席的声音。

鬼魂总是需要媒体的帮忙，要么就是媒体艺术。神灵就不用。神的代理人已经把话说完了。

在冷静和疯狂之间，那些放弃了自己的人，信徒和消费者，成为神秘力量的载体：他们肩负着一个深渊。

那些多余的主体，在天地间游荡着的，迫切地要找到通道，发言。

看不见的欲望：它推搡着人和鬼。

疯子和鬼魂的相同之处在于：两者都是正反馈现象。无限增加的信息，使得系统崩溃，鬼魂从中逃逸而出，疯子则继续囚禁在自身的躯壳里。一样的不甘心，不同意，在必须说是的世界里，只能落得这样的下场。

疯掉的艺术家并没有解脱，他们是在一幅画和画中的风景之间打转，又时常自己看着自己发呆，俗称鬼打墙。但疯子选择艺术却是治疗：从鬼魂的话语中挣脱出来。在洛桑的原生艺术博物馆，每一个疯子都享受着不被代理的幸福。

我不怕鬼，我怕的是自己疯掉。

听听·背信弃义记

革命

40 岁生日那天我喝了点。我想：从今天开始要不惑了。这是什么意思？顿悟要从天而降吗？还是今天不算，明天睡起来才新生？

这感觉有点像世界末日。去年那一次。当时大家都盼着地球出事。人们真是活腻了，又不想死，渴望革命，又不敢亲自动手。但盼到最后，外星人迟迟不来，地球也没倒转，太阳照常升起，还是要挣钱，花钱，买车，堵车。只有那些付出了努力的人，扛回家几百斤大米，几十桶纯净水的人，还能够多体会一点生活的意义：穿着防火防毒防电的逃生装备，穿行在人群中，就好像随时准备着去死。

然而我除了喝了点，没有为新生付出任何努力。这大概是人之常情。

我翻出一张 CD，端详了一下。在从 CD 架走向 CD 机的路上，电光石火，我想，如果这是最后一次听它呢？……哇呀……那么明天就把它送给别人吧……于是它新生了……几千张 CD，磁带，黑胶，几百 G 的 mp3 和无损文件，不要说这种20年前喜欢的音乐，就是新欢，也堆在案头，足有上百张还没拆封。我留着它的身体，却不大可能再去亲热，倒不如就来个告别。

双鱼

Smashing Pumpkins，美国乐队，一般翻译“碎南瓜”，北京滚圈叫“cèi瓜”。这个cei已经从电脑里消失了，左边是卒，右边是瓦，四声。动词，摔碎的意思。

20年前我最喜欢的专辑，是他们的*Pisces Iscariot*，译作《背信弃义的双鱼座人》。确切的说是19年前，一张B面单曲精选。那时候是用“四海”磁带拷回来的，用山寨随身听和山寨耳机听。耳机实在太烂了，没有低音，叮叮咣咣的全是吉他和镲片，还有主唱不男不女的嗓音。那是一种雪亮的声音，吉他在尖叫，同时又充满了弗兰格效果。公交车都被我听得升华了，感觉是在喷气式战斗机上，亲自摩擦着云层。

弗兰格是一种吉他效果器的名字，你弹一下琴弦，它就帮忙，发出缥缈的声音，音调还上下滑动。如果加上失真类的效果器，就灿烂，声音像一粒一粒的火药，从脑子里喷出来，哗哗的，把方圆几米的空间变成了节庆焰火。

这个主唱兼吉他手是个双鱼座人，生日和我差三天。19年前，我爱死了这种音乐，添油加醋的，升华的，奇异而又死去活来的。那时候我在上大学，和摇滚乐手混，喝酒，认为世界主要是由火药构成的，其余的成分是诗歌和性高潮。这可能是一种特定的双鱼座音乐。但也不一定：曾经担任崔健乐队键盘手的臧天朔也是双鱼座，他只会唱一首歌，不加效果器，后来搞黑社会坐牢了。

过程

我用的是山灵牌的 CD 机，国货。 RME 声卡，德国货。真力音箱，芬兰货，德国造。总计要开 4 个电源，外加接线板总电源。 CD 机开仓，关仓，播放。

比听黑胶简单一点，比听 mp3 麻烦一点，比亲自演奏简单很多，但很难说这不是一种亲自演奏。总之要坐在音箱前，再投入一次。把旧的听成新的。这一屋子书和唱片，有多少是这样读和听过的呢。并不是所有人都会这样想，但喝了酒，人就抒情，我伸着头，把耳朵交给音乐，听得一塌糊涂。

抒情

该死的双鱼座人。不抒情会死。花心。

我认识不少双鱼座人。不这么爱抒情，也不见得花心。9 年前，我和其中的两个，组建了一个临时乐队，叫做“背信弃义的双鱼座人”， Pisces Iscariot。我们的现场录音，后来拿来出版，做的太多，至今没有卖完。其中一个成员是李剑鸿，长期和“江南布衣”合作。那是一个服装品牌，请他做店面音乐、走秀音乐、视频广告音乐。最近还出版了一个双张 CD，由李剑鸿夫妻合力完成。据我所知，李剑鸿就不花心，他对外星人和麦田怪圈更感兴趣，对世界末日有研究，在这个双 CD 的内页文字里，还提到了宇宙。

音乐是在李家村录的。一把吉他，一台笔记本电脑，还有放在阳台上的录音机。李剑鸿管这个叫环境即兴，那个录音机，收录的就是周围环境的声音，和演奏同步。鸡叫，狗叫，小风吹着小草什么的。可能还有电流杂音。早晨录的那张，声音比较疏朗，晚上那张，稍微密一点。零敲碎打，不咸不淡。每次你以为结束了，听见的是自己周围的环境，它就又响起来那么几声。在听这两张 CD 的过程中，我睡了一觉，读完了一个剧本，吃了一顿火锅，去超市买盐，碰见一个老朋友，邀他来家喝酒，第二天有点宿醉，就去游泳，认识了一个女孩，但忘了问名字，偶尔想起来她的胸部，还会心跳加速。

心脏

关于心脏：我希望它永远都不要背叛。

关于抒情：我有三个朋友，和碎南瓜乐队的主唱同一天生日。其中一个是诗人。一个是吹黑管的。第三个是用笔记本做乐器的电子音乐家，以大音量噪音著称，曾经在演出中损坏过不少喇叭。有一次我和他一起演出，结果他没出多少声音，倒是我拼了命噪，怕跟不上。演完一看，有三个喇叭被我烧掉了。他有一句名言：每一场演出都应该是一次爆炸。另外还有一句是喝大了说的：我喝多少都没事，直到有一天走在街上，砰，我就爆炸了。说话夸张，这大概算是一种抒情吧。但他的音乐并不抒情，有种陌生感，冷漠又大声，让人耳朵和心脏受不了，音箱也受不了。

他喜欢打击乐，曾经和一个瑞士打击乐手合作过一张唱片，叫做 *Form And Disposition*，形式与布局，是我最近几年听过的最有能量的音乐，之一。而这个瑞士人，我们也曾经一起演出，他的乐器占了半个舞台，包括一块两平方米的铁板，就在我耳边狂敲。

有时候我想，玩命是不是也算一种抒情呢？我们那个临时乐队里，还有一位双鱼座人，心脏出过问题，他说，生命不就是用来赶路的吗？他的微博自我介绍里写着：文化反抗。这是不是也算一种抒情呢？

这年头，最抒情的要数政治人物了。他们哭着，笑着，占据了诗歌的位置。诗人和音乐家只好停止抒情，像一种平静的心脏，冷眼看着电视。但正如我的噪音朋友所说，有一天他们会爆炸的。

然后

第二天，有朋友来接，我上了车，说：送你一张CD。

然后我们在车里听了起来。汽车音响啊，怎么能和我的真力相比，就像在洗脸盆里游泳一样，听到的是另一种声音，不完整，薄，褪色，漏气。何况我们看着路，谈论着火锅，中间还接电话，接另一人上车。和头一天的献身的聆听相比，这算哪门子的聆听呢？然而我还是激动起来，摇头晃脑，毛孔张开，把音响没有播放出来的部分给填补起来。就好像给的越少，你自己倒贴的越多。如果是驴，那连给都不用给，把胡萝卜吊在前方，它会拼了命去赶路。

因为胡萝卜会背叛驴，但驴不会背叛胡萝卜。

听听·春运记

游戏

我的春运是这样开始的：先去岳父岳母家住一天，打游戏，睡懒觉，然后两口子踩着冰碴子，拎着大包小包去坐火车。

游戏叫保卫萝卜，怪物看起来像饼干，动物软糖，会飞的鸡蛋羹。我的武器是一路围堵的发射装置，包括一坨大便，但更多的是玩具大炮，珠宝，水果。任务是不让怪物到达胡萝卜，因为怪物要吃掉它。屏幕上金星四射，我也眼冒金星，颈椎欲裂，梦里尽是咕咕唧唧喊叫着死去的怪物们。上车的时候，我眼圈是黑的，气短，无神，像是被怪物赶回了老家。

日本人迎接新年，要经过许多吃喝活动，叫做忘年会。意思是喝吧，让我们忘掉这一年里的愚蠢吧。而我好像是反过来的，我怎么就越来越蠢了呢。

也好。

我戴上耳机，发现忘了往手机里装点音乐。现在里面只有 20 张专辑，其中 5 张还是自己的。全都听过许多遍了。也好，总比忘了身份证强。人总得忘点什么吧。

天电

头一个播放列表，是美国人艾尔文·路希尔（Alvin Lucier）的两首： Sferics 和 Music For Solo Performer。

Sferics：天电，大气放电过程中引起的脉冲电磁辐射，可以用收音机天线接收，转换成声音信号。老头年轻的时候，拿着自制收音机到处跑，打算接收电离层的电磁波。没成功，直到 1981 年， 50 岁，才在科罗拉多找到一块宝地，听到了这样的声音：兹啦兹啦，噼啪噼啪，还啾啾的。像是外星人的年三十，焰火鞭炮齐鸣，遥远的，还都是带电的，颤颤巍巍的。

又像是绷直一根长长的铁丝，晃它，敲。确切的说是很多根。这个比喻，和老家的记忆有关，以前家里晾衣服，就是在这样的铁丝上。是壮汉用大个儿的铁钳固定在钢管上的铁丝，只有微弱的弧度，这头一敲，那头就迟疑一下，然后用啾啾的抖动来回应。

至于年三十，也是以前的那种，小鞭多，大炮少，细密，连绵，是一种背景，而无主旋律。那里面有一种感动，是好多人一起感动，互相呼应而造成的。

老头用它做了装置，也出版唱片。都是原味的，除了接收和放大信号，没有更多人为的操作。这是听天籁的一种方法。天籁原本无声，更没有旋律。身为作曲家，要发明聆听的方法，这就是作曲。

暴力

火车要坐 18 个小时，所以又开始打游戏了。对面，四岁的小女孩捏着拳头，为我加油：保卫萝卜！保卫萝卜！保卫萝卜！叔叔保卫萝卜！我就 high 了。我们把怪物统统打死了。屏幕上弥漫着爆炸声，尖叫声，粉红的，圆头圆脑的小东西，死得爽快极了。然而这终究是一种暴力。

踩雪的声音，撕纸的声音，是人为操作的微小的暴力。电离层的电磁脉冲，是大自然的微小的暴力。年三十，十几亿人炸成一片，是介乎自然和自我之间的，大面积的微小的暴力。或曰集体无意识。没法想象一个没有暴力的世界。人类开垦土地，杀猪宰羊，作曲家管理音符，命令着五线谱，混沌因此被打破。

考虑到所谓的自然，也是由人的眼光来描述，进而界定，甚至修饰而来，那么所谓的客观也不过是人类创造的一片电离层吧。路希尔先生，美国实验音乐的先驱，声音艺术的先驱，致力于摆脱个人主观的影响，而去呈现人类共有的电离层。我打游戏打到 iPad 没电，休息一下，就开始想：老头是和平主义者吧，他把作曲家的暴力，降低到了最小的程度。

锣鼓

第二曲的标题是：为独奏者而做的音乐。

首演于1965年。很多人说，这是史上第一首用脑波创作的音乐。一个不错的卖点。但不是重点。这首作品的重点在于，作曲家想找个没法由人来控制的演奏方法。脑波不错啊，你可以试试，拼命去改变它，可这是我们身体里，由不得个人意志控制的事。

演奏者，也就是作曲家本人，坐在椅子上，头皮上贴着两个电极。捕捉到的是阿尔法波，这是主要的四种脑波之一，每秒振动10次，但只在半睡半醒状态下出现。作曲家半睡半醒，信号传送到八台家用立体声音响的功放上。然后输出到十六只喇叭上。每只喇叭都贴在一个鼓上，也有的贴在纸盒、金属盒上。喇叭跟着脑波振动，像鼓槌一样敲打着乐器。这时候约翰·凯奇出现了，他的任务是，不断调节八只功放的音量。

凯奇是这方面的专家，他擅长设计一套规则，然后用扔骰子的方法，来选择规则中的要素，例如音符、时值。在规则之内，没有人为的影响。在规则之上，他模仿着大自然。

其结果，就是锣鼓声此起彼伏，节奏相同，音色不同，分别持续不同的时间长度。就像是正月十五，社火队的每个人分别练习着，休息着。确切的说，像是一伙人分别点着了鞭炮，大个的，受潮了，又是慢捻。这算是微缩的年三十，微缩的集体无意识。

这首作品，按照古典音乐的传统，以乐谱为原作，可以进行不同版本的演绎，用不同的鼓、镲，还有敲打方式。我在回家路上听的，是 2007 年，路希尔在他任教的卫斯理安大学，和学生们一起录的。非常喜庆。

古典

手机里，最后两个播放列表，是吴景略和刘少椿的古琴。按照一个朋友挑剔的说法，古琴就像黑夜的庭院，而吴先生把琴弹成了白的。换句话说，他还不懂得天意。而刘先生，还有管平湖先生是懂得的。

西方的传统里，作曲家重要，演奏者次之。而中国人记不住作曲家，只知道演奏者个个不同。而作品，很难说就是写在纸上的那些符号。在古琴工尺谱上，都没有时间这回事。快慢，节奏，要演奏者师徒相传。

我喜欢刘先生略多过管先生。刘先生松散，有点寂寞，但又极细腻，左手揉弦常揉到只有自己能听见其中的变化，所谓方寸间自有天地。他的“梅花三弄”和“平沙落雁”，普及的曲子，简朴，是自然大过自我的例子。管先生饱满，丰盛，中气太足，用耳机听会伤神气，但远距离听就很妙，在大屋子里放，蓬荜生辉。反之刘先生眼界稍小，又没有这种点石成金的能量。至于吴先生，被那朋友一说，弄得我有一两年都没再听过。

在古典的天地里，人都是小的，天意是大的，上帝是大的。天地不仁，以万物为刍狗。这算是一种冷漠吗？暴力吗？我想起小时候读过的一句诗：那些星星的升起，并不是为了我们的忧伤。那些为听众和大自然充当中介的音乐家，多少都还保留着一点自我，欲望啊，怪癖啊，统称习惯。我们就透过他们，像透过不同形状的车窗，看外面的风景。

春运

确切的说，春运的开始，是岳父岳母送我们到火车站。两个人自己能走，却偏偏要送，这就是春节。一路上有雪，有泥，人又多，四个人互相招呼着，说着小心路滑。志愿者和武警在车站外张罗着，远远看去，像是什么大事正在发生。想到有几亿人都在回老家，空气中就仿佛奏响了壮丽的配乐。

春节是这么回事：时间无始无终，也没有刻度，我们要花费许多的努力，才能以人类的习惯，向天地借来共振，创造出历法，一套游戏规则，然后在里面打打杀杀，祈祷和平，放鞭炮，庆祝。我们坐 18 个小时的火车，为的是围坐在电视前，看那些活蹦乱跳的，推销可乐和洗衣粉的傻逼。电视和火车，刘先生，路希尔先生，都是中介。此事自古有之。

听听·晚餐记

去吃晚饭

去夜幕降临之前的东三环，时间大厦，多好听的名字，去吃韩国参鸡汤！

我大步流星，走过银行和美容院，走过卖盗版书的小贩，健身中心的会籍顾问在发传单，我冷漠地微笑着将她经过。冰雪已经融化，剩下的缩在树坑里，变成脏乎乎的一堆，我踩上去，感觉它枯嗤一声碎掉。冷风飕飕，但是我有围巾。存车处，煎饼摊，燕窝专卖店，风景依旧，我钻进一洞穴，踏上自动扶梯，但见屌丝和达人混为一谈，上班族呆若木鸡， iPhone 玩着每一个无所事事的人。我跳上地铁六号线，去吃饭。

一个秘密：我戴着耳机，听的是第三帝国军歌。

希特勒也爱过艺术

南斯拉夫乐队莱巴赫（Laibach）说：我们和纳粹的关系，最多就是希特勒和绘画的关系吧。通常他们不为自己辩解，尤其是在 1980 年代。但是后来大家都知道了，这是一帮搞政治的艺术家，他们搞得演出像是纳粹集会，音乐像是军歌，平面设计集世界各极权美学之大成。左派哲学家齐泽克说，这叫过度认同，也就是通过模仿极权，来解构极权。他喜欢死了他们。后来，大胡子齐泽克的头像，就出现在乐队官网的商店里，贴在婴儿肚兜上面。你说，一个摇滚乐队，卖尿不湿干什么？哪怕卖的是哲学家尿不湿？

总之我什么都没有买。网站上有一句话：“觉得价格太大了吗？点击这里”然后我就点下去，出现了同样的价格，但是字体变小了。我有点喜欢这个玩笑。但是归根结底，我不是很喜欢这个玩笑。

南斯拉夫不存在了，他们现在是斯洛文尼亚乐队。国家的边界和名字，改来改去，就像他们的城市，卢布尔雅那，以前叫莱巴赫，一个德语名字。取这个名字，就要对它负责，历史啊，国家啊，主义啊什么的，要沉重地搞下去。结果搞得很成功，有了广泛的歌迷，包括一些纳粹爱好者，和一些反纳粹分子。这就像是绘画艺术，希特勒也曾经喜欢过它……说到艺术，其实他们是一个艺术团体的一部分，那个叫 NSK，也就是“新斯洛文尼亚艺术”。 NSK 的创作，除了莱巴赫乐队，还有绘画、戏剧、舞蹈，等等。 2008 年，NSK 的另一个分支 IRWIN 参加了台北双年展，观众可以通过他们，申请 NSK 虚拟国家的护照。

一个探讨什么是国家的乐队。必须承认，在他们模仿极权的时候，那低沉的嗓音，铿锵的节奏，那种瓦格纳式的庞大的声音体，我听得心潮澎湃。

还没有吃到晚饭

地铁六号线，换十号线，再走路，去吃晚饭的路上，花掉了我一个小时。第三帝国的军歌都听完了。听不懂，就听见“德意志德意志”没完没了地跳出来。曲调不能说不激昂，不能说不发自肺腑，歌词翻译过来，想必也是美丽的祖国我爱你。

边走我边想起两个音乐家。一个是德国人，卡尔海因兹·斯托克豪森， 20世纪最大的前卫作曲家，据说他瞧不起有固定节奏的音乐，除非是要跳舞。另一个是英国人，菲尔·明顿， 21世纪最老的人声即兴泰斗，他说，有节奏的音乐，无论摇滚还是舞曲，都和行军一样蠢。我就试着不要按节拍走路。这很难，就像路过随便哪家美发店，美容店，门口总会有一对破音箱，你可以不进去剪头发，但不可能不跟着节拍走路。

总之我走得很来劲。包括在换乘地铁的时候。我觉得其他人都是行尸走肉。穿紧身裤的小妞除外。

小妞再见

有个清朝的小清新说，人生啊，要是每次见到你都像初次见面就最好，又专情，又纠结。

而我，在地下几十米，明晃晃的灯光，明晃晃的地面，人流如注，眼看着紧身裤小妞一拐弯，不见了。来不及惆怅，我也一拐弯，跳上了另一架自动扶梯。音乐在催促着，要我将她忘却。全世界的军队，法西斯的，反法西斯的，红色的，透明的，都敲着小军鼓，在炮火中列队行进。全北京的上班族、游客、学生、小偷，也在地下几十米，以一种牺牲的激情，头也不回地列队行进。没有人不知道自己要去哪。

在那些最著名的反法西斯音乐里，我常常惦记着的是《游击队之歌》。10多年前，有帮朋友，常坐在酒吧门口，拍着手鼓，唱这首歌。一帮胡子拉碴的小伙子，几个波西米亚的欧洲女孩，唱的是不再相见。在电影里，和正规军相比，游击队打的是美学战争，是高高兴兴地去死，以死亡对抗强壮的生命意志。这是游戏对抗机器，花布对抗军装，最后一吻对抗原子弹。说白了就是，我死还不死得高兴点？我用我不值钱的高兴，来解构意志的胜利。

对，意志的胜利，这个标题似曾相识，它用在1934年纽伦堡帝国代表大会的纪录片上，是希特勒花很多钱投拍的宣传电影。也用在2008年的报道中，那时候随便翻翻报纸就能看见这句。

没有意志力，我可能会吃不到晚饭。如果听的是嬉皮和吉普赛人的歌，我会微笑着迷失在地下，在紧身裤和短裙之间游荡，日复一日……直到时尚变迁，小妞们都穿成我不喜欢的样子，而我被群众举报，被警察抓起来。

将要吃到晚饭

有一段时间，我住在上海，外滩，一家豪华酒店。装修很讲究，一进去自我就会消失，变成时尚杂志插页的布景。我在那里听完了一套《新订寻常小学唱歌》。1932 年由日本文部省发行，1941 年废止，2010 年重新录音发行。不像你想像的那样，童心什么的。是一种极冷的歌，整齐，圣洁，没有人味。不像是小学生，倒像是邪教。话说希特勒原本也是这么想的，把人类弄干净点，没有杂色，没有偶然。不许坐在酒吧门口唱歌。

我胡说的，没吃晚饭，有点低血糖。我的意思是，所有的录音师也都是这么干的，这叫行业标准，要干净，毋带处理，滤掉多余的信号，让声音更圆润，集中。感谢科学，这个行业已经实现了理想。希特勒没有从事艺术，这是他人生的遗憾，否则，在这个时常洁癖发作的世界里，无论是广告设计，还是音乐制作，他都该有所成就。

中国的小学也要唱歌的，倒不歌颂天皇，但是少不了歌颂别的吧。但我还没有听到过，那样纯净，无人性，非物质性，极端的合唱。无论是爱国歌曲，还是四时节庆，小马云雀和蝉，都升华得不留余地，果然是一个用超小饭碗盛饭的民族。扔完原子弹之后，美国人曾经出版一本书，发给军人和官员看，说，日本人有一套精神胜利法，他们相信意志能够激发额外的体力。这本书我也是在上海买的，叫《菊与刀》。

我想，等吃到了参鸡汤，我对音乐的看法或许会有所变化吧。

为角田俊也做广告

这是2013年，圣诞节后，角田俊也要去杭州、上海。我决定给他做个广告。没有人约稿也没关系。

最早知道他，是大约14年前，在姚大钧的“前卫音乐网”。有个栏目叫做“本月失望盘”，或者是“仍然失望盘”。大钧提到了角田俊也的新专辑，说是把话筒放在空可乐罐子里，管道里，就那么录个十几分钟。没啥好听的。

后来有了Soulseek。我下载了十来张角田俊也。发现很好听。好听死了。那时候我还是个摇滚乐评人，对哲学没什么兴趣，还不大擅长为声音艺术找理论。很单纯的好听。确切地说，就是那种很闷的声音，没什么变化，没有高潮，没有技巧，也不像水底录音啊宇宙录音啊之类的，那么新奇。我喜欢这种声音没有什么理由，就像喜欢电脑风扇的声音，冰箱的声音，头发在枕头上的声音。

印象深的有这几张：

Solid Vibration（固体振动）。这张是录固体振动的，接触式话筒贴在水泥墩子上，栏杆上，附近有车开过去。平常我们听的，是空气传播的声音，这里，就像是小孩子把耳朵贴在地板上。

Air Vibration Inside A Hollow（洞中的空气振动）。这张是小话筒放在罐子里，洞穴里，管道里。周围的环境声，加上罐子或者洞里的混响。就像是吃了药，变成灯草和尚，钻进可乐罐里去。

Scenery Of Decalcomania（转印的风景）。这张变化多一点，有风吹过的振动，有接触式话筒没固定好的录音，有一首叫做 Filmy Feedback（薄膜反馈），有一点细小的亮光，磁力，那种感觉，选入过合辑《宝贝听音乐》（*Music For Baby!*），也出现在“傻朋克”（Daft Punk）担任音乐编辑的电影《遁入虚无》（*Enter The Void*）。这是用 NHK 的领夹式话筒，夹在一张塑料片上录音，话筒和录音机的喇叭之间发生了反馈。

大钧的意思，大概是美学的意思。他是研究中国古代绘画的，凡事讲究意境、人文，有人味，可以把玩。

照他的话说，前卫音乐已经十来年没有新美学、新方向了。而我的看法不同，这十来年，前卫音乐最精彩的发展，就是反美学。一种从美学中挣脱出来的倾向。这两年，好像有些左派哲学家也提到过。就是最时髦的那几位，每个在画廊上班的女孩子都希望自己读过的。我没记清楚。如果我也有资格说两句，那么：美学是文化的产物，是历史的结果。而哲学是事件，是直接行动，在没有美学引导的情况下，聆听就像失重。失重才自由。野兽是没有美学可以依赖的，所以它们静如处子，动如脱兔。美学导致审美变成一种等级制度，反美学的意思是平等，垃圾堆也有爱。这个“反”是不谈论美学不借重美学的意思，不是真的要辩论说这里面没有美学，毕竟，任何作品都可以用一种或者几种美学来阐释的，没错，单调美学也是美学，你要辩论是你的事。

如此说来，所谓的前卫，也就是20世纪初期的，欧洲的前卫运动，包括二战后的激浪派，首先也是反美学的。一种解放。要改变生活，而不是继续给艺术脸上贴金。艺术，你妈妈喊你回家吃饭。然而，后来又有了前卫美学，但实际是把前卫纳入古典的体系中去，人类真是积重难返啊。

角田俊也说，他喜欢出去玩。主要是找个喜欢的地方，打开录音机，坐着发呆。这种爱好天经地义。就好像，世界上就是有人不喜欢看文艺片，而是打麻将。

杉本拓就是个麻将迷。我认识角田俊也，就是在杉本拓的音乐会上。那天杉本拓演奏的曲子叫《甜的旋律》，很甜，很轻，好几个观众都睡着了。

后来角田俊也给我寄了新出版的两个作品。其中一个也算不得很新，是把听诊器绑在太阳穴，里面有话筒，录环境的声音，同时也有人身体的声音，脉搏什么的。这个我曾经在张立明翻译的文章里看到过。他大概是第一个翻译角田俊也的中国人吧。他在文章下面说，其实自己对这个也不大感冒，好像是太像科学了吧，没啥好听的。其他的网友就说，这东西太艺术了，我们听不懂。是的是的。我觉得很奇怪，这里面有一丁点科学的意思吗？ Hitlike 不是个哲学迷吗，他自己的作品不是也很闷吗？然后，啥叫懂呢？从声音里听出来西班牙语吗？

我觉得说这样的东西听不懂，是一种不要脸。

角田俊也在宇波拓的云雀唱片（Hibari Music）出版过一张 CD——《在间口湾观测到的低频》（*Low Frequency Observed At Maguchi Bay*）。他把 20 赫兹以上的声音都切掉了。这样就只剩下喇叭在抖，你可以去摸，看，但是听不到。如果音箱比较差的话，也可以听到些噗兹噗兹的声音吧。好玩不行吗？

为什么要这样做？与其这样问，不如问，为什么不能这样做？一定要美吗？要有意境，要精彩，要一个满头大汗的人掏心窝子吗。不受打扰地，找个地方发一会儿呆也是可以的吧。这个人做的事情，是随便谁都可以做的，然而所有的人都不屑于做，认为没有价值。然而在这个根本没有价值的世界上，就连石头、粪便、傻逼和头皮屑，也一直都平等地存在着啊。很多人皓首穷经去探讨这种平等，但是，平等的价值就在于，简单地听一些简单的声音，可以赋予美学或者哲学高度，也可以不。这个“可以不赋予”，就像是“不服从”一样，是对贵族艺术的拒绝。

有一篇写角田俊也的乐评，题目是《主体的回归》。是欧洲人写的。欧洲人有主体，并且有主体的焦虑。至少这个作者有。日本人大概是没有主体的。又或者日本人是有主体的，但有的时候没有。其实作者的意思很简单：甭管什么声音，能够坐下来，安安静静地听，就能听到它的细节、质地，世界如其所是。观自在菩萨婆罗萨，行深波罗蜜多时……反过来说，能够推动人这样去听的声音，就有让主体回归的疗效。这里面当然有焦虑，欧洲艺术家恨死资本主义了，它剥夺了人的主体性，让人成为社会机器的简单反应装置，就知道消费。就知道吃！吃！撑死！

刚才我采样了姚大钧的作品：“就知道吃！吃！撑死！”。来自他的“北京声音小组档案”里边的一段电话对话。他用军用无线电信号扫描器，偷录了别人的电话。饱满的故事，戏剧性，社会性，幽默，聚光灯。角田俊也一辈子都不会去录一段故事。他只有故事的背景，就像山水画里空白的那部分：海滩上，风和海浪的声音，在一个空可乐罐里回响，偶尔有小孩跑过去……太阳穴，脉搏在跳，人可能是坐不住了，动了几下……他和村山政二朗，把话筒放在军鼓里、军鼓上，录公园的声音，然后剪成很短的碎片。他们说：我们在这里呈现的不是所谓的“美的声音”。对我们来说，它更像是一种混沌的、原始的、丰盛的……

村山政二朗是不失者乐队的创始鼓手，他保持了那种迷幻的能量，但没有留长发，也不戴墨镜。他长得并不深邃，开起玩笑来甚至有点滑稽。

说起人的解放，发呆和艺术也是平等的吧。就像垃圾堆和珠宝店也是平等的吧。也请给不讲故事的声音一点爱吧。

怎样发明唱片

——关于 5 张 CD

一

晚上，火车从马家营开往临汾。是慢车。车上的人也很慢，吃瓜子，玩手机，慢慢地说话。有的人躺在座椅上睡着了，脚丫子支楞着，白花花的灯光照在脸上。

列车广播里，放着 80 年代的歌，一直听不出是什么歌，直到听见了《小花》。“妹妹诶找哥，泪花流，欧欧……”好烈的一首歌啊。那时候人们就是这样恋爱的吗？不大记得了，那时候我是小孩子。那时候的抒情，今天已经不能再体验。

广播音量不大，就一只喇叭，声音从车厢中部传过来，感觉很远。火车慢慢地开，李谷一慢慢地唱，裹在轰隆轰隆和咣当咣当之间，成为火车的旋律，慢速旅行者的旋律。

二

按照雅克·阿塔利的说法，唱片是时间的储存术。一小时，又一小时，我们把时间冰冻起来，切割成块，塞进塑料片里。在未来的某个下午，傍晚，或随便什么时间，聆听者将它释放出来，花费同等长度的时间将它使用，消耗，然后再放回冰箱。

没有被聆听的唱片，只是一些冰凉的塑料片，时间的牢笼，声音的尸体。

声音：空气中的振动，耳膜上的振动，听觉神经的微弱电流。它消失得太快。它的生命就在它的消失里。那么唱片就只能是已经丧失了的生命的遗迹，或者说遗体。它永远地离开了原来的空间，气温，湿度，演奏者的心跳，他的脂肪和衣服上的褶子……原来的时间的流逝……是这样的，没有时间的流逝，声音就无法存在。

唱片是钥匙，用来触发聆听。或者反过来说也可以，聆听是扳机，它让音乐有了生命。

三

Laibach-Volk。 Mute U. S.。 2006。

（艺术家名字，专辑标题，出版者，出版年份。以下均以此顺序排列唱片信息。）

莱巴赫，卢布尔雅那的德语名字，也是它古时候的名字。前南斯拉夫时代，这个乐队创建于此。如你所愿，他们相当地政治。一种冷峻的态度，要替饱经沧桑的历史干点什么的意思，一种用身体和文化去饱经的沧桑，比如说，他们不介意被误解为法西斯主义者，或许这样更有助于讨论欧洲的身体和文化。

这张唱片的标题是德语，“人民”。内容是翻唱各国国歌，当然也包括中国，也包括他们自己的国家：NSK，新斯洛文尼亚艺术，一个虚拟的国度，有护照，有外交，但没有领土。

这些背景，在家庭聚会上荡气回肠地响了起来，白酒，羊肉，面包，普洱茶，可爱的小伙子被歌声震飞了。音箱在后面，我们围着吧台聊天，空气里充满了音乐。当然是庄严的，比原来的还庄严，有一种登山眺望未来的感觉，低沉的男声，军人一样冷而有力量的声音。人民啊，在山脚下堵车，游行，战斗，生孩子，我们在山顶上喝得有点高，越看越觉得美，越看越觉得悲壮。

羊肉也是政治。我们每天都吃政治。重点是怎样吃下去，有的政治是没法吃的，像汉白玉，像汽油。我还在家庭聚会的时候放过盘古乐队的《少年》，结果大家都不说话了，有种欢乐到头想要哭的感觉。也许政治总是让人哭。那么愿它让人哭得值得。另外，我们不一定非要谈论人民。

四

Mattin＋Taku Unami-Attention。Hibari Music。2007。

马丁是巴斯克人。巴斯克在政治上属于西班牙。Taku是日本人，宇波拓。他们俩经常合作。

马丁在这张唱片里负责说话，宇波拓弹一把木吉他。全曲 74 分钟，大部分时间都是空白。

唱片的名字叫做“专注”，或者“注意力”。马丁一直在对聆听者说话：请打起精神来！别走神！请你保持注意力！你是买票来看演出的吗？我们全神贯注地演出，请你也全神贯注地听！每一句，都是在长时间的静默之后。宇波拓呢，拨一下琴弦，或者两下，然后保持长时间的静默。

他们用这样的方式演出，我看过一段视频，多数观众都乖乖地坐着听，有一个不耐烦了，就和马丁讨论起来，马丁很严厉地要求他认真听下去。听唱片的时候，当然没法和他讨论，但你可以试试类似的沟通：你开始怀疑，想要发问，或者你困了，被长时间的静默搞得不耐烦了，这时候吉他就响了一声，或者马丁就说了一句话。这句话绝对和你的状态有关，就像是一问一答，就像是上课打瞌睡，刚合上眼睛，就被老师逮到了。

通过文字，我只能这样描述。接下来，也许该谈谈哲学。但音乐是用来听的。这张唱片没法被文字取代，它必须被聆听所完成。我在飞机上听它，时常走神，再被拽回来。能听得出他们俩的状态，全神贯注，像走钢丝一样，有时候静默太久，我会担心气息就这样断了，结果下一个声音就在合适的地方出现了。当！一个声音敲在你的注意力上，然后注意力荡漾，持续下去，变弱，然后，当！又一下。就像书法，一个字和下一个字之间，运笔的联系，谁也不能说它们之间就是空白。

对，就像是谈论书法的字帖，这是谈论聆听的音乐。

五

颜峻-月球专用音乐。撒把芥末/观音唱片。2010。

我不是做广告，因为没几个地方能买到我的唱片，能买到你们也不买。

有时候，人们会问：为什么我要去听你的音乐会，而不是听楼下的装修?

又有时候，人们会说：我不理解你的演出，也谈不上喜欢，但是回家的路上我头一次注意到了风吹进车窗缝隙的呼呼声。

这一问一答还挺合适。人们总是聪明的，听说过约翰·凯奇，还时常禅宗这那的，要么就是古琴，活佛，大红袍，明清家具什么的。但如果不来听我的演出，他就听不见楼下的装修。及其他。难道这还不值几十块钱门票，和一小时车程，吗?

反过来说，不让人心疼一下，花个几十块钱和几小时，就不会感觉到价值。书非借不能读，读书人有点贱。

至于这张唱片，它适合在任何地方播放，适合在做任何事的时候听，不听也行，该忙什么就忙去。这是一种当代家具，比明清的值钱多了。这些声音来自我家，从早到晚都听得到，有时候它们和音乐的调性吻合，有时候和窗外的火车，工地的声音配合。凡是忙碌，焦躁的时候，我都不会注意到这些声音。

后来我还做了另一张，叫做《地球专用音乐》，得了奥地利电子艺术大奖中的一个小奖。它和上一张的区别是，在前者基础上加了一点点效果，这样就更像人为创作的电子乐。就像在风景照片上 PS 一下，加一点滤镜。地球和月球的区别在于，人类在地球上积累了很多文化，以至于人都以为自己不是动物了。月球则光秃秃的，除了基本的感官，什么都没有。当然，这是我一厢情愿……

六

World Music Library/Japanese Traditional Music Series 1：Gagaku。 King Records。 1990。

这张唱片不能用耳机听，太清亮，太尖锐，声音小了听不清，声音大了伤耳朵，而且一定还伤五脏什么的。具体伤什么，得问国学专家，老中医。

我第一次听到，是在长沙，在高楼的多少层，窗户大开着，风吹起纱帘，阳光充满了卧室，充满了客厅，充满了开放式厨房。放音乐的人，一天里说不了几句话，也吃不了多少东西，慢悠悠的，晚睡晚起，还养一条小蛇玩。听音乐的那天，包括前后的几天，我没什么事，这里走走，那里走走，去古迹找个石头桌椅，读伏尔泰的《风俗论》，还时常被大雨困在住处。

我想说点什么，但是主人很安静，满足于现状，我就觉得也没什么好说的，此间乐，此地甚好，此曲只应天上有。

这是日本的国王唱片公司的出品，属于著名的“世界音乐图书馆”系列里的日本传统音乐系列。由宫廷乐队演奏的雅乐。很慢，很少，但是很强烈。

现在一听到它，我就想起那座高楼，风吹纱帘，蛇和它的主人。后来，主人的老爸来了，我坐在沙发里听音乐，慢悠悠的，点了点头说您好，都忘了站起来，也没再说话。

什么日本文化啊，仪式感啊，有时候就是些扯淡。筚篥又称悲篥，其声悲，也可以是扯淡。中国雅乐已经失传了，也可以是扯淡。我回到北京，下载了 mp3，经常听它，有时候也用耳机听。不管听的时候是什么姿势，我都觉得自己是站着，周围空荡荡的。

七

Toshimaru Nakamura-Egrets。 Samadhisound。 2010。

写这篇文章的时候，我听的是这张唱片。作者叫中村什么什么，后面两个字是片假名，我写不上来。不过大家都叫他 Toshi，我也这样叫。

唱片的监制，是这个唱片公司的老板 David Sylvian，大卫·西尔维安。熟悉情况的乐迷都知道，这个大卫，是很诗意的简约派歌手，而 Toshi 是做即兴音乐的，抽象的，噪音的，当然也是简约的。大卫以前的乐队叫做“日本”，他的唱片公司叫“三摩地之声”，这表示他跟日本人很有渊源。

以上属于扯淡。

我的声卡有点问题，一拧音量钮，就会发出杂音。在听这张唱片的时候，调过两次音量，这些杂音和音乐相得益彰。我就想，如果说，有一种音乐可以容纳下额外的杂音，那么能不能有一种社会，容纳得下倒霉蛋，坏人，穷人，还有艺术家？而不是理想国，那个要将诗人赶出去的地方？

他的音乐都是噪音，但很美，多数时间很安静，有一些微妙的变化。有木吉他和小号的配合，极其少，日本那种，你懂的。我就想，那么这个尚未存在的社会，也必须是美的，然后才能把意外和阴暗面容纳起来，消化掉。而且我们不一定注意到它的存在，我们可能在敲键盘，生孩子，噼里啪啦的，觉得生活很棒，却不在意是因为什么。

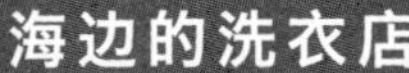

海边的洗衣店

草根超人

下面是一份策划案，一个卡拉 OK 计划。有那么一阵子，有个做广告公司的朋友，常常想和我们合作，一起搞点既疯狂又能赚到钱的事情。在大家都意识到太不靠谱之前，我们已经聊 high 了。她说，绝对是个好主意，赶紧写下来，客户肯定喜欢死了。后来，幸好没有人要赞助它。一个太容易聊 high 的主意肯定是坏主意。当然它可能是一首好诗。

此前，2009 年 7 月，小河策划过一期“水陆观音”活动（参看撒把芥末官网的“档案”：subjam.org），是一次卡拉 OK 大奖赛。作为评委之一，我负责给唱得不像的人打高分。不像原唱，不像那个明星，不像另一个人，等等。反之就扣分。那天，那些跑调的，手脚乱动的，还有扯着嗓子喊的人，成为了这个策划案的先知。

对一个时代的反驳：

在一个丰富的时代，生活像超市一样琳琅富足，令人晕眩，以至于忘记了被囚禁其中的真相

整齐的货架上，产品按照类别和厂商分列，不同价位，档次，新的功能，折扣……你被命令去需要它们。去选择。

去丰富性中游泳。而尽可能多的产品，给人以无限的幻觉

一切皆有可能。无限的自由。近在咫尺的彼岸。

无限：

在一个没有宗教的国度，无限就是宗教的许诺

相对于过去的封闭，保守，匮乏，文艺也变得无限了。新的，越来越多的，创意的，多元的，杂交而无禁忌的，免费下载的，世界的，信息和思想井喷的。不到10年的时间，文艺千帆竞发，为了装修我们的精神家园，必有一款适合你

而无限的可能性，完美的幻像，恰恰是不再有可能。一切都已经被穷尽，一切都被完成，如果你什么都可以做，那就等于没有什么好做的了

在一个精神超市里，除了塞满你的购物篮，还有什么可做的？

众声平等：

如果说，各种看起来激进的文艺，都正在被瓦解，被走马观花，被化解为品位，被当作装饰，在一种普遍的无力感中消费得一干二净。充其量，解决就业，或者在豆瓣上成为构建虚拟自我的符号

大胃王吞噬了摇滚乐和格瓦拉，然后是NGO和民谣，他的多样性，来源于反叛者的尸体

那么那些看起来庸俗的地方，难道还会比当代艺术更庸俗？

那些在798东张西望的老百姓，难道还会比艺术家更没有热情？

难道不是品位正在接替冰箱彩电，成为新的生活监狱？品位可以解决无力感吗？可以有激情吗？文艺青年不纠结会死吗？没有艺术，人就不能体会到自己活着吗？

所以我们回到艺术尚未诞生的地方，我们放弃对独特性和创新的追求，我们是普遍性的惟一的独特性，是普遍的，每个人都具备的，万物都可以焕发的

卡拉OK:

既然摇滚乐可以是一种关于独特的平庸，关于反抗的驯化，关于理想的消费

那么卡拉OK当然可以是一场革命。正如所有的革命都只是生活的实践，在一些瞬间，因为从不到达成功的终点而从不停息

卡拉OK是把人从自身中剥夺而去的地点，所以也是人找回自身的地方

所有把人变成猪，把生活变成饲养的地点，都可以找到一把钥匙，反转其功能，把社会拿走的再拿回来

卡拉OK不仅仅制造幻景，让人想像自己是另一人，它

同样也可以摧毁这个模仿的游戏本身，因为我们已经到了幻想的最后阶段，我们忘记了生活在哪里，自己是谁。在这个零点，我们可以变得更无知，更没有记忆，像动物一样单纯。然后，我们可能通往某处

这是声音的零点。任何忘记了自己的歌声的歌唱者，都在这里。任何嚎叫者，号啕者，说梦话的人，哼起小曲的人，破口大骂的人，都曾经到达这里

草根：

草根就是山寨

山寨就是欲望，就是我要活下去

我要活，就是我不要到死都没有活过

死亡在中国人的生命中无处不在。草根是一种贱命，山寨是廉价和没有质量保障，我们横穿马路，吃地沟油，但这不代表我们不爱生活

全世界都在一个标准里苟延残喘，城市像罐头，CBD是国际连锁监狱。草根中国人在其中穿行，揣着一颗颗山寨的心。时间太短，还来不及清洗他们的基因。他们的身体里，有神仙，鬼魂，家，土地和土鳖

我们随时有可能回到人的起点，按照本来的样子，龇牙咧嘴，生机勃勃，流着汗

超人：

不再有超女，也没有海选。每个人都是超人。不需要晋级，过关斩将，爬上金字塔眺望自己的来路

一个人用自己的方式唱歌的时候，他就是超人

比赛不是为了胜利，而是相遇，相互激发。冲突是一种相爱

因为生活没有终点，谁都不是胜利者

真正的奖励，就是比赛本身。在参加比赛的那个时刻，每个人都已经获奖

没有什么幸运者，实现了他的美国梦，中国梦，或者随便什么梦。超人不做梦，反而是从中醒来。生活已经够惨淡了，它是有限的，捉肩见肘，令人尴尬。超人在别人原地做梦的时候，从垃圾堆里提炼出了晶体。在每一个人都谈论彼岸的时候，超人是现实主义者

政治：

是的，我们处在民主的反向

这不代表同意独裁

我们只是试着去恢复一种本能，也许是混沌的秩序，也许是爱的感觉，随便怎么说

没有专业人士，冰凉的规则，精确的刻度，没有公信

度。很可能只是个人喜好，加上一些偶然因素，不讲理就是了。但是什么人会获奖，或者在什么状态下会获奖，所有人都能感觉到。这是感觉的政治

在这样的规则下，用不着用心良苦地博弈，猜测对手的路数。每个人都不同，不可能用标准来衡量。我们试着破坏标准。你也可以说，这是一种解放

我们也试着去破坏价值。用不着对结果斤斤计较，没有什么值得人死去活来，为了到手而奋斗。这里有一种尚未存在的价值，只要去创造它就会发生，只要去积累它就会消失。这个价值要求人当场享用，过期作废，带回家的只有一种能力，可以在更多的瞬间，用自己的方式歌唱

所以自由是每个人都已经拥有的，从口袋里掏出来就行了。需要向别人夺取，恳求的，可能是其他的好东西，但一定不是自由。和一个一切都被管理起来的社会相比，我们更需要一种在日常生活中创造价值的个人

计划：

1. 以每周一次的频率，在 4 到 6 个城市举办

2. 现场规模在一百人左右

3. 另一个现场：媒体，尤其是自主媒体：网络。换句话说，把媒体后续报道看作一个现场活动，激励自发性，激励其中的快感，再创造。视频的剪辑和制作，论坛，草根文

字，每一个参赛者都可能引出的创造性线索……

4. 未来可以增加场次

5. 评分标准随不同场次，不同评委而变。基本原则就是：反对灵魂附体，唱得越像歌星的越没戏

6. 评委有主办团队成员，有各种本地怪逼，有其他场次获奖者。每个评委单负责一个规则，可以是音量，可以是鼻子，可以是不和谐度，可以是离谱的距离，可以是观众反应……

7. 每个评委，领取一定数额的经费，准备一份奖品。可以是单程机票，可以是50双鞋，可以是游泳卡，可以是一棵树，可以是一顿饭。每个评委还可以自己花钱，为一位落选的选手颁奖

8. 演出：除了评委在比赛现场献唱，还可以在有条件的城市，另行举办小型撒把芥末音乐会。也就是实验音乐和实验艺术活动。在艺术空间，或其他适合的小型空间。以及座谈，工作坊，等等

小型音乐会：

这是一个硬币的另一面。实验音乐被看作是小众文艺，但它并不是精英艺术。相反它同样是草根的，普遍性的，来自生活最现实层面的

同样，草根超人也理应进入所谓的艺术空间。我们必须

通过小型音乐会，在“高级艺术”的事件外表下，让两极相聚，重塑那个看起来已经被塑造好了的空间。这也是我们一直以来在做的，我们的演出，从来都在向所有的人开放，我们试着在火车上演奏，和陌生人聊天，也在大学演讲。这些乐手中有人是农民，有人靠刷马桶维生，有人是富二代，有人在大学教书，是音乐发生的空间让这些背景平等

同时也是给媒体和赞助商一个机会，去接触和理解不同领域，最终是理解：并不存在一种分割高和低的文艺界限

本地：

组织方面，必须靠本地文艺青年和非文艺青年的合作

文艺青年的优势是，熟悉媒体，容易沟通，在现有的语言脉络中，容易被感染，产生热情

非文艺人士的优势是，踏实，和社会资源接轨，一旦产生热情就不可阻挡

在一个仍存在着社会潜能的环境中，人的关系最重要。尤其是北京上海以外的城市。尤其是较小的城市

而本地的合作者本身也是接触本地的节点。和人的接触，是撒把芥末所有活动的重点。聊天，吃饭，一起工作，这些事情本身就有意义。我们渴望大排档，公共交通，私人空间，客厅聚会……

每一个地方，都有小城文青，愤青，梦想褪色的艺术

家，钻研周易的怪逼，易妆歌王，大排档歌手，胡同收藏家，拳王，杂耍师傅，拉面大王，公园歌星，垃圾艺术家，颓废派，酒鬼诗人……他们就是草根超人的评委和参赛者，组织者

我们在所有的地方寻找本地，或者说唤醒自己身上的本地

帝国的缺席者

老汉斯（戴汉志）编写了“5000个名字”，是关于中国当代（视觉）艺术的字典、文献、档案库。他的时代，是中国当代艺术从混沌中显影，并产生自身逻辑的时代。

他没有提到任何声音艺术家，因为那时候“声音艺术”才刚开始兴起，在中国还很少有人听说，更不要说实践。他也没有提到音乐家，因为音乐就是音乐，它不在视觉艺术的地图上。

今天，声音和噪音开始进入广义的艺术视野，它们开始被看见（而不是被听见/被感受到），并因为被看，被知识之光照射，而更确切地存在。这是一个浓缩的现代性发生过程，即使没有老汉斯的帮助，也会在特定的时间，随着特定的背景而发生。那么，本文将从一次个人经验开始，试着去认识噪音如何在这片土地上产生（无意义的）意义。

0

噪音是被帝国除名的东西。

噪音是正在成为音乐的东西：被帝国组织起来，被吸纳。

噪音是不能容忍的东西，它被打回潜意识之中；有时候，又被从可能性的暗夜中捕捞出来，塑造、塑形于一个可见的轮廓中，被命名，然后进入流通。

噪音也是主动进入流通，在流通中制造漏洞的东西。工业革命之后，噪音无处不在，一百年前，未来主义者宣布了噪音的艺术：噪音告别它原始的混沌，是为了守护混沌。它是肉体之声，也是机器之声，它尤其是肉体和机器彼此交换的声音。

1

2008 年 5 月 19 日，四川汶川大地震的头七，中国举办了遍及全国的默哀仪式。我去了天安门，随身带着录音机。我想像着，将要听到、录到一片肃穆之声。仪式即将开始，高音喇叭里重复着一个男声，宣布着国务院关于默哀的公告。我已经感觉到事件的逼近。人们不再走动，围着国旗站好。确切地说是围着国旗周围的空地站好。空地由武警和围栏勾勒，中间立着话筒，应该是 CCTV 的话筒。

我的话筒是录音机内置的话筒，和我一起挤在人群中。始终有人在说话，打电话，甚至在说笑。录音机也接收到了手机的杂讯干扰。我有点生气，为他们破坏了仪式的庄严。但周围都是四川人，也许就是某些死者的家人，朋友。

我想起老家的葬礼，似乎也不存在一个庄严的静默：无论是现代化的静默，还是崇高的古典的静默。在老家，葬礼是大棚，三天三夜的酒席，守灵人喝着酒，划拳，送葬队伍里总有人大声地说笑，也有嚎啕大哭（在规定的时刻），有时候会有道教或佛教的法会，那就更热闹了，锣和唢呐发出的根本不是音乐，而是恍惚的，精神性的噪音。葬礼是人群相聚的节日。

CCTV播出的，是整齐的声音。默哀之后，几千人高呼“中国万岁”的声音，由媒体过滤和重现，像体育场的声浪一样壮观，以至于不能看作是几千个声音的集合，而是一个。那些不标准的普通话、嗓子喊破的人，都不复存在。那个不断重复着，像路标一样，劝告群众节哀的男声，也不复存在。

三种声音：国家的声音-引导者的声音。集体无意识的声音-欲望的声音。最后是噪音-被历史过滤掉的杂讯。

国家的声音是没有表情的，中性的。它由一代又一代CCTV主持人塑造，现在也被所有的汽车广告配音演员继承：汽车也是没有表情的，像传说中的贵族一样含蓄，傲视着一个平庸的世界。这种声音里，包含着对人的动物性的放弃、对偶然和生物化学事件的回避，它也是对所有地方性的解脱，因此不属于任何地方，只能来自上界。它是一种牺牲。它的冷漠并不是因为死亡，而是因为生命的缺席：它超越了人性，因而崇高，悲壮，被向往。

集体无意识本身就是诗：它是欲望，尚未定形于任一对象。它是巨大能量，混沌的洪流，没有善恶。诗就是没有被理解的那部分：在爱情诗、风景诗、随便什么诗里，总是有一种无法定形的能量，变动的含义，光华和气氛，在到达爱人和风景之前悄悄溜走。天安门广场上的人群，为什么会在纪念死者的时候呼喊祖国，那是一种愤怒，还是一种委屈？而这并不重要，脱口而出，把嗓子喊破才是重要的。诗就是眼泪和唾液，它存在，而不寻求理由。

诗学是对诗的召唤：从语言的欲望中，召唤出几行白纸黑字，不再更改，但要它保留着歧义，在声音、形状、疏密之中隐藏更多欲望。诗是一种无用的渲泄，它从空气中释放了能量，又返还给它更多的潜能。

然而诗学总是被拿走，被指定。就像今天的摇滚乐，几万人像编好了的程序一样，合唱，跳舞，从哪里来再回到哪里去。对崇高的渴望，献给了汽车广告，对人地的渴望，献给了房地产广告（荷尔德林和海子的诗，是中国最常见的房地产广告词）。宣传干事并不是惟一领悟了抒情的秘密的诗学家。

诗原本是要再回到无意义之中的，它在赞美爱人的同时，也让语言相互摩擦，产生歧义之网、之裂缝和秘密通道。语言借机呈现自身的物质性：长短，冷热，疏密，声音；这种物质性让诗人忘掉了他的爱人。声音：当一个四川诗人朗诵他的作品，读者脑海中的普通话就自动消失：声音不能被字符代理。

大型露天音乐节、默哀仪式、广告，像一张单程车票，只允许通往指定的含义，路上不许吃东西、打电话，包括喃喃自语。在默哀仪式的例子中，那个没有表情的嗓音，像是来自彼岸，将混沌的杂讯、噪音、不及物的潜意识，引向一个清晰的词：祖国。而“祖国”又该如何解码，则是另一个词语条件反射的案例。

2

群众运动所遭遇的，并不是所有人理想的破灭。事实上并不存在所有人的理想，尽管所有人都曾怀有希望。那是一种尚未定型的希望，包含着所有可能的方向，在特定的时间，塑形于特定的事件而已。

在整个大型事件的过程中，全体国民都以某种方式参与其中，哪怕仅仅是看新闻： a，一种真正活着的感觉，并非从“不曾活着”的感觉中挣脱出来，而是顺理成章地，由一系列新事物发展而来：世界是新鲜的，其中有不假思索的呼喊，以及随着喊声移动的身体。 b，一种整体的感觉，并非来自集体行动，或者为行动者鼓掌，而是来自这种普遍的共同关注：不是共同的歌唱，而是共同的聆听塑造了共同体。c，一种有所依据的感觉，辩证法的最简单基础，人们相信自己可以去相信，并采取行动，一种高清晰度的存在感，并非是因为真的对现实不满而否定它、对抗它，而是想要加强这种存在感：像耳朵一样在世界当中定位的座标。

这些感觉，在当时缺乏语言的支持，它经历了文革结束、改革开放、迪斯科、校园竞选、流行歌曲、气功热、先锋文学、科学、两次对刑事犯罪的严厉打击和两次对精神污染的清洗……词语刚刚够为新大陆命名，有时候还是借来的。1998年有一首流行歌，就叫《跟着感觉走》。感觉在爆炸，但语言还不够用：另一首歌：我要给你我的追求，还有我的自由，可你却总是笑我一无所有（崔健的《一无所有》）。人们在一段助跑之后，正要将自己掷向远方。这时候，“民主”像一个正在显形的彼岸，它勉强地担当了抒情的客体。

1980年代，语言是单一的，象征的，万物有其词语的对象，词语有其象征的秩序。随着事物的膨胀的加速度，人们唱着《国际歌》庆祝秩序的瓦解。语言先狂欢起来了：公共空间贴满古体诗、现代诗、打油诗和呓语。没有理由的狂欢：噪音从可见的帝国倾泻而出，配合着不可见的感觉的庆典。诗人骆一禾在天安门突发脑溢血：他说先锋就是晴空下最后一场雪。随后，来自共产农业社会的人们发现，不再有象征之雪。一些人试图把噪音引向现代化的音乐：民主；另一些人停止了所有的声音：高压的寂静。

的确如此，在工业革命以后，所有的寂静都是高压的：在噪音之海中，用技术和文化围出一小片真空。

3

感觉的失落，是用语言的失效来治疗的。

整个 1990 年代，多数人能做的事情只是赚钱，似乎是为了尽快将世界的意义掏空，把物质、感觉、身体全部换算成单纯的符号关系：一种最低限度的安全感。几乎没有人谈论这个时代的由来，也许是因为语言无法承载它的复杂性。

延续着被赋予双重含义的《大约在冬季》，林忆莲和其他流行歌手，将心理创伤改写为爱情创伤。卡拉 OK 在 1992 到 1993 年兴起，每个人都可以抒情了，然而是以设计好的程序，把跑调的嗓子、乡野的激情，都从长久的沉默中唤醒，输入到一架公式里去。越来越精致的编曲、越来越多的低音（迪厅的兴起，取代了上一个时代的自发的迪斯科舞会），越来越多的分类：语言被来自潜意识的旅客抓住，用来获得合法身份。

1990 年代的唱片工业的兴起，把身体改造成声音和文字符号的接受器，通过流行音乐的语言，它创造出一个自我循环的世界，原来散落各处的身体，被整合进去，不得释放。这个逻辑，让浪漫主义的尸体迟迟得不到安葬，反而化了妆，不断返回人们的潜意识，像希区柯克电影里，停放在二楼的母亲的干尸。这种循环，吸收着集体无意识中的噪音、脏话、梦话、外语，向一个门类齐全的声音超级市场投资，在后奥运时代获利颇丰：除了不被允许的，一切都被允许了。

中国的摇滚乐，诞生于1980年代中期，它大声，年轻，来自西方（远方），是一种天然的外语。当然。所有的诗都是外语。1980年代，学生试图发明一种外语而失败，摇滚乐手就继续发明下去，但不再是外来语，而是使自身变异：去做自己的外国人。

摇滚乐经过短暂的亢奋（“唐朝”乐队：浪漫主义的回光返照：他们甚至翻唱了《国际歌》），开始破坏自己的语言。1992到1993年，NO乐队、苍蝇、子曰组建，这是最早的另类摇滚，混合着现代的疯狂和农业的疯癫。1995年，金武林、陈劲发表了实验性的专辑，歌词和声音都是晦涩的，远离现实，也远离经验。崔健的音乐变得极其复杂，不再抒情，转而强调身体律动。然后是Grunge、北京朋克、武汉朋克，然后是来自外省的地下摇滚：越来越大的音量，越来越失真的效果器（乐音的自毁装置），越来越反英雄的服饰，简陋的文身（身体的自毁装置）。中国摇滚乐从未如此愤怒，也从未如此刺耳。

实验、前卫音乐的开端，来自这样两个逻辑： a，破坏被等价换算的语言； b，返回身体和神秘主义资源。

中国现代音乐，是一个语法日益精确、和声丰满、清晰化的历史，从 1920 年代以来，不断研发低音乐器、提高音量、改造记谱法……然而在 1990 年代，一批学院外、非官方的乐手，笨拙地学习着西方，精神却拒绝离开土地，他们发掘出语言无用的传统："道可道，非常道"，"不立文字，直指人心"。首先是现实已经完蛋，迫切需要真理，然后是知识导致盲目，真理需要在理性短路的地方出现。这里面，当然也少不了朋克/革命精神的帮助。

公认最早的实验乐手，是王凡，他先是用一种宗教符号写摇滚乐歌词， 1996 年，他用简陋的设备创作了《大法渡》(Dharma Crossing)，很长，像巫术中的吟唱。随后出现的几位，不一定神秘主义，但至少倡导本能，而且也都擅长"重新发明"，即，无师自通地尝试噪音、无调、滥用乐器。一些乐迷开始寻找更吵（更感官）、更抽象、更具精神能量的音乐，例如日本乐手灰野敬二。但这种倾向，并不像 1910 到 1930 年代的欧洲前卫艺术，强调对现实的回应和改造，它并不是要将巫术带回现代生活，而是要离开现实，回到精神的终极所在。

然后， a，王凡、李剑鸿、兰州噪音协会在 2000 年到 2002 年发明了他们自己的噪音：既是身体的延伸、摇滚的延伸，也向传统和民间信仰靠拢。b，同时，收听姚大钧“前卫音乐电台”的年轻人，例如王长存，没有任何摇滚乐或神秘主义背景，开始学习 max/msp，用一种新的语言来写他的噪音：放弃身体，或者说牺牲身体，把它奉献给电脑程序语言，一种游戏，也许也是传统文人式的游戏。c，然后是 2003 到 2004 年，Ronez 在桂林，Torturing Nurse（迄今最有名的中国噪音乐队）在上海，他们放弃了最后一点“中国性”，以文化上的无国界者和无家可归者的身份，演奏着大音量的、虚无的噪音：这是一种逼近现实的做法：不再有交流，将已经失去意义的碎片放大到极致。

沉闷的寂静中，资本和意识形态在收集、引导散落的噪音，就像吸引民间资金一样，重塑着价值。噪音自己也在寻找形式：并不存在一种噪音的原始状态，噪音是现代的产物，一旦诞生，就远离了那个和谐的混沌的“道”。噪音是语言的直觉状态，有人利用噪音返回真理，有人将眼下的虚无转换为真理。

4

2003 年，一个看起来温和的，导致更多表达和自我塑造的时代，随着 SARS 而到来，超级市场和时尚杂志发作了，互联网也升级了。

地下摇滚在这个时间，突然消失。可以说是对抗逻辑的失败：一旦对手隐身，反抗者也就不能存在。但也可以说是由潜意识发动的自杀：拒绝搭乘时代的列车。

抒情的艺术，开始在广告公司和其他庞然大物身上复苏：a，这里引用一下左小祖咒的歌词：当权者不哭泣，怎么赢得人民。此前我们只在台湾和美国的新闻里，看到政治家的表演；b，每年国庆节，广场上都会架起巨型 LED 屏幕，播放制作精良的视频宣传片。相形之下，那些想要成为景观艺术家的当代艺术家，已经自动成为这架宣传机器的分公司，而广阔的尚未被命名的（被集权封存的）农业遗址，大脑和身体，则成为现代化技术与文化的猎场。

2006 年，云南乐手“癫狂与文明”出版了《敏感词》。两首曲子，都是隐约的旋律，模糊的噪音，夹杂着历史录音，可能是新闻采样。与其说这是噪音，不如说作者企图在语言的碎片里，再拼回一个曾经完整的主体：他也想要哭泣。这种在语言上模棱两可的态度，已经被景观艺术利用：用看似陌生的材料，绑架人们的乡愁。

2008 年，“黑鸟”乐队，发表了音乐视频《敏感词携带，无助，抗争，团结》，历史照片+ 录音（演讲、哭泣、枪声、抢救）+ 配乐。这延续了他们以前的做法，相当煽情，看起来像是粗制滥造的电视广告。而这件作品的价值，就在于粗制滥造。就像 2004 年出走的“盘古”乐队，他们不间断地持续发表，但多数作品，与其说是理性的煽动，不如说是非理性的咒骂。粗制滥造和非理性拥有自己的政治性，“黑鸟”并没有摆脱帝国，它仍是抒情机器的一个元件，但这种粗糙和任性，就像那场默哀仪式上，四川民工粗鄙的私语和嬉笑，它是巨型 LED 景观中的噪点，一粒眼中砂。

浪漫的噪音：a，2007 年之后出现的“麻沸散”，延续了王凡的神秘主义，但更欢乐。他们在噪音外边包裹了嬉皮士文化、巫傩文化、佛教、印度老头。他们组织公社，替宇宙传播爱，发明声音法会。他们不由自主地成为噪音本身：一种自相矛盾的伪宗教。b，之后，更多受自由爵士和大音量噪音影响的年轻乐手出现了，一种渲泄的、主体性的声音，压过了丧失主体性的市场的声音，就像是半个世纪以前，用现代主义对抗现代资本主义的欧美音乐家：巨人和大师。这种有意义的噪音，假设爱、自由、真诚这些价值有效，而噪音使它们变得更大声。但实际上，噪音仍然在溢出乐手和乐迷的假想：越是大声，这些概念就越被摧毁。这是一种在各个层面上都失控的演奏，它暂时还不能造就下一个摇滚英雄。

小声的噪音：a，2002 年以后兴起的田野录音，以哈尔滨的 Hitlike 为代表，突出了廉价设备自身的杂音、日常生活的碎片：平庸的声音。b，即兴音乐在 2008 年之后进入增长期。这是一种反高潮的音乐。演奏者总是被问到：你想表达什么？它既不显得真诚，也不提供生理快感。在一个越来越多冲突，话语混乱，各执一词的社会里，小声的噪音强调听而不是表达。这是一个借助语言去往沉默的悖论：就像超现实主义者在现实之上的地方（sur-）改造现实。

5

“奥斯威辛之后没有诗歌”，是说人们意识到语言的困境：它已经和世界一起僵死，它变成了后期德国浪漫主义对现代性的痉挛式反应，像一个要为世界立法的巨兽（雪莱：诗人是世上没有得到承认的立法者。）。立法者的诗歌里住着一种绝对的意义：一种一厢情愿的翻译。所以除了粉碎已经建立的语言的锁链，没有可能避免屠杀。此后，隐喻不再是诗歌的必要条件。归根结底，诗不需要被理解：迷失在语言中，就像迷失在社会中一样，让人像野兽一样去摸和嗅他的世界：迷失就是到达。

“奥斯威辛之后没有诗歌”是一个腐朽的表达，它自己就是道德修辞。同样被第一次世界大战震惊的前卫主义者就不会这样说话，他们直接改革了诗歌：声音诗：诗歌的噪音。他们去除了引导者的声音（语法），解放出杂讯和呓语。噪音的一个世纪，一直在反抗国家和广告的政治，它摆脱了所有的、首先是自身的意义，以此作为祭祀，守护万物起源之处的虚无。如果说我们谈论的历史事件是一次语言的爆炸，那么之后发生的，就是一个可见的帝国里，对旧的语言的修补和升级，以及它不可见的漏洞里，对语言潜能的释放，对语言逃脱人类强权和人类逃脱人类强权的支持。这两件事，不是左和右、黑与白的斗争，而是未知的诗歌和已知的政治之间的游戏。

而噪音提出的，终究是符号的伦理学：它羞于把我们囚禁在经验之中。

（本文根据作者文章《怎样被世界改变》中部分小节改写；此处编者有删改）

国产噪友二三事

隔三岔五，总有那么几天，我什么都不想做，就想颓着，最多把大桌上的东西整理到小桌上去，尽量呆滞，和房间保持一种病态的平衡。嗑瓜籽嗑死了算。

按照印度阿三，尤其是美国和台湾版印度阿三的说法，我最好打开心灵，释放负能量，引导正能量，和宇宙保持通道顺畅，息怒，借钱给朋友，爱世界各国的穷人，深呼吸，最后天人合一，发现并保持一个真实的自我：通常，自我那玩意儿是美丽的，纯洁的，感恩的，就像楼下有机食品店的大米广告一样。

有机大米很贵的。而且我也并不像阿三的好朋友们那样，拥有丰盈的钱包和自我。

噪音并不能改善我的颓，也不让它恶化。但在巨大的声浪中我不存在，颓也不存在。

我第一次在家听噪音是 2000 年。那时候刻录 CD 方兴未艾。还有刻录 VCD 的。各种小众音乐，各种文艺电影，装在牛皮纸袋里， 10 块钱一个，送货上门。我找小崔弄了些传说中的日本噪音， Merzbow 啥的。阳光明媚，开大了音量，整个房间都变成了音箱，在震。没一会儿我就坐不住了，就站起来，走出书房，在客厅里来回转悠。回去再听一会儿，又觉得有人敲门。没有，又回去听。又跑到阳台上，假装镇定，若无其事地向 24 层以下眺望。

哪张专辑我忘了。再过两年，我买了 Merzbow 的正版 CD，好像是《1930》，在新街口付雄店里。骑车，戴着耳机听。音量开到最大。骑到商场对面，该存车了，还不敢存，怕忘了怎么跟人说话。要等音乐自己停了，休息一会儿才敢。结果音乐停了，我耳鸣了一下午。

在这期间，想必也是 2000 年，在霍营，王凡的 3 平米工作室里，我戴着耳机，听他做的“暴力噪音”。这个词是王凡发明的。这种音乐也是他发明的，尽管其他人已经发明过了，但王凡并不知道。他做音乐的方式也很暴力，三天三夜不睡觉，经常烧音箱，烧耳机。有时候他也听别人的音乐，英文一个字不认识，只认音乐不认人，喜欢就剪下来用，甚至整段拿来，这个叫暴力采样。暴力噪音只是他各种风格里的一个小分队，也从来没有出版过，但却最让人印象深刻：有一天，我们在霍营一个饭馆里坐着，杨韬和耳环朱就来了，其中一个脸色煞白，说，刚从王凡那儿出来。

还有一个姓朱的，叫小龙，是当时最猛的摇滚吉他手之一，被戴上耳机，开大音量，听着听着鼻血就淌下来了。

1999年， 8月29号，魏公村的火山夜总会，大友良英和Sachiko M还有李劲松的音乐会。那是我第一次看噪音现场：大友良英5分钟的吉他独奏。凶猛极了，能量像砖头，劈头盖脸，满街横飞。

现在听噪音的人多了，没有人把大友算在噪音乐手里。噪音，得是一桌子单块效果器，每一粒空气都在狂震，乐手手握一个什么玩意，拼命地对着喊，摇晃，爬到音箱上跳下来，把自己摔个半死，要么就向观众泼泔水。总之，得保持一种要出大事的感觉。

在大事面前，你要么扑上去，和它同归于尽，要么就逃回安全地带。

1999年初的一天，兰州的双百音乐餐厅，一个朋友从舞台上向观众扑过去，观众向他扑过去，其他乐手也扑过去，大家滚做一团，比音乐还过瘾。有一种解释是：音乐太不过瘾了，因此只好靠扑。在1990年代，国产摇滚乐常常给人这样的感觉，但人们总是扑上去，有时候脱光了扑，有时候加上嚎叫：肉噪音。这一切不是弥补了音乐，而是让音乐成为了它本来应该是的那个东西。整个1990年代，人们在大事已经发生，且不再发生的状态下生活，音乐，因此必须是最低限度的大事：让人和社会决裂，和生活反目为仇，跟自己过不去。嚎叫。能量从身体里横飞出来，全是砖头，全是直觉，和美学一点关系都没有。

我可以解释，为什么到了1999年，很多人喜欢听死亡金属，歌特，暗潮，异教民谣。还有很多人觉得朋克也不够吵，要找更要命的来听。人们买了更多的效果器，试图发出更大的噪音。有很多摇滚乐迷给摇滚乐杂志写信，和主编对骂。这和美学一点关系都没有。

我听了几个小时噪音，然后骑车出去逛。让音箱休息一会儿。阳光明媚，平庸，宽敞。噪音让世界变得很有道理，尤其是那些温顺的环境噪音，花花草草一般，此起彼伏，各得其所。垃圾堆，钢筋水泥，地沟油，足底按摩，各得其所。刚买的自行车坏了，没花钱自己给修了。城管穿着迷彩服，从面包车上跳下来。街上的一切都像是在拍电影：十几年前中国还没实现四化，今天已屹立在世界之巅。社会就在停满了汽车的自行车道上延展，既不美丽，也不永恒。

眼下豆瓣上活跃着一批噪音爱好者，主要是迷幻噪音，简称迷噪。2009年和2010年，还发行了合辑《中国制噪》1和2。在实验音乐这个无所不包的大箩筐里，噪音大概是国内最应景的一支了。听噪音爽，做噪音不花钱，我也是这么想的。在网上和社会保持距离，也是一种地下。在耳机里，每个人都可以是恐怖分子。

有一次我戴着耳机，骑着自行车，和另一辆自行车撞上了。就像世界突然漏了，和另一个撞上了。

时间大概是 1999 年到 2000 年，王凡发明各种新音乐的时候，李剑鸿在杭州，弄了些电钻，钢板什么的，也在发明新音乐。还有正在兰州经营“非主流”专卖店的别峰，他在不弹吉他的时候，发现吉他效果器拧来拧去的也挺有趣。

李剑鸿一开始是搞朋克的。别峰也是。王凡比他们大一点， 1970 年生，之前和重金属乐队合作了很久， 1996 年来到北京，改做神秘且实验的歌曲。用王凡的话说，他要创作一种深入意识的，“让人醒来”的音乐。 1999 年，他大步转向声音。噪不噪并不重要，重要的是如何醒来。所以他还做了些高频正弦波音乐，有点像 Sachiko M 的日本极简派。还有 2002 年完成的 new age 加极简派的《五行》。后来是德式电子，噗兹噗兹的那种。最近两年又开始写歌，有种宗教歌曲的感觉，让人想起弘一法师。

别峰拧效果器的结果，并不非常吵闹，只是晦涩。后来他和周进、柿子组成了“兰州噪音协会”，这样就吵多了。2002 年参加迷笛音乐节的时候，台下有个观众就听哭了，她说她是头一次听噪音。后来他们发表了一堆专辑，有的很迷幻，有的像街景，有的是跑调的歌曲，有的漫长且漫无目的。封面上画着隐士的像，有时候还引用达达主义者的言论。总之这些声音并不都吵，倒是有些恬淡的意思。

李剑鸿见过别峰一面。那是 2002 年初，在昆明演出。别峰是王凡大乐队的吉他手，他们的演出像是法会，没完没了的。李剑鸿的乐队叫“第二层皮”。既没有电钻，也没有钢板，他的吉他尽管没有旋律，但毕竟很华丽，噪音像焰火，像是“音速青年”什么的。比兰州噪音更具音乐性，比王凡大乐队更潮。

那时候上海有顶楼的马戏团，他们一开始也搞法会音乐，但没怎么发表。可能只有两张唱片：一个是小声唱片出的三寸 CDR，一个是骡子唱片和撒把芥末合作出的《上海现场》。那都是 2004 到 2005 年的现场了。有一次，顶马和美好药店在 798 搞了半场法会，半场行为艺术，轰隆隆声音糊成一片，虽说有节奏，但真是原始部落那种。那也是小河还在搞行为艺术的年代。

这些事情，后来都不能算在噪音里了。

几个月前，我遇见一个自称艺术家的美国人。学过媒体艺术，在中戏附近的小剧场里担任艺术总监。我们花了 10 分钟讨论什么是噪音：他说，非乐音的不就是噪音么。我就解释了一下：噪音本来是一种音乐元素，现在是指一个音乐条目， 1980 年代发端， 1990 年代成形，非常大音量，非常生理，密集，相当于把军工厂点着了，绑在耳朵上。其他那些，应该叫电子原音，自由即兴，实验音乐，前卫作曲，声音艺术，工业音乐，实验氛围，等等。并不是用上噪音元素，就叫噪音音乐，正如并不是所有的包子都叫豆沙包。你不能因为噪音听起来酷就随便用它，胡乱比喻，词语会磨损的。我说得自己都烦了。妈的噪音就噪音吧，正如一切都是行为艺术。

这两年，很多文艺青年都和他一样开放：你喜欢什么音乐啊？我喜欢噪音，还有民谣。在我怀疑的眼中，他们都跟小兔子似的，萌萌地微笑着，即将成为受害者。

以前台湾人也爱说噪音噪音的，就像在说革命。这和学运有关系。

2006 年以后，慢慢地都说声音艺术了，就像在说逐渐成熟的民主社会。这和资本主义文化有关。

这两种用法，都不一定和噪音和声音艺术有关。

我在笔记里写道：国产噪音和国际噪音有什么区别吗？有趣的问题。 1980 年代到 1990 年代早期，日本噪音的标志是玩命，危险，极端大音量，身体表演。从身体到精神，纯粹的生命体验。欧洲美国也很快跟了上来，好像是杀向里根和撒切尔的回马枪。今天全世界的噪音，都是这样极端，但不大挑衅观众了。

也许并不存在一种国际噪音。大家都是从国际列车上跳下来的。

噪音是最好的世界语：开大音量，把人打回原型：没有国籍和性别。

2009年，日本噪音乐队“非常阶段”组建30周年的演出，音响不再糊成一团，吉他手像一个摇滚明星，从混沌的历史中现身，观众也像是参加摇滚音乐节。我是在《噪音之王》这本书附送的DVD里看见的。这本书是在东京一家卖少女饰品和小玩意的店里买的。这大概算是国际噪音。

10年前极端吵的巴斯克人Mattin，后来变得极端安静，一场演出的声音加起来，还不够塞牙缝的。他说，他现在致力于探讨资本主义如何将我们客体化。这是另一种国际：在中国，资本主义不是流行词，客体化就更不流行了，在中国，没人想知道这是什么意思。

中国最早的实验音乐演出，是1993年，北京国际爵士节，大友良英和澳大利亚的Jon Rose。第二次是1995年，纽约地下音乐大老板John Zorn（约翰·佐恩）和日本怪叫专家山冢爱。我没看到，听人说，佛山现场有人不高兴，扔酒瓶子，其他场次的观众则一律呆若木鸡。1995年还有澳大利亚的实验乐队Peril，在深圳。但是正经的纯噪音演出，第一次，我猜，应该是2002年10月，有个叫田富雅人的脏小伙，辗转找到我，请帮忙安排演出。他在藏酷、老豪运、河酒吧演了三场。记得在藏酷向观众做介绍的时候，有人当场就惊讶了：噪音音乐？噪音也是音乐吗？

第二次，我猜，应该是 2003 年 11 月的“北京声纳国际电子音乐节”。中国最早的噪音乐手之一，桂林的周沛（Ronez），拿了个饭盒改装的效果器，在舞台上捣鼓。还有美国、奥地利、瑞典的乐手，行动噪音，笔记本噪音，整得天都快塌了，辉煌灿烂，观众长时间鼓掌。我还见到两个哭得哗啦哗啦的观众。感觉是改革开放了。

接下来就是上海的“折磨护士”了吧。他们成立于 2004 年。朝九晚五的上班族，利用业余时间搞噪音，利用上班时间和各国噪友通信。到今天，已经在全世界发行了 200 多张唱片。什么叫噪音，可以问他们：粗噪音，硬件噪音，纯噪音，噪音碾核，垃圾噪音，强力噪音，工业强电……总之在这个谱系里，只包括最极端最地下的那些。比如说李剑鸿：2004 年到 2009 年，他也搞了许多硬件噪音，像高压电，像嗑了药死在人马座 λ 星云里了，总之更华丽了。他的多数作品，都是在家戴着耳机录的，并不扰民。 2007 年，他的硬件噪音乐队 Acidzen 在北京演出，我正好带着分贝计，拿出来测测， 125 分贝，演完一看，一只 15 寸的喇叭裂开了。

周沛原本是要搞电子乐的，喜欢丰江舟。丰江舟，名词解释：中国最早的地下乐队“苍蝇”的创建人， 1990 年代后期致力于电子乐。括号：凶猛的德式地下碎拍，不能跳舞的舞曲。括号：和资本主义死嗑啊，青少年暴动啊什么的……1999年，周沛用简单的软件，搞电子乐，包括不算噪的噪音，还有用吉他和随身听之类搞些古怪的歌。神功还没有练成，就走纯噪音路线了。自制话筒，自制效果器，自己发行唱片。当时很多年轻的网友，没有加入过音乐圈的，也都拿电脑尝试各种怪声。一开始都尽量吵，尽量怪，后来就各得其所了。只有周沛，不但放弃了电脑，而且越来越吵，他在美国发行的一张专辑，标题是“哈楼，我聋了而且挺好”。

周沛是个会计，长的也像会计，下班在客厅搞噪音。后来生了孩子，有时候就把孩子的声音给录进去。他的长相：如果说丰江舟曾经很酷，像电影里的地下教父，那么周沛就只能是地下电影里，隔壁的怪叔叔。他不能给人带来任何幻觉，没有形象，像豆腐乳一样，降低了国产噪音的美学指数。这才是噪音题中之意。

8年前他送我两罐豆腐乳，真是人间美味。可惜后来牌子倒了，据说是食品添加剂超标。

噪音之于周沛，是日常生活，又称为普遍性瞬间打开大门的独特性。

之于“折磨护士”，是平民艺术，反艺术，是终极的摇滚乐：无目的的长征。

之于李剑鸿，是精神升华，炼丹，明点上升，天人合一：像传说中的古人。

之于舒骑：2010年我第一次看到舒骑的现场，当时他还在上大学，上海。日本噪音前辈美川俊治说，噪音就是纯粹的声响快乐。舒骑就是这种感觉。他不断重复的身体动作，像是牺牲，像是声音要挣脱肉体，奔一种纯洁而去。

之于周日升：山西大同的孤独噪音人，艺术家。40多岁了，一穷二白，总是笑呵呵的。我能说那是他自动脱离时代列车的结果吗？像是孤岛上的家？

之于麻沸散呢，他们在北京通州，搞得像个公社。他们说噪音是宇宙能量的爆发。这个说法比较文学。他们的现场很即兴，又有戏剧性。2010年在上海，他们中的一个扑到台下，跟一个大油桶满场滚开，又回到台上，把桌子掀了，括号：掀的是别人的桌子。唱片极其随意，粗糙，极不负责任。那么现场，应该算是这种无意义的高潮：为消耗而做的狂欢，嬉皮和原始人的庆典。

之于兹比格涅夫·卡科夫斯基，和中国同行往来最密的笔记本噪音大腕："我的每一次演出，都必须是一次爆炸"。"我的音乐只和能量有关"。那实际上是一种大尺度的爆炸，物质性的，但他的声音很虚无，不像麻沸散那么浪漫。

所有的美国记者都想听到一个故事：噪音是中国地下青年的政治反抗。好吧，反抗是存在的，但政治的高压并不存在。只有非政治的高压，搅和着无处不在的政治的低压：从地壳喷涌而出的硬暴力，和越来越精美的软暴力。政治已经被搞坏了，被羞辱然后盗版了。人们常说的政治，实际上是和意识形态无关的权力斗争。针对这种现实，不如说，噪音是对美国记者的反抗：它总是在逻辑上自燃，爆炸，拒绝被媒体的暴力捕获。

2006到2008年，北京流行过一阵子噪音和电子即兴音乐。通常是演出开始3分钟内，人们纷纷逃走，围在演出场地门外，干杯，聊天。这大概是对爆炸的反抗。2006年3月，两个好朋友酒吧，卡科夫斯基成功地围困了一屋子观众，不让他们逃走。谈不上聆听，因为这是纯粹的身体事件。声音迅即消失，但事件一旦发生就不再逆转。

噪音和朋克一样，要求创作者自己去搞演出，烧了音箱得赔，面对观众，或者面对没有观众：最低限度的社会行动，最小规模的宗教仪式。如果说1990年代没有噪音，那是因为时代高压，荒芜，充满可能性，像一床捂满炸弹的棉被，每一个渴望都带来剧烈的体验。2003年以来兴起的噪音，就是对可能性被命名、登记、分发的回应。可能性，是一个流行词。噪音不再是可能性的一种，它走向纯粹的身体和精神事件，也不再属于音乐，因为音乐被记者拿走了。

笔记：在1999年，自发的实验音乐，噪音的前身，还有迅速崛起的地下摇滚（的政治反抗?），像是一个时代结束前，动摇，解压缩，地壳缝隙里泄露出来的烟和热。2003年的地下摇滚：是的，它不是死于失重，而是自杀，以谢绝在幻像中发言。噪音否定了新时代的语言，它是语言的灾难。它的发言，不属于系统中的任何一种方言：影帝，鹰派，异议艺术家及其国际友人，印度阿三，出租车司机陈丹青，爱国者，海归国粹派，五毛，县乡宣传干事，文艺青年，大写的我……

提问：为什么不再有上百人挤在一起，来看噪音演出?是因为人们不再渴望事件?或者人们渴望的是关于事件的气氛，而不是噪音本身?或者人们渴望更大的事件，比如说世界末日?

我最近听的国产噪音人，叫做 13 hanaMukes。他是若干支地下金属乐队的成员，很少发表噪音作品。一般来说，地下金属和噪音是互不来往的两个圈子：都太极端了。

只有在文艺青年盛行的地方，例如纽约的威廉姆斯伯格，才会有很多“音速青年”这样的乐队：一边玩不太摇滚的摇滚乐，一边玩不太噪音的噪音。现在北京也多起来了。就像齐泽克爱说的：没有咖啡因的咖啡。

但也可以是香港的鸳鸯奶茶：一半奶茶，一半咖啡。我喝了两杯，心跳加速，冒冷汗，快要上不了舞台。文艺青年热爱的小河，胡言乱语，各种跑调和假装，时而是民谣，时而是怪叫，他使用了系统中所有的方言，包括广东人听不懂的粤语。事实上噪音仍然可以被打包，一次性翻译。但小河很难翻译。他是个怪逼。

小河会一直是一个怪逼吗？老羊，业余维权人士，前实验唱片店老板，对《噪音，音乐的政治经济学》的解读：噪音就是反抗的隐喻，中国实验音乐是一种被压制的声音。有一天，他不再卖摇滚乐和电子乐了，因为它们不再被压制了。很多人因此觉得他脑子乱了。我觉得他可能不是脑子乱了，而是伤心了，因为在维权的时候，一个噪音乐手都没来帮忙。

事实上噪音乐手通常低调，而不是像未来主义者，达达，或者启蒙派，或者巴勒斯坦人体炸弹。他们更像是老百姓本身：既不是人民，也不是公民——系统的晦暗的钉子户。钉子户：从老百姓的荒漠中突现的事件。但噪音乐手真的没有去帮忙。

爽，是一种后资本主义特有的，快乐原则的，对噪音的消费吗？

噪音网友的爽，在多大程度上属于聆听事件？它是一种秘密历险，还是一种自欺欺人？

推向极端之后，在公园跳舞的易妆大叔，会进入非人的境界吗？听说他所有的邻居都对此无动于衷，他们窃窃私语吗？

问题是问不完的。我的外号叫十万个为什么。这也是我做不了大音量噪音的缘故。

海边的洗衣店

你是干什么的？

我是个乐手。

你演奏音乐？

不，我演奏噪音。

噪音也是音乐的一种吗？

不，噪音不是音乐。

上面这段对话经常发生。很多创作大音量噪音的人，自称“噪音人”，英文叫 noiser。但为了方便沟通，还是常常自称乐手，就当是凑和，也像是恐怖分子化妆成老百姓。不像那些创作小音量噪音的人，有的是作曲家，像泽纳基斯、大卫·托德，有的定义为即兴乐手，像是小众的电声即兴（Electeo-Acoustic Improvisation）演奏者，这些人更主动地接受了“噪音也是音乐的一部分”这个说法，甚至为之辩护，搞不好还要维权。

噪音也可以是音乐的一部分：这多少算是上世纪中期的成果。那时候，各种怪逼都有容身之地，从捣乱分子到社会精英，似乎也就是一步之遥。行动绘画成为美国国宝，概念艺术被收藏，激浪派和实验音乐也加入中产阶级文化的必修课，终于，听约翰·凯奇谈寂静，就像听奥修谈论爱一样令人欣喜。伴随着寂静，音乐向噪音张开了怀抱。宽容。很有礼貌。但就像凯奇永恒的笑容一样，也有点烦人：为什么噪音不可以是它自己？为什么一定要是音乐？在那个美国梦一样精彩的许诺里，每一个声音都可以成为音乐，每一个马桶都可以成为艺术，每一个人也都可以成功，慈悲和智慧（和财富和民主）的光芒，会照亮所有的角落。

没有照到的除外。

凯奇没有在笑的照片也除外。这对他来说，多少有点悲哀。

为什么一定要成功？不成为政治家也可以搞政治吗？傻逼也有权存在吗？没有得到作曲家加持的、闲杂的声音，也可以被听吗？不被听的话，有权存在吗？有权不存在吗？

噪音音乐是对上述疑问的一种回答。类似于这样的一种对话：

你是乐手吗？你演奏音乐吗？你是噪音音乐家，或者噪音艺术家吗？

我什么都不是！我什么都不是！！我什么都不是！！！

噪音音乐：和噪音乐手一样，一个悖论。一种与生具来的自反性。自相矛盾的词和它的自毁的对应物。但首先是不想说噪音艺术，更不想说声音艺术。并且和日常用语里的“噪音”区别开：一种极大音量的，不包含任何“音乐”元素的，用电子设备和音箱实现的声音事件。兴起于1980年代的日本，定型于1990年代的欧美和日本。不是小音量的噪音，也不是之前的噪音音乐，包括路易吉·卢索洛的噪音机器Intonarumori、苏维埃噪音实验、1960年代英国的电声即兴和美国的现场电子（Live Electronics）、洛杉矶自由音乐社团（LAFMS）……不是自然界的噪音，不是隔壁在装修……也不是不同政见，也不是抗议歌曲，也不是脏话和抑郁症……不是噪音这个词的开放的修辞和象征，不是那个大写的“不是”。

只是把“什么都不是”这件事无限地放大而已。就好像突然找到了虚无本身，又突然它爆发了。

这种说法有点没良心，因为很多前辈和同行就被排除在外了。包括那些因为玩噪音而被斯大林枪毙掉的人。但也只有这种说法，最彻底地推行了噪音的逻辑。也只有这种音乐（或者非音乐）最吵，最噪音：最没有逻辑。最来不及思考。最彻底地从人的存在中崩溃出来。

很多噪音人坚持说噪音不是音乐。但他们不介意“噪音音乐”这个词。犯不着和一个词较劲。但有必要和一句话较劲。

人们早已习惯了这个词：音乐。它不特定，用起来比较随便。随便很重要，千万不要事儿逼。“当代艺术”听起来就有点事儿逼。“声音艺术”更甚。继承和使用这个已经磨损了、失去了光泽的词，说明还在玩一个古老的游戏，也许是惟一的游戏，不需要特定的区分也从未进步过的游戏：音乐，从仪式开始，和万物和神灵和死人沟通的游戏，它无处不在。你可以隐身在一个古老的，已经变得平庸的状态中，和其他事物平等地存在。甚至，也只有在普遍性当中，才能激活独特性，就像是从菜市场某个摊主的手机铃声里，提取出恍惚的高频和心脏的节奏，让它们回到神的身边：菜市场是大地。

噪音：没有恒定的差异，只有混沌的共通。

音乐：当人们忽略了无处不在的普遍的噪音，这无处不在的特定的音乐就取而代之，变成了氛围、背景，变成了噪音。

噪音是所有声音的原初状态，宇宙的无序的秩序，你放大它，就叫爆炸，你松手，它就叫混沌。的确啊，一松手，什么都变回了混沌，看见那些精心打扮的人，明星和新娘的时候，难道你不为他们将要皮肤松弛，流口水，死掉，而感到悲哀和滑稽吗？

以及：当噪音也开始分类——粗噪音（Harsh Noise）、粗噪音墙（HNW）、快切噪音（Fast Cut Noise）、迷幻噪音（Psychedelic Noise）、噪音核（Noisecore）、屎核（Shitcore）……噪音就必须始终处在一个身体里，形状里。就像是被分类为智者就一直要微笑下去……即使是噪音也需要一点安全感……但也许噪音更适合在悖论中存活，这就是为什么，到了 1990 年代初期，日本人就开始说噪音已经死亡：它被定义了。那个在舞台上手淫，唱卡拉 OK 的怪逼组合 Gerogerigegege，难道他们不就是到达了噪音的荒谬的庄严，然后消失，被上述所有的分类排除在外？

如此说来，继续活一种已经死亡的生命，又是一个新的悖论。如果说噪音就是悖论，那么在今天，继续搞噪音而不被噪音搞，不但是不可能的，而且是可能的。

1910 年代的未来主义乐器 Intonarumori，是一堆木头盒子，靠齿轮、杠杆的敲打和摩擦发声。1920 年代的苏维埃噪音机器，形形色色，有时候会用到蒸汽机、电影胶片、枪，有时候靠手。1930 年代，杜尚和库特·史维兹用到了唱机。1950 年代，凯奇买了好多短波收音机。1960 年代，人人都在焊接电子原件。1980 年代，吉他效果器又多又便宜……1990 年代以后，重低音音箱普及了，笔记本电脑也普及了。噪音是机器的产物，没有电，就没有 130 分贝灵魂出窍的顿悟。确切的说，噪音是人把自己扔进机器的海洋的结果：地球已经全面变暖，融化，横竖是个死，不如游泳而死，说不定还能死得其所。

1970年代，英国工业音乐兴起，有一句著名的口号：给工业人的工业音乐（Industrial Music for Industrial People，来自艺术家 Monte Cazazza）。所以噪音也就是给噪音人的噪音：一种反馈现象。工业革命以后，大家都成了噪音人，但只有少数人主动接受了这个事实。这些人不大像是时代的反抗者，他们不要求回归大自然，也不天人合一。相反他们比机器更远离自然，他们听机器和垃圾的声音，放大它，使它突破自身的极限，呈现其故障和毁灭。同样是1970年代，“生存研究实验室”（Survival Research Laboratories）出现在旧金山，以机器人的搏斗和毁坏为表演内容：不再是用人的身体来表演，因为旧的身体已经献祭给了机器。

这些都应该追溯到未来主义者和达达主义者和苏维埃的前卫主义者/共产主义者那里。那个怪异的、遍布冲突的新世界里，这些人和世界一样怪异，他们是献祭的先驱：不仅仅是向田园牧歌的幻觉告别，也向个性和自我告别。不再有技巧和大师，包括审美和道德。在机械化的过程中，旧的身体的主动的死亡，是和这些陈词滥调同归于尽：自杀炸弹。而这始终是为了一个更好的世界。在当时看起来最有希望的社会里，塔特林（Tatlin）为苏维埃设计的飞行器，展示出了科学和诗歌（和悲剧和毁灭）的潜能。苏维埃的小伙子给自己装上滑翔翅膀，这情景很像是1913年的苏黎世，雨果·鲍尔穿上立体主义的锥形衣服，朗诵那首模仿机器和战争的声音诗。这情景也很像是Gerogerigegege在舞台上电击屁眼，用吸尘器吸鸡巴：在机器里，新的身体诞生了。

与其说今天的大音量噪音音乐/非音乐，是对100年前的噪音运动的继承，不如说是对它们的失败的祭奠。被引用很多（过多）的《噪音的艺术》（The Art of Noise）宣言，是从聆听日常生活的声音开始。同时代的声音诗，是从废除语言的意义，回到语言自身的物质性开始。然而它们都失败了，包括在意大利和苏联用艺术改造社会的努力。没有足够大声的乐器是一个原因，和政党同床异梦是另一个原因。还有很多其他原因，比如说其实噪音就是想要失败。在一个成功的世界里，噪音的意志就是去失败，去返回混沌，去保持从头再来的潜能，去摧毁分类法和美术馆和存折……

所谓的天人合一，经过噪音的修正，显现为一种针对现代世界的态度：要么摧毁你自己，从而摧毁附着于自我的流通体系；要么切断流通，包括资本的流通（经济）、意义的流通（语言）、主体的流通（象征秩序），从而解放自我，使之复归于无。

大音量的噪音，强制性的直接生理反应，大过前卫主义者 100 年以前的丑闻，大过激浪派和维也纳行动艺术的偶发现场和流血事件，约等于萨满和巫师的药物。在时间纬度的这一头，是古老巫术、仪式，象征和体验并存的时间；在另一头，是赛博朋克通过嗑药来帮助人机合体，是肉体和机器叠合的未来巫术。噪音作为药物，既不是天然的，也不是化学的，它是一种强烈的物理振动和神经电活动。在现代性焦虑的身体里，噪音就像是拎着自己的头发：不是为了离开地球，而是为了振动身体，驱魔。

在大音量的激烈的极端的日本噪音（Japanoise）之后，出现了“粗噪音墙”乐派（HNW），法国的 Vomir 这样描述它：没有动态，没有变化，没有发展，没有想法（no dynamics，no change，no development，no ideas）。这面无表情的宣言，让人再一次想起 Gerogerigegege，他们说：操作曲，操旋律，不献给任何人，不感谢任何人，艺术已经完蛋（Fuck compose，Fuck melody，Dedicated to no one，Thanks to no one，ART IS OVER）。这有点像是概念艺术对达达的祭奠。当噪音被定义和习惯，变成另一种抽象表现主义绘画（表现什么？）和自由爵士（在何种意义上自由？），变成主体的宣泄表演，就有新的噪音来取消那个表演者，那个自杀者，那个令人感动的主体（难道这不是一种犯罪吗？当你替其他人说出他们说不出的话，让他们哭，让他们得到答案？）。

也就是说，噪音又回到了混沌中。并且是又一次主动地回去。那些呆若木鸡的声音，黑胶唱片， 15 欧元，买回去，邻居以为你买了三台洗衣机。或一个大海：大海也呆若木鸡。

大海是人们不讨厌的噪音。不光是惹不起，也因为人体70% 由水构成，大海是故乡。当人们憎恶地说“这他妈完全是噪音”的时候，从未包括过大海和瀑布的噪音、雨和雪落下的噪音。这混沌令人心安。一种可能的解释是：因为人类来自胺基酸。而胺基酸来自大海，要么是臭水沟，反正都一样。归根结底，人类来自子宫，曾经长时间被羊水包围，时刻在振动中。如果噪音不那么激烈，不抗争，不从环境中突然涌现，那么它就应该像羊水一样包围我们。事实上它一直这样包围着我们，那个被称之为寂静的东西，实际上就是微小然而广大的噪音。那么，那么洗衣机为什么不应该取代仁波切的地位，尤其是当你有了三台洗衣机？

关于这种普遍的、无始无终的噪音，曾经住在海边的观世音这样说：初于闻中，入流亡所。所入既寂，动静二相，了然不生。如是渐增，闻所闻尽。尽闻不住，觉所觉空。空觉极圆，空所空灭。生灭既灭，寂灭现前。忽然超越，世出世间，十方圆明……（《楞严经·耳根圆通章》）他是一个通过聆听而得道的人，后来被塑造成有求必应的神。但他没法替我们去听噪音。那么在海边的洗衣店里，他听见的，和我听见的，是同样的声音吗？他能够像猫或者狗一样，听见 5 万赫兹的振动吗？这似乎不算个事儿，至少他已经不介意了：他抛弃了聆听主体和声音客体之间的接触界面，在声音/聆听的流动中，进入每一个方生方灭的瞬间，两者的连续性都不复存在，它们被体验为物质的基本形式，也就是振动，它们没有分别地消亡了。

人类的声音，一种特定的生物电现象。它从万物无始无终的振动中，选取 20 到 2 万赫兹的频率，转换成电信号，在脑神经间传输。那些太过微弱的信号被称作寂静。

我们发明了噪音这个概念，是因为我们发明了语言和音乐。从振动中选取了一小部分，组织起来，生产和再生产，编制出意义的流通网络。那些剩下的就是噪音（这里借用 Alex Ross 的书名，而这个书名则借自莎士比亚）。

然而并不是剩下使噪音成为了噪音，而是过剩。古汉语对“噪”的定义，是过度的声音。这是一种状态，而不是一个恒定的形式。曾经和我们相安无事的声音，混沌的也罢，清晰的也罢，粗笨简单的也罢，悦耳有余音绕梁的也罢，一旦过度，就烦人，就无法分辨出确切的意义（从噪音中分离出信号，解读出信息），大脑死机。反过来说，如果人可以缩小自己，去靠近每一粒声音，它就又从混乱中显现为个别的，说不定还有鼻子有脸的?

过剩是大自然的恩赐，加上人类的努力。也许后者比例更大一些，毕竟我们已经不再靠采摘野果为生了，我们采石油。过剩的词语，过剩的思想，过剩的表达，不大可能像粮仓那样囤积起来。能量的意志在于，要求释放，以便复归于虚无。熵是宇宙的法则，看起来和人类的愿望相抵触，然而它在每一个过剩之处发作，用乔治·巴塔耶的话说，现代战争的无法避免，就在于现代经济的过剩无法避免。也正是在这个意义上，雅克·阿塔利的声音的政治经济学才能推导出噪音这个消耗的庆典：它不是积累和交换剩余价值，而是回避，回避不成就干脆摧毁。噪音按照资本的逻辑运行，从原始混沌（无意义的大海）中醒来，进入流通（现代音乐），但稍微运行得彻底了一些，以至于不再剩余，无可交换，连那个逻辑都一起崩塌。

有趣的是，作为政客和银行家的阿塔利本人，却成为一位成功者，收集、引导和管理着政治和经济上的噪音。他并不同意消耗，也不喜欢无意义。至少是投靠密特朗以后，他不再相信噪音，转而从事资本的流通和增殖。这就像 20 世纪的音乐，它已经尽力去吸收噪音，组织噪音，给它们名分，就像资本主义努力地消化着经济危机，让冷的钱变成热的，让慢的银子变成快的，也让意识形态的敌人变成生意伙伴，让暴力变成暴力美学。噪音的一个世纪，就是在这样的悖论里摆动着：从混沌中出来，激烈地存在，然后被显影，被同意，被投入再生产，然后再毁坏自己的前途，偏离航线，暧昧，迷失。

在被设定了的命运里，机器和人都只能通过故障来发出噪音，那不是为了更有价值地存在，相反他们和它们可能会短命（正如佛陀也不曾长寿）。而故障是无价值的突发。而无价值和无意义是最终的平等，就像是一个起点，其中包含着所有的方向。噪音消耗着过量的信息，像是在过年的时候消耗积蓄，吃喝，放鞭炮，为了一年的宁静——是啊这样的传统已经扭曲了，噪音因此成了新年的激进版本，也是现实版本，以回应这个连过年也都变成再生产的世界：去回到那个起点。

一场演出·金属不死

做为策展人写给张鼎的展览，2014 年 4 月，香格纳画廊

一

金属不死是一种信仰。虽说并不存在一个金属神，或皮夹克神、哈雷神，但那个著名的手势，一开始是只有食指+小拇指的，在变成大拇指+ 食指+ 小拇指之前，像头顶的羊角一样，是代表着撒旦的。嬉皮士把羊角变成了“我爱你”，这固然有助于世界和平，但也少了那一点点倔强，那种沉默的、相互许诺的感觉。

在基督教的重压下，反抗的人，向历史的深处，寻找另外的根源，也就是被正统排除在外的古老宗教。或者干脆，上帝的对称者，起义者，也是西方世界最大的失败者，撒旦。重金属的念头，从那个时候就有了，它像孙悟空一样，脸上长了青苔，等待着从石头里跳出来，重新算账的一天。那时候，他需要手势、符号和表情，和同志们对上暗号。

在上个世纪，摇滚乐和上帝关系紧张，又密切，时而和好，这不是一言两语能解释的事情，历史啊，文化啊，现代性啊，要说的太多了，就像维族人，汉语不好，索性就不说了。烤羊肉冒着烟，路灯照着地上一滩一滩的羊油，历史和

文化也就沉默了。

然而，总的来说，撒旦也是来打酱油的。弥尔顿写了《失乐园》，但他也没有信撒旦，照我看，他信的是语言，诗人不都是活在韵脚和字符里的吗。人总是要有点信仰吧。在一个曾经、将要、仍然灰头土脸的世道里，人总是想活得更精神一点，除了现成的那些选项，也还有些别的，包括没有名字的，甚至像沙子一样把握不住的，都可以去信。人们信重金属，那就是信重金属，效果器、节奏型、音箱、火箭一样的吉他，是它的法器，黑 T 恤是法衣。撒旦呢倒成了一个借口。黑色安息日也罢，圣徒犹大也罢，他们难道不比撒旦更伟大吗？ Tony Iommi 发明了强劲有弹性的吉他 riff，无论是撒旦还是上帝，也都要叹息吧。一花一世界，吉他 riff 的宇宙，从那时起就不一样了，就像是黑夜对自己说：要有黑暗的闪电。于是就有了呗。

然后重金属像回到了地狱的撒旦，有自己的仪式，和子民，分出了种种流派和教门。至于极权，资本主义，什么的，硬核朋克在人间死磕，重金属则阴沉着脸，用神话对抗现实。

二

说到信仰，艺术家大概是信艺术的，但说出来又好像是洒狗血，那么就只好意会了。

有朋友向我转述了一个硬核乐队主唱的话："认真你就输了"。他说这是一支变态白领乐队，充其量也就是变态白领啊他说。我就想起了艺术家，从古代到现在，他们也一样苦恼着啊。几年前的一天，张鼎向我解释过成功画家的技巧，像是那些漂浮在空中的小东西啊，随便点上去的眼睛啊，轻松才会好卖，我就恍然大悟了。北京的摇滚，成都的油画，或者兰州的，临夏的，随便哪里的成功者，也可以是这样的啊。不要太当真了，一壶酒，一张琴，松树下看看微信，让死难者去拼命吧。

重点是不能输啊。因为成功者输不起啊。

好些年过去了，我想起我和张鼎的第一次见面，那居然是迷笛音乐节。叛军的节日啊，至少在那时候是。失败者的节日，我们重新发明了现实。

好些年过去了，人们认真地输掉了自己，现实重新发明了自己。我没再去过迷笛。张鼎呢，作为一个曾经用拳头打仙人掌的艺术家，既没有搬去宋庄，也没有信佛，而是定居了上海。再看看过去，迷笛或仙人掌的录像，他会是什么心情？他的工作室所在的地方，桃浦，一个漂浮在空中的小东西，正在爆发着当代艺术，那究竟是一场资本主义革命，还是资本主义式的革命，抑或是新时代的丝绒革命？

现实是残酷的，摇滚，艺术，都要挺住啊，哪怕是反革命。

三

我和张鼎在饭桌上说起摇滚乐。“金属不死，摇滚万岁，”一个美术馆的副馆长说，然后是“坚持地下，操翻主流”。他说这几句都是他发明的，早在上个世纪90年代，在他尚未加入地下乐队之前。是啊那的确是一个对抗的世纪，发明的世纪。重金属巨大的能量，在1990年代开始的地方，在这个国家，几乎发明了一个地下国，北京仍然是它的首都。

北京的革命是火热的，许多年之后，上海的革命是冷静的。

冷静的桃浦的工作室里的张鼎：从时间上看，他已经远离了仙人掌，从空间上看，他离天花板也很远，可以制作一些巨大的装置。我看过其中的一些，有石膏，让我想起了工人文化宫的美术辅导班，有不锈钢，让我想起了《终结者》里面的T2000，有冰箱里的海绵，让我想起了太阳下暴晒，裂开了的人造革沙发。然后有很多声音，从8寸KRK监听音箱里出来，或者从张鼎自制的，让我想起山寨版人民圣殿教的音箱里，出来，在巨大的水泥空间里来回乱撞：撞多了就失去其形体，变成噪音模糊一片。

这说明即使是精致的上海，也尚未解决它内在的噪音的海洋。

那些声音，有枪声，也有弦乐四重奏，现在是摇滚乐。张鼎这是要抢我的饭碗吗？这些声音，像孙悟空的毛，越撞越多，在反射中混为一谈，像是淹死在火锅里的孙悟空。张鼎你还是赶紧把吸音海绵做出来吧。

四

当人们漫步在白盒子里，向空间展览着自己的漫步，一种沉默就像水一样包围过来。哦这安详的时刻，就像是回到了妈妈的肚子里。这种沉默像教堂一样，像漩涡一样把我们向上卷去，向着天花板也就是上帝那里。美术馆是永恒的。我们来置换它的永恒吧。用另一种宗教，火热的，破坏者和失败者的宗教。

要打破沉默不能只是靠摇滚乐。在反射严重的白盒子里，即使重金属也是死路一条。它得带上它的整个国家。吸音海绵，地毯，植物，书架，随便什么乱七八糟的东西，或者三百个披着大长头发的黑衣人，来阻止这反射吧。

是说占领美术馆吗？这大概并不是张鼎的本意。没有了美术馆和画廊，他靠什么生活？格罗伊斯和所有的汉斯，靠什么生活？

何况那些披着大长头发的黑衣人，哪里都不会去占领，他们只是在被占领的生活中，打着手势，趁天黑聚集起来，在音箱前边玩命地甩头。从任何角度看，他们都已经被超越，成为客体，等待着社会学的降临。他们仍纠结于神话，还迷恋着对抗，至少是 mosh pit 里身体的对抗，这让他们成为历史本身。而艺术家是盘算着要放弃历史的。

或者艺术家只是把失败者送进画廊，将他们冷却掉。

五

“金属不死”……“艺术永恒”……“每个人都有一个梦想”。

大概是 1993 年，我第一次看到了那盘录像带，我们管它叫“1991 年莫斯科红场演唱会”。之后的很长时间里，都有摇滚乐迷说，是这场音乐会导致了苏联解体。我当然也希望如此。但是这怎么可能。“这就是音乐的力量！”但是这怎么可能。那个地方根本就不是红场啊，难道录像拍得还不清楚吗？但是我们就是相信着愿意相信的事情。也许这才是音乐的力量。

在《行尸走肉》第三季第 15 集，独臂人莫尔终于死了，他开着车，听着摩托头，喝着酒，去找死。摩托头是把重金属和朋克搞到一起的乐队，麦塔利克也是，杀手也是，还有死亡汽油弹和所有早期的硬核金属。重金属是男的，朋克是女的。这样一来，阴阳抵消了，就没有梦了。梦停止的地方，现实就开始了。那些锯木头的声音，疯狂的速度，吼叫，并不是冲向地狱，一个彼岸，而是拆除着地狱的装修，揭露出一个此岸。这也是音乐的力量。

瓦格纳的信徒放弃了共产主义，撤回到舞台下，膜拜作曲家的强力。重金属也造自己的神，膜拜着皮夹克和哈雷摩托，还有阳具一样的吉他。不死的都是神。僵尸是人类对永恒的梦想，的发作。所有的僵尸电影，都适合用古典音乐和重金属来配乐。所有的美术馆都是神圣的，要用恒温的电子乐来配乐。在我和朋友们看那盘录像带的年代，兰州和成都的艺术家，都喜欢听喜多郎。这他妈也是音乐的力量。

然而莫尔的死，看起来是那样的酷。就像是末日版的爱神。这毕竟还是电视剧吧消费世界的毒品。谁不想改变世界啊即使是一个在优酷上追电视剧的变态白领。

六

张鼎自制的音箱，怎么看都是山寨的。像是达达主义者雨果·鲍尔朗诵时穿着的道具，因为荒诞而神圣。也像是未来主义者的噪音机器 Intonarumori：一些箱子、盒子、锥体，像重新组合的金字塔和纪念碑。当它真的到达了未来，却显得笨拙，过时。难道眼下最未来的噪音机器不是微信吗？你对着它说的每句话，都要经过延迟，时间把我们分隔在不同的未来之中。金字塔？来自宇宙的先锋派？那种半手工半机器的玩意上，恐怕看不见未来，只有令人尴尬的现在……

我猜想这场演出也是荒诞的。因为它的确是山寨的啊。除了山寨的，地沟的，伤风败俗的，还有什么更真的吗现在？张鼎的 Intonarumori 机器，蹩脚的赛博朋克手术，给佛塔和祭台通上了电。张鼎的摇滚怪兽，一帮中国小伙，包括来自内蒙古的，用他们的 Chinglish 和进口吉他，给我们的身体通上了电。张鼎的临时的红场，给我们的想像通上了电。只要有了电，哪怕在这种山寨的白盒子里连地线都没有接的危险的带杂音的电……

然后就是摇滚乐，又称中国土摇。从苏联真的解体到现在，出现了太多的新音乐，重金属被逼成了地下音乐。而土摇是一种羞耻，它在自己的身体上，重现着其他时间和空间里的神话。然而也只有地下，还保留着仪式：三百黑衣人，乘公交车来到音箱前，衣服上、文身上，到处都是大卫星、羊角、倒十字、骷髅、咒语，这些符号它们也在相互反射。它们说：生活是一泡屎，只有音乐振动我让我存在。不管你信不信，反正这就是信仰……

七

是啊也只有信仰是真的了。而信仰不是已经破灭了吗？

红场上的另一些人，有没有听说过那盘录像带呢？

潘多拉，黑乌鸦，麦塔利克， AC/DC，各种各样的地狱牛仔，附体了。张鼎这是要把香格纳变成地狱吗？山寨的地狱吗？好歹准备一些免费的烈酒吧，伏特加什么的。全都吐干净吧，副馆长，吐成无器官的身体吧。就好像昨日重现，历史仍在一个轨道上转着，它从未想过离开。

一场演出·为了今天的摇滚

做为策展人，回顾张鼎的展览，2014 年 4 月，香格纳画廊

陆老师说到了未来的摇滚："摇滚乐应该帮我们训练新的斗争主体。新的斗争，是在大地政治意义上的更广大的斗争，而不局限在冷战和今天的全球化政治里的那一些。它应该更激烈，使人人都激烈，最后都能成为异端！"

我想说的是今天的摇滚：已经被宣布死亡了的摇滚。然而又正在发生的摇滚。

"一场演出"是这个展览的题目，演出是这个展览的作品，演出之后留下的空的现场，是作品的残留物，空荡荡的模具。这已经是说：摇滚，你被使用了，化学了，对象了（按照艺术圈的切口，说得残忍一点，就是你被客体化了）。那么，现场这四支乐队，十几人的制作团队，几百观众，上千公斤的音箱、调音台、灯架， 31 瓶安徽产伏特加，一些电，等等，就一起被当做画布和颜料，给加工成了别的什么？

那么艺术家究竟凭什么，除了钱和一些众所周知的伎俩，来使用这些材料尤其是活生生的还仍在出汗的人？

说到这里我想起了另一件事，也是摇滚乐的下场，或者

说出路，之一：另一有名的艺术家，同时也是大手笔的古董商人，请人创作，亲自演唱了几首重金属风格的歌曲，还拍了音乐录像。据他本人说，他是从不听音乐的，最喜欢听的，只是寂静而已。这样，搞摇滚的人就会问：凭什么啊你，就因为你认识左小祖咒吗？或者你是为了艺术，那就可以剥削别人的剩余价值？

摇滚之于搞摇滚的人来说，庶几是一种信仰。虽说现在不好意思这样讲了，但多少还有种必须为之付出青春精血的条件吧。那些文身，虽说现在是个人都可以弄上一身，但多少也是一种签字和画押吧。那些眼神、手势、圈子，血液里的东西，人家是过着一种摇滚的生活，才去像生产副产品一样地生产着摇滚，凭什么你，你们，雇了美院研究生画油画，雇上了瘾似的，也买菜一样方便地、技术性地生产摇滚，就像是把宗教修行的瑜伽，清新成了体操一样的瑜伽？

这问题尚未要回答它，就先看到了其中的一个答案：消费的神力，完全可以将什么摇滚啊文身啊性自由啊意识形态啊，随便什么吧，给吸附到它光滑的表面上去，不再有原来的脉络。不但旅游更快捷了，良心和思想也更快捷了。而艺术也正好自由了，超限了，可以将这已经被冷却掉的符号，再拿来处理，正如它宣布过要处理当代一切的症结与情景：这听起来既像一种销售策略，也像一种踩过万物尸体继续战斗的誓言，然而对于摇滚乐来说，它也只能像其他的弱势群体一样，在冰冻中注视着时代的宠儿包括来自摇滚舞台并仍在世界上巡回的宠儿。

只能说摇滚乐自己也不争气，它太辉煌，太甜蜜，非要像广告一样光滑地，要在地球表面谋个好位置。还搞什么摇滚颁奖，摇滚名人祠，摇滚牛仔裤之类的东西，好像它真的不想死。打算成为僵尸么？还是孙悟空？这只曾经愤怒的猴子，后来乖乖做了斗战胜佛，没事出来参加个剪彩典礼啥的，就好像摇滚明星忏悔完自己吸毒乱交的二十岁，马上就获得了开悟的、聆听寂静的晚年？

还说什么摇滚乐坚不可摧，包括传说那场莫斯科演唱会发生在红场上，并摧毁了一个政权？这么天真啊怪不得会被卖啊。这个孩子一样的摇滚乐，爱好一切闪光、彩色、甜蜜的东西，在险恶的当代社会里，就这样给拐卖了啊。

我在现场听到军械所自己的歌的时候，也非常不天真地想：什么？要求官员公布财产？这样的鬼话难道不是利益集团抛出来又假装还不肯给的一截肉骨头吗？这不就是调虎离山吗？啊老刘咱们中计了吧。

然后老刘他们是真心的，卖力的，一如既往地演了下去。那绝对不能称之为专业精神。那是生命力吧我想，那是在摇滚乐的困境中真刀真枪地厮杀着。他们大概是没有挑选演出条件的习惯吧：在一切有音响的地方演下去，不管是音乐节、酒吧、画廊甚至是堂会？消费社会也罢景观社会也罢，你扔过来什么社会，摇滚都要拿自己的身体，节奏，汗和口水，去扛着。老刘已经顾不上中计了，他剩下的已经不多了，连汪峰都在唱保持愤怒了啊，他天真不天真还有什么区别呢？

然后他那把杰克逊型又叫苍蝇型的金属吉他，却和主音吉他手那把芬达是区别开了的。芬达的声音要软一点。

我在台下又叫 mosh pit 的漩涡中被撞翻的时候，也只好说老东西的身体和小伙子是有区别的。

和旁边那个挥着拳头但没有出汗的身体，也是有区别的。

这些最后剩下的东西，不像任何的彼岸，不像广告，也不分善恶、男女，它们很快就要消失，任何一种摄影术都只能留下它闪光的尸体。也许正是因为有了太多的闪光的尸体，摇滚乐才既不能得到安葬，也不能得到转世，它像腌了的咸鱼，挂了价签，在中阴界徘徊。

那剩下的，我们称之为身体的，并不只是一坨肉而已。它是在行动中的。杀了牛羊来吃的人，应当对牛羊说声谢谢，不会说的话也至少活得更茁壮一些吧。当艺术家取用了摇滚乐，或风景，或他人的苦难，或景德镇的劳动力，他必须也将自己献祭进去，而不仅仅是像返还拆迁户的楼房那样返还一些意义。我们和牛羊一样，在迎接着死亡的时候，也只剩下这行动和物质和能量的转化：没有汗水和琴弦上的振动，摇滚乐如何经得起这充满意义的世界的敲诈？我们在使用摇滚乐的时候，不管是在地铁里，在梦里，在 mosh pit 里，都是在将自己削减为剩下的。

如此说来摇滚乐就真的有两种了：一种是剩下的，不断被使用的，模拟着暴力与牺牲的仪式。一种是蜡像的，被消费的，在等价交换的链条内旅行，获得了不死不活之身。

2014 年 4 月 30 号，在北京，香格纳画廊，有多少人是惊讶于自己竟然没有在跳舞和挥手呢？难道不是预计着，要放下过量的知识，让蛔虫和德勒兹暂时闭嘴，去重温那天真的，甜蜜的反叛？然而突然跳不起来了，发自内心地感觉到这些孩子好土啊，像猴子梦见自己是金刚啊，是金刚爱上了人类中的模范只能用死来完成审美啊？

然后有多少人是终于捉到了一只小小的冲动，竭力地跟随着它，终于也真的就感动了，浑身跑过了一阵鸡皮疙瘩就像喝醉了终于召唤回来了一阵什么？

这首先是昨日的摇滚：不肯离去的，不被超渡的，存在人民银行里，必要时取现的情怀。怀旧令人不要脸。我们竟然是集体处在一个不要脸的情景之中，去啃食来自 1991 年的梦想？难道 1991 年的中国，我们，包括彼时才两岁的重返人世的我们，不是还处在一个有脸且还火辣辣地疼着的状态，而摇滚乐还是正在迸开的伤口而不是今日漂亮的伤疤？彼时的豁出去了的土摇，和今日的国际化的英文摇滚，具备一个内在的，但是扭曲的联系？彼时的巡回世界的 The Monster of Rock 策划团队，难道不是像今日的从死人身上占便宜的公知、艺术家，居然也激活了受害者的身体，使之从受害者身上解放出来，超越了历史和政治的设定，成为陆老师从海德格尔那里继承的大地的政治家？而今日的受害者和不要脸者，有没有也那样孤注一掷地去解放彼此？

也许这个展览的最重要部分，并不是这场演出，而是它遗留下来的空缺、失去、耗尽。一个令庞然大物无可取、无可审美的空场。它比冻结着摇滚乐的那个情景更冷，这是一个残酷的景象：摇滚乐不仅仅已经死了，而且还要在每一次重返人世的仪式上再死一回，我们的身体，在向文身师和健身中心夺回来之后，还要在 mosh pit 中再毁坏一次，并随着清场的冷寂的回声，离开这个临时的曼陀罗。

摇滚乐如果还有斗争，就只能是奔向这巨大空缺的斗争：将自己使用殆尽。那无人也无电的舞台、赤裸裸的水泥地、吸满过噪音的金色海绵：它们证明摇滚乐并非升华为寂静，而是在死亡中恬然地消散：这一次是它亲手杀死自己，无需一个英雄来代理复仇。然后它又返回，仍然不是复仇而是庆祝：今天的摇滚是正在摇滚的，必死的，所有过剩的含义都一律销毁，不留给庞然大物可乘之机。

这冷寂的展场，并非在展示时代的惨淡，而是在展示仪式与斗争的潜能。没有昨日可以安慰的人，是惨淡中的绝命毒师，他只有将自己已经完蛋操了的身体捐赠出去，像扔柴禾一样扔进舞台前的漩涡中，才能享用其实正热烈地，急切地聚拢起来的下一个轮回。

昨天的关键词

2010年，在编辑颜峻乐评选集《野兽档案》的过程中，小宇与颜峻做了一系列的问答，作为该书的补充。

《野兽档案》，副标题“地下摇滚和其他音乐文选 1996—2008”，由撒把芥末数字出版，PDF 可在 yanjun. org 免费下载。

花儿和清醒：时尚的力量

H：很多人可能会奇怪，后来鼓吹地下摇滚的你，当年对“清醒”、“新裤子”、“花儿”、“麦田守望者”表现出的热情洋溢。这些乐队，或者说，当初的英式摇滚，流行朋克对于你是怎样的意义，你对他们的感知在后来有没有变化？

Y：那时候我是一个二十四五岁的外省青年，还没见识过什么叫大都市。我时常猜想着城市文化，科技和时尚的进步力量。为《北京新声》做采访的时候，在东四的地下室里听欧宁和詹华聊范思哲，觉得非常刺激。

那时候我和今天的豆瓣青年一样，喜欢小玩意儿，感伤，眺望着外国，不抒情会死。

当时对“新”怀有一种进化论的好感，此事相当简单。

现在我仍然相信，在那个时间，那些声音是美好的。即使浅薄也是单纯的。即使淹死在国际化的幻觉里也是诚实的。我和他们都是。那是一种本能的，挣脱束缚，创造新生活的行动。

再往后就算了。真以为自己是外国人啊。呵呵。

噪音合作：必须不了了之

H：“噪音合作”项目，是怎么结束的?

Y：“噪音合作社”是《树村声明》之后的事情，我觉得可以对那种“我不爽”的行动有个正面的延续，所以找了他们几个，类似于科学兴趣小组。本来是打算以我们为主，邀请其他朋友定期聚会，看电影，讨论什么的，学习一些无政府主义知识，提高一下艺术素养什么的。但是好像每次都变成喝酒。我记得有一次，跟李陀借了西雅图暴动的纪录片，又没地方放，就先在饭馆集合，一不小心又喝了起来，最后没剩几个人，跑到孙志强家里把它看了，和一般的轰趴没什么区别，大家对西雅图暴动也不大感兴趣，好像是一个过分遥远的新闻。

这种有组织有预谋的事情，在一帮渴望回归到农业社会的人身上，实在太难发生。最后不了了之是很正常的。

我觉得其中最有意思的，是我自己对地下摇滚的愿望，及其投射，以及其未遂。

今天看来，许多事情都不了了之了。我期待的那个时代从来没有到来，即使投入地推动，策划，或者是顺应着什么趋势去摇旗呐喊。我描述的那个人群，也从来没有像文字中那样坚强和主动，甚至，我没有意识到，真正值得深入的，其实是一种软弱和随波逐流。其实地下摇滚最有意思的地方在于放弃和忍耐，在于对失败的赞赏，冷眼旁观。这件事，在吴吞和柳遇午着迷于扎金花并且以输钱为终极目标的时候，我就应该想到了。

后来，2003年，我想，大家是不是不自觉地，选择了被时代抛弃？也许这才是卑微者竖起的中指？

在兰州的酒场上，总是有这么一句话：我喝不过你还吐不过你吗？

生命之饼：革命仍然有可能

H：关于武汉朋克的文字好像一直都不多，不管你的还是别人的。我觉得是个遗憾。当年那一拨人横空出世，现在回头看，无论谈音乐性还是谈广义的文化，他们都独树一帜，历经岁月淘洗依然站得住脚。

他们在音乐上咄咄逼人，同时早早具备了相对成熟的风格，在外省朋克群体中特别可贵。而且在互联网刚刚兴起的时候，他们就做了武汉朋克（http://wuhanpunk.com，已关闭）那么棒的网站，总之，这些人给我的印象是有才华，有实干的市民精神，自觉不自觉的能跟国际迅速接轨，或者说同步。

“生命之饼”、“愤怒的狗眼”、“死逗乐”、“妈妈”……这些名字多酷，朴素而泼辣的智慧，而这种智慧我觉得在后来已经极度罕见。

Y：我对武汉朋克缺乏研究，又不想泛泛而谈，所以一直没有写过长的文章，这是个遗憾。

“生命之饼”是武汉朋克里面最丰富，最有原创性的一支。我热爱他们的地方特色。也许朋克的国际化，最终必须先是本地化，否则他们的大喊大叫还有什么意义。我没法想像，伦敦的朋克说话不带着伦敦腔。

武汉朋克是一个特别的现象，整齐，团结，政治上自觉，这件事绝无仅有。当然这和国际性的朋克运动有关，但是首先得说，那时候真是有一种革命前夜的纯洁。朋克不就是革命吗。人们真是这样想的。至少外地人真是这么想的。

相对于北京朋克，他们不算耀眼，但却更加咄咄逼人。在所有人都靠本能做音乐的时候，他们知道自己在做什么，有组织有预谋，和国际势力遥远地勾结起来。当时不论是北京朋克，还是各地类似于朋克的“外省朋克”，都有一种受害者的颓废，要么就是奴隶起义的悲愤，但武汉朋克总是积极进攻的样子。我真的很想知道，这到底是怎么发生的。

所谓的中国特色，其实就是还没有开始商业化，就是还有一些真正的，生死攸关的矛盾，就是革命仍然可能，狂欢也仍然可能。

苍蝇：你们这些可怜虫

H：我认识的人里，现在还老在念叨“苍蝇”乐队的多半是乐手，他们惊叹于乐队风格的成熟，技艺的精湛，觉得他们像是个奇迹——品质相当完备，又跟国际化音乐语境同步。你对这个乐队有一句评价：“这是崔健的反面，破坏的建设者。”，反面这个词耐人寻味。

Y：崔健是一个正面形象，有理想，好公民，中流砥柱那种。在他的时代，如果不是这样，他不被上面弄死，也得被老百姓唾弃。而“苍蝇”是流氓，公众之敌，他们出现在一个迫切需要坏人的时代。那时候道德良心已经不复存在，除非别有用心，没人谈论这个，但人们仍然强烈地假装拥有它，否则就无法保持生活的平衡。

“苍蝇”使这个幻觉破灭，他们让摇滚乐不必是道德楷模，“你们这些可怜虫，每天清早去上班”，这样的歌词，出现在《梦回唐朝》的壮丽背景下，真实得像耳光一样。崔健的摇滚乐，是符合社会道德要求的，最极端的情况下，他就是死谏之士。但“苍蝇”开始了一个新的现实，那就是为什么我要做个好人？我就是和你们不一样，不行吗？众生平等，苍蝇也要活下去。他们的音乐有一种快乐的感觉，是干了坏事的快乐。丰江舟这个没干过音乐的人，找了几个技术相当好的乐手来玩，大家并不心怀反抗的仇恨，而是开心死了。所以反文化，曾经被解释为另一种忧心忡忡的社会良药，这时候终于拥有了欲望，不再需要通过自我压抑来获得快感了。

金武林：喝才子的血

H：现在你怎么看待金武林的《严肃音乐》在新音乐历史上的角色。最近在网络上看到，一些年轻人惊喜地发现了这张老唱片的特别之处，大家探讨得很积极。且不说那张唱片，我个人最关心的是金武林这样的音乐是如何退出历史舞台的。我把他看作是有一定素养，同时又比较分裂的才子。他有知识精英的情怀和野心，例如音乐中宏大叙事、壮丽抒情的痕迹很多。这种东西在90年代被那种首都摇滚贵族的氛围所鼓舞。体现在唱片里就是追求艺术的，高迈的，大制作的，剧场式的感觉。另一方面，他又是孤独的个人，可以代表摇滚乐在中国的压抑和悲壮，所以他的唱腔，以及一些编配，又跟当年所流行的颓废感觉、硬汉摇滚保持一致。

他、王勇和沉睡（虽然音乐迥异，且有高下之分）都有不同寻常的雄心。也只有当年的北京才能养育这样的人，给他们鼓劲，提供可能性。但一转眼，连这样的声音也听不到了，舞台上只留下了更名流化的，打着先锋名头接通国产古典、官办民乐二脉的刘索拉。

Y：古典情结肯定是昨天的事情了。今天的古典已经没有了精英的气度和构造，只剩下广告公司的彩虹。

昨天的精英是有使命感的，在挫折和愤怒中，保持着一种骄傲。摇滚乐是他表达骄傲的方式。

90年代的艺术摇滚，像《音像世界》介绍过的TTD，对中国乐手几乎没有什么影响。《严肃音乐》，还有《往生》，《现代史诗》，都是野心勃勃的结果。弄不好就是一个民间科学家。可是有这种情怀的人谁会在乎。

金武林没有办法找到归属，他不知道谁是自己的亲戚，貌合神离的音乐生活里，没有人真的被他鼓舞起来。大地唱片当时发表的3张唱片，很尴尬地无疾而终，后继无人，也就再没有人纵容自己的野心。这是一种文化上的尴尬，才子被利益集团包围起来，也就不再是才子。这个利益集团，当然也是90年代所谓新音乐的精神产物，按照北京式的犬儒，对才子进行限制，打磨，千万不要真的让人不舒服。

所以说那仍是一个非常小器的环境，魔岩的精装修，摇滚贵族的范儿，北京土著的礼貌，给了才子土壤，但并不是要他们随意蔓延。

说到刘索拉，我至今记忆犹新的是，1999年北京国际爵士节上，她受到的欢迎。那完全是一种北京中产阶级对自己人的欢迎仪式。刘索拉太北京了。新音乐太北京了。北京太小器了。一个被严重伤害过的城市，文化上要靠选择性遗忘而维持繁荣，没有优越感就活不下去。北京喝才子才女的血，给他们面子和钱，让他们分裂，要么就假装不知道自己的分裂。金武林放弃了分裂，就只能做一个不成功但是过着精装修生活的流行音乐制作人。

而当年他的分裂，是 90 年代的分裂，北京的精神分裂，联系着巨大能量和潜意识世界的地壳裂缝。 90 年代后，对分裂和痛苦的放弃，是北京真正的悲剧。就像用奶油糊住了伤口。确切地说是用抹茶。

微和另外两位同志：有病

H：这两个乐队绝对是当初的异数，你在一篇文章里说：“‘微’、‘另外两位同志’的艺术价值之高”……

Y：他们都很特别，消失得也很遗憾。允许改口的话，我想说，那并不是艺术价值之高。因为究竟什么是艺术价值，我现在很难说出口，也许根本就不应该有艺术价值这回事。

当时的意思是，他们很艺术，不是那种只会说 fuck 的乐队。他们有语言。

有好几个专业人士都遗憾地说过，“另外两位同志”的缺陷是，他们缺少丰满的和声，太单薄。但这恰恰是他们的精彩之处。和声是西方音乐的强项，“另外两位同志”只是不够西方罢了，他们有一种中国式的尖锐，建立在一个空旷的，含蓄的空间之上。其实在所有愤怒的地下乐队里，他们是最愤怒的一个，愤怒到了舍不得通过出汗和跳舞来消费愤怒，而是渗着，抻长，转化，这是中国摇滚。

1999年“微”在唐山演出的时候，麦子在舞台疯跑，一遍遍摔倒，后来直接扑到舞台下，水泥地上。这和他们的音乐完全匹配，华丽的吉他噪音，密集而且精准的鼓，活蹦乱跳的贝司。他们的演出直接导致尕刘，一个兰州的朋友，后来在“盘古”和王磊的演出中冲上舞台，抡起话筒架乱砸一通，引发了骚乱。后来尕刘说，这个东西有这么大力量，肯定哪里不对劲。我们都同意，那是一种苦的，脏的，通过扭曲放大了的能量。所以说有病也可以是好事。这基本上是当时地下摇滚的社会学投影。

B6：中国人的缩影

H： B6好像必须要再聊聊，因为他是时代变迁的缩影，而且这缩影不光具备音乐史的意义，他在音乐上是扎实的，有真材实料的。

Y：中国人是在变化中度日的，变化是常态，实验即兴和转折就是一日三餐。 B6大学还没毕业，就玩实验摇滚，很快成为上海实验音乐圈的要员，电子实验，邮件艺术，吉他噪音，样样拿手。之后的阶段是一边为实验、地下圈做大量的后期，一边成为 IDM、 chip tone 潮流的主力。这个不再激进的 B6 更像是正常的都市青少年。之后他对硬件的迷恋，对技术的熟悉，体现在流行乐制作和 minimal techno 上面，同时还组了一个英式复古的 IGO 乐队。舞曲的 B6，是一个成年人。他就像是中国人集体的缩影，从革命，到萌，到成熟。这是一个相当密集和颠簸的过程，一辈子当成三辈子过才行，而且一不小心就失足了。

这个过程最有意思的地方，并不是从实验到主流，而是中间那个拒绝长大的阶段。你看孙大威，到现在他还是狂热的 80 后，一上台就像嗑了药，时光倒流，青春永驻。可 B6 摆脱了这个阶段，他对昨天的抛弃，简直理性得可怕。这个阶段折射着一种和环境的关系，一种握手言和之前的迟疑，和回避。青春公共王国从来没有真正建立起来， B6 和他的同龄人并不真的信仰它，他们只是建立了一个临时的避难所，然后四散。

凭吊打口

H：打口一代曾经是许多人挂在嘴上的关键词，现在再来讲这个，我觉得算凭吊吧。

Y：作为一个中国人，我们生活在丧失准则的混乱中。道德，法律，宗教，什么都不能让我们放心。我们得靠自己的直觉来生活，像在丛林里一样。一方面有人追求各种规范健全的美丽新世界，一方面大家跟随着欲望，作出当下的选择。

在90年代，欲望被具体化，及物化，但社会并没有像今天这样，生产出大量欲望的对象。快感既是被管理起来的，也是稀缺的。在创痛和震撼之后的麻木中，文化艺术成为一种羞耻，除了想做一个平平安安的好人，人们没有别的渴望。

对精神生活的追求，本身就是非法的。即使是对身体自由的追求，比如对其他生活方式的尝试，也越出了这个草草建立起来的管理体系。

以叛徒的心情去听摇滚乐，以地下党的心态去买打口CD，以犯罪团伙的方式聚会酗酒，以自杀袭击的风格留长发，交换关于反叛文化和另类文化的知识。

除了伤害自己，还有什么别的办法，能去伤害那个塑造自己的庞然大物？

打口是被侮辱和损害的现实，但毕竟是现实，而不是正在集体享用的幻像。世界是一个垃圾堆。我们在讨论捡破烂的快乐。创造性的，发现的，被偶然和意外给整 high 了的快乐。

打口是一种主动选择。从幻像中逃离出来。

打口的消失是一个悲剧。也许是最后一个悲剧。悲伤也被剥夺了。在无尽的选择中，商场和淘宝，豆瓣，开心网，南锣鼓巷和创意市集，汽车工业和房地产业，性压抑的缓解。

对青春而言，美是必要的。全世界都在维护单向度的美，完美，正派和正确的美。在90年代的中国，这件事刚刚开始，暴力尚未伪装成文明。暴力唤醒暴力。我们的心并不纯洁。我们热爱负面的美，关于伤害的美。从打口CD，我们从正式的世界中脱离出来，成为第三世界，地下世界，过马路不看红绿灯的世界，未来升华为山寨的世界。

打口的青春是暴力的美，环境污染的美。相对于那个即将到来的成熟的世界，美曾经是唾手可得的。

媒体吃一切

H：当时你为媒体关注摇滚而雀跃，现在许多主流媒体确实也会时不时的对摇滚表示一下，但这种表示常常是尴尬的，寒碜的，质量低劣的。

Y：首先我们说的是大众媒体。其次我也挺不明白，为什么当时会那么高兴，可能是读者和稿费都多了，兴奋的。

90年代末期以来，对媒体的投资暴涨，人力资源匮乏，内容也匮乏。凡是识字的，看过几部盗版文艺片的，知道王小波的青年，都可以进去混碗饭吃。我也在媒体混饭，算上远近的朋友，感觉已经拥有了媒体王国，可以兴风作浪。那时候还算可以胡来，从业人员可以保留一点个人喜好，不像今天这么成熟和千篇一律。我那时可以整版报道“秋天的虫子”、丰江舟或者左小祖咒。各种新事物呈现在成长期的媒体面前，它显示出巨大的胃口，当时看起来，和90年代的压抑、无聊、单调比较起来，真像是一种伟大。

但发展到今天，媒体的胃口已经从巨大变成了强大，它吃一切并且改造一切，折射着整个社会的价值观。看看那些铜版纸时尚杂志就知道了，必须的灯光师，必须的化妆师，必须的摄影师，一把美学手术刀，修理了一切：穿阿玛尼的前卫艺术家，矜持的平民导演，性感的地下乐队，冷艳的创意青年。全他妈一个样。还有人说这叫曲线救国，在时尚内部闹革命，默默影响主流价值观。

我们对很多事情都怀有类似的天真，以为是宽容，自由，新世界派来的接引使者。一握手就不好意思再翻脸，时间一长，就成了自家人，摇滚乐就是这样变乖了的。

开心乐园

H：开心乐园是许多重要事件发生的地点，但是你好像没怎么写过它？

Y：是啊当时没有写，后来只剩下回忆了。

开心乐园的演出是2000年夏天开始的。这个地方原本是五道口的廉价歌厅，有包房有小姐的，就在铁路东边100米小路口往南，整条街都是卖打口、游戏、滑板、街头服饰、动漫的小店还有烧烤和小饭馆。走到头右手就是。当时潘金莲（也就是李柏含也就是“舌头”键盘手郭大刚的女朋友）的父亲，认识开心乐园的经理南琼。南姐说让他们来演出吧，后来“痛苦的信仰”的高虎等人就开始安排演出了。跟豪运一样，这头是重金属，愤怒青年，那头是小姐，靠在墙边上看。“树村声明”就是在这里公布的。

一年以后，说这片要拆，就换到了西边更大的地方。沿铁路东边的铁栅栏往南 50 米。有时候路边还站着妓女，据说 50 块一炮。这回是旱冰场，能装 1000 人。过了一阵子，南姐从经理变成了承包人，这时候她已经喜欢上这帮乐队了。大家开始义演，为了修舞台，买音箱什么的，老崔还答应要演一个来着。

“开乐”就是从这个时候壮观起来的。门口的小卖部，啤酒 1 块 5，比里面便宜 5 毛，就因为这个很多人坐在门口喝啤酒。所以每次都能远远地看见，还没走到就开始心跳，高兴死了。经常有 10 来个乐队的大趴，说 9 点开始，其实总是拖过 11 点，演到天亮就可以坐公交车回家了，否则有的观众得去网吧过夜。

“开乐”里面是可以睡觉的，往地上一躺就行了，没人管。离舞台远的一头有一些白色塑料圆桌，总有人划拳。很少遇到打架的，通常是喝多了，劝架也容易，反正都认识。很快什么人都来了，艺术家，诗人，导演和演员，朋克，老炮，著名文艺果儿，各种老外，外地朝圣的，拍纪录片的……还搞过一次行为艺术跨界合作，黄岩策划的。小河拉屎是在这里，宋雨哲在舞台上被打出血是在这里，我撕了禁止搞色情暴力艺术的文件是在这里，北大新青年在线的校园专场是在这里，那次舞台都踩塌了……

大马路北面有一个大排档。演出结束后，经常几十人一起吃东西喝酒。现在当然早拆了。

后来我的乐园就转移到了河酒吧：三里屯酒吧街南街。不那么地下了。小多了。但是更像家。100来个常客，其中有些人固定坐在门外面地上，打手鼓，唱《游击队之歌》。有一次有个女孩喝多了，捧着蜡烛到每个桌前，说许个愿吧它一定会实现的，然后所有人都笑呵呵的。就是这么乌托邦。那个女孩叫夏夏，也许有的人还记得她。

我在河酒吧认识了高峰，2005年他和刘淼开了两个好朋友酒吧，我和FM3武权他们就开始在这里办“水陆观音”。还是一样的家的感觉，只是更国际化了一点，大腕多了一点。各种人都来，来了都high，好像无政府主义实现了。

从2000年到2009年，我在这三个地方待了200多个晚上。现在没有这样的事情了，残酷一点好，也没什么可留恋的。无家可归就对了，人得面对自己。

朋克时代

H：说地下摇滚，说摇滚刊物，说 20 世纪末的中国青年，不得不提到《朋克时代》系列（包括《朋克时代》、《盛世摇滚》、《自由音乐》）。最厉害的，最中国特色的，最摇滚的，最毒辣，最煽动性……的杂志。

Y：当头挨了一砖之后，我们进入了 90 年代。到世纪末，大龄青年已经忍习惯了，正在对疼痛上瘾，更多的人根本没有从那一砖里面清醒过来。但是经济在翻飞，文艺青年在繁殖，新一代青年觉得自由是有可能的。

这种可能性也仅仅是可能性而已，很多人因此而发疯。

杨波的《朋克时代》是一个导火索，引爆了年轻人心里的疯狂。他是菩萨，用痛苦度人。

很可惜，这种能让人痛苦的人，现在已经很罕见了。人们争相安慰对方，随身携带鸦片。

很多人来信，和杨波对骂，全都发表在《朋克时代》上，更多的信都在搬家过程中丢了，这比烧了《史记》原稿还过分。从那些信里，你知道年轻人恨自己，恨自己爱的东西比如说摇滚乐，恨杨波这个打开天窗的人。恨是一件比爱还奇怪的事情。恨是一种禁忌，它被打破的时候，你能看到生命的复苏。

我很惋惜现在没人嚎叫了。每个人都揣着一肚子伤口，毒药，脸上却假装没事。

朋克时代并没有催生多少朋克乐队，那时侯，被侮辱和被损害的年轻人也组织一些乐队，尽量大声演奏，在舞台上呕吐，飞向观众滚做一团，把卫生巾掏出来扔向舞台，裸奔。音乐不怎么地。是的，音乐不怎么地，这些人根本来不及搞音乐。

1990年代初期，算是重金属时代，有旋律，抒情的那种。抒情是一种麻醉，灰尘世界里的安慰。到了末期，朋克时代，装贵族装不下去了，算了，破罐子破摔了，外省朋克因此兴起，而且都不是在搞音乐。既来不及搞政治，也来不及从音乐中获得快感，只能走极端，伤害自己也是一种反叛。

那时候我听过不少小样。和演奏者所面临的现实一样，那些音乐，大多数粗鄙，混乱，自暴自弃。我觉得从音乐里获得快感就是改造现实，在所有那些音乐很烂的外省朋克里面，我欣赏那些在舞台上制造暴乱的。尽管没有音乐的帮助，这种快感无法延续。

那些连刀子都不知道怎么拿的人，浑身发抖，咆哮着，挣扎着，要杀人，要杀自己，他们疯了，然后他们累了，有的去看病，然后他们消失在人群中。我知道他们现在正在读这段话。

一日朋克，终生操蛋。这是郝舫说的。我想这些人仍然不是省油的灯。

金属不死

H：回望老一辈，多少人是从金属过来的，而今，凶猛的音乐已经不吃香了。不过，在朋克已经完蛋操的时候，金属乐还在倔强地保持生机……

Y：咱们还是回到《长大成人》，这里面说的就是 90 年代初的北京重金属。一水儿的大长头发，纷纷和家里断绝关系，冷眼看世界，抵抗着来自居委会的钉子一样的目光，酗酒，抽大麻，一点不快乐并且以不快乐为动力，追求着一个不存在的美好生活。那都是些浪漫主义的孩子，被 90 年代的冰霜逼成了叛徒，可是心里还和汪国真一样纯洁。

现在的重金属又不一样了。纯地下。一个比一个黑，一个比一个死，也有人玩旋律但是听说不多。关键是根本没人找他们演出，除了他们自己。关键是他们自己人数众多，而且死忠。关键是他们死磕 10 年，不见天日，忠诚有增无减。

我有天在公共汽车上，听见耳机里传出高音镲片叮叮狂响，扭头看，是一个营养不良的书生，脖子上挂着双面刀片。

我没法解释这件事。人总得有点信仰吧，在这个没有信仰的国家。实在不行，还可以信道德，信电视剧吧。我小姨就信佛，上山，烧香，还有个师父。我得跟她聊《地藏王菩萨本愿经》。在过去的二十年里，人们灰头土脸，继而敞胸露怀，少数人总得有点精神追求吧。别看工人阶级不文艺，在电视机前面他们流了最多的眼泪。工人阶级不抒情会死，没有信仰也会死。我小姨就是金属不死。

摇滚乐手的性生活

H：谈谈摇滚乐手的性生活吧，古老而热门的话题。

Y：我曾经想写一篇文章，关于中国摇滚乐对待性的态度。

80 年代就不说了，那年头最前卫的话是：性是神圣的。摇滚乐很少谈论这个话题，最多就是崔健，被大量地附会，被认为是身体解放的先知。后来崔健在 90 年代大谈 groove，我想这才是正经开始谈论性。他的音乐有了一种骚，行动总是胜过言辞。

90 年代以来，似乎有不少歌词和性有关。许巍后来写过一句，叫“当我进入你的身体”。“进入”是一个非常 90 年代的词，不神圣了，但是绝对客气。当然许巍到现在还活在 90 年代，这是后话。

有趣的是， 2000 年我和崔健做访谈的时候，他谈到“性感的植物人”。 90 年代末期，全社会都在努力性感起来，但他对此相当反感。他似乎预感到，性感也许正是性消亡的开始。

后来，我想写的，变成了摇滚乐手的性生活，而不只是他们的音乐。

基本上，摇滚乐手在这件事上，是相当保守的。歌词就不说了，都是纯洁的爱情，经常唾骂那些物质女孩，上纲上线，有一种没吃到天鹅肉的嫌疑。性生活不是没有，也不是不丰富，至少 90 年代末期是越来越丰富了。但就是不存在一种明目张胆的享乐主义。

换句话说，就是带着 100 个妞回家，他也不是唐伯虎。

H：明目张胆的享乐主义是后来的事情，而且公务员和老板先知先觉，南方人先知先觉，摇滚乐手看似找到了西方先进理论武器，个别人步伐还快，但多数人是有道德底线的，多数人比我刚才说的群体要落伍得多。

Y：摇滚乐仍然有道德底线，这个底线并不比老百姓的更低或者更高。

90 年代的摇滚，总是在关键时刻向人民表忠心（参看《呐喊，为了中国曾经的摇滚》），和这个道德底线是有关系的。外表叛逆，内心善良的形象，仍然是多数人对自我的塑造目标。再往前一步就是“只反贪官，不反皇帝”，咱们毕竟是一家人。2002 年以后，摇滚乐大规模回归主流社会，从这里也能找出理由。

人民路上有我的好心情

H：在首都、外省、树村之后，新的摇滚地理关键词是大理。“痛苦的信仰”乐队最近在唱《再见凯鲁亚克》，我听了，跟那个作家没有一毛钱关系，歌中唱，“人民路有我的好心情。”（人民路为大理著名街道，酒吧林立）整个作品的大概意思可总结为“再见树村，大理我来了。”

Y：其实高虎完全可以再唱得悲哀一点。那首歌透着一种悲哀，是作者自己没藏住。

但要面对这种悲哀，放大它，需要很大的勇气。那不是大理能够提供的。

我第一次去大理是2003年好像。正是时候。变迁开始，危机以慢性毒药的方式发作。大理正是最舒适，最感人，最命中注定的时间。

有些朋友在那里，提前退休。但我去的时候，一个新的江湖已经崛起，退休这件事变成了集体退休，间歇性退休。你不可能住在那里而不被这个潮流席卷。

那段时间，每一个摇滚乐手都得去一趟大理，回来穿着宽松的裤子，棉布上衣，并开始练瑜伽。

在所有被向往的西方反文化、亚文化中，为什么我们特别向往嬉皮文化？连朋克都喜欢？又为什么没有人像感恩而死那样常年演出，他们是超过3000场了吧……

我是说，摇滚乐手的生活，倒更像是摇滚乐迷。

没关系，这只是有一点点悲哀而已。我们不过是在追求自由。用吴吞的话说，摇滚生活万岁。

从窒息的生活中挣脱出来，是一回事。挣脱出来之后继续生活，是另一回事。有两个人，都是朋友的朋友，在大理过得太幸福了，以至于精神失常。

用吴吞、柳遇午还有赵老大的话说，这都是被自由害了的。

我一点也不想批评大理。我喜欢这个地方。用一个定居大理的朋友的话说，只要不去人民路，大理就是生活的好地方。但我仍然喜欢人民路的颓，一种黑沉沉的力量，垂死的爱，病孩子的微笑。我要是 20 岁就再去待一个月，往死了造，看能把我怎么样。当然人民路现在什么样我也不知道，恐怕又不颓了，高尚了也不一定。

我经常想起 2004 年的那次演出。 7 个观众里有 3 个人各吃了 5 片小邮票。非常静，非常美的一个晚上。与世隔绝的自由。发药的人问我：你们有几个人工作？这个词是不常在大理听到的。但工作很美，我相信自由和这个词有关。

也许我们都需要大理。生活毕竟是窒息的吧。

我孤独的飞了

H：刚才谈了性，谈了东方的牙买加——大理，顺理成章，最后该说药物。

Y：许巍在《两天》里唱："我想飞，可是飞不起来。"那时候我有个朋友，这首歌是他的泡妞必杀技。

正如王朔在《和我们的女儿谈话》里写的，许巍的歌适合所有嗑药的人和开车的人，尤其是嗑了药开车的人。当然他又说：谁能配得上这自由呢？

没人能配得上的自由。那不就是捏造的吗。或者说是绝对的，理想主义的，辩证法的。

理想主义导致很多人抽大麻，享乐主义导致溜冰，奥林匹克精神导致兴奋剂，空虚导致白粉，生活导致酗酒，工作导致咖啡瘾，习惯性紧张导致烟瘾，自卑导致性冲动，读书太多导致心灵导师，恐惧吞噬灵魂。

我说的不一定对。

崔健说他从不碰任何药物。我信。他是一个紧张的人。而且他是个好艺术家，《孤独的飞了》是一首好歌，证明了不飞的人也知道飞是怎么回事。重点是，他对绝对的自由不感兴趣。

绝大多数中国摇滚乐手， 90 年代的，都向往着绝对的自由。这在他们二元对立的歌词里能找出好多。很多人唱过飞，还有天堂。这是两个常用词，现在没人用了，成敏感词了。但现在有更高比例的乐手抽大麻，这说明，绝对的自由是一种阶段性药物。

摇滚乐手吸毒的比例，比老百姓低多了。这事缉毒处的人最清楚，不用问我。

我感兴趣的是，有哪些音乐是带着药味儿的。“舌头”，2002年的“沙子”，2000年的“废墟”，王凡，电子和雷鬼时代的王磊，今天的“麻沸散”。

去过大理之后的“痛仰”偏偏没有药味儿。许巍偏偏没有药味儿。

2003年：世界尽头的仙境与陷阱

H：你在很多地方提到2003年，似乎把这一年当作地下摇滚终结和独立音乐时代的分水岭。这和社会变迁有多大关系，是不是地下摇滚气数已尽？

Y：简单的说，这一年我的世界崩溃了。

年初我去了大理，被国产嬉皮文化洗礼了一下，这是沿着河酒吧和北京波西米亚的指路牌过去的。2002年的迷笛音乐节，确实让人觉得革命就要成功了，不再恨了，开始爱了。大家都喜欢上了旅行。

然后是非典，都没事干了。几乎所有的乐队都在歇业状态，很多朋友都去旅行了，大理尼泊尔什么的。同时也是“向内寻找”，工作机会也多了，盗版DVD和mp3来了，革命者找不到反动派了。2003年，中国的宽带用户增长了188%，这直接终结了打口CD。另一件事是，媒体上性和身体的尺度变大了，而且广州和北京都出现了八卦报纸，而且都是标榜自由主义的新闻战士办的。我没什么乐队可写，也没演出可看，更没想到，之前在一起混的乐队，后来只有两个幸存者：左小祖咒和“PK14”，其他都没了，至少也是残了。

太脆弱了。但就是这样。拔剑四顾心茫然，突然发现意义崩塌了，而且意义下面的音乐语言，比意义更脆弱。

当时“野孩子”和“舌头”一样，都有内部的分歧：应该更丰富，还是回归到朴素民谣/硬摇滚？同时，小索和张佺被酒吧生活搞得痛苦不堪，得了社交恐惧症。“舌头”成员开始提高演出费，有些身边人也开始招摇起来，后来两个吉他手先后离队了。

然后河酒吧关门了。然后我和朋友去了新疆。他们3个人里，有一个想去终南山隐居，有一个想开始新的音乐又放不下旧的，有一个刚从摇滚乐转向民族音乐。然后是第4届迷笛音乐节，日本硬核乐队被爱国乐迷扔土块矿泉水瓶子，起哄，世界摇滚大家庭的梦想破灭了，有人哭了，我当时心如死灰。

这一年是90年代的真正结束。从十四年前开始，表就停了，走不下去，也不能碰，只能在虚幻的想象中过活。关于实业救国，经济起飞，找个好工作什么的，都是这个年代高高飘扬的彼岸。而此岸是被封存的伤口。有一天突然压力不见了，性感了，可以上网骂人了，彼岸变成了鲍德里亚说的拟像，直接端到了眼前。失重了。和此岸的联系被彻底切断了。

可能性，自由，为各种理想奋斗和搏斗，和国际接轨，等等，新的时代许诺了一个仙境。

那些新的异见者，不再绝对，不再激进，讲道理讲法律，还公民公民的，他们成为新时代的旗手。人们热衷于他人的痛苦，但不再有人面对自己的痛苦。老愤青跟不上了，或者说本能地不愿意加入，他们实在找不到方法和座标……

残酷一点说，之前我们借助音乐创造的，多半也是关于反抗和自由的幻像， 2002 年之后的 trip-hop 潮流也很能说明问题。只有少数人在直接创造音乐。

应该说大多数乐手，都不那么关心政治，但政治会关心所有的人对吧。

2003 年是我的，也是世界的临界点。

民谣是一场病

H：民谣是这两年新音乐的关键词，可一转眼它在我的朋友圈里成了一个骂人的词，比乐评人还要具有侮辱意味。唱的人里只有一小半是恶心的，而听的人里绝大多数恶心、有病、可耻，说怀乡病那是轻的，历史上涌现过的怀乡病从未这么简陋、难看，缺乏基本卖相。

Y：民谣发迹以来，我基本上没听过，曾经误入过一些演出，但也没记住那几个人的名字。老朋友的新作也没听过，相互尊重很重要。野孩子，老大，雨哲，马木尔，更早的张浅潜胡吗个，这些都是民谣中的珍稀动物，现在可能绝迹了，但不代表没有出生过。小河算是怪逼民谣，至今独树一帜。晓利没出名的时候也好，一阳指，可惜后来有点自卑了，忧伤了，小资了。老周偶尔扯破了嗓子唱，我也喜欢，这跟音乐没关系，说到底，他也是个有小资情怀的人，现在替千千万万苦难深重的人民扮演男中音，有点勉为其难。吴吞我只看过一次，是小索葬礼后那场，相当于最后的摇滚，还没开始民谣。

民谣热有一些物质上的基础：对主办方来说，一对音箱，有时候是山寨音箱，两只话筒一把椅子就伺候了，连 DI 盒都不需要。对一个乐手来说，旅行成本低，创作成本也低，王侯将相，宁有种乎。何况在这个罪恶重重的世界上，谁会对一个背着吉他的穷人下毒手呢，他们对社会最大的危害，可能就是深夜喝酒扰民了。

对广大听众而言，民谣最大的好处就是无害。这和中产阶级的兴起有关。你不能指望他们停止减肥。

至于为什么珠江三角洲的狗仔队最喜欢民谣，还有那些文化界的社会寄生虫，老奸巨猾的资本家，我想，你不能简单地说，民谣是一个时代的赎罪券。毕竟，贪官也渴望一个美好的世界，那里阳光普照，世界和平，到处是有机食品。要不他们干嘛去加拿大呢。

我的很多老朋友，以前的摇滚乐手，恐怖主义者，现在都改行搞民谣了。你可以说这叫洗尽铅华，也可以说是卖友求荣，要么是放下屠刀，立地成佛。我觉得最后这种说法比较普遍，很多人在忏悔自己放浪的青春，准备用爱和理性来度过余生。盘古出走的时候，我也是这么说的，何况那些吃素时间更长的人。

人变老了容易怀旧，我现在就有这种倾向：怀念那些无耻的，变态的，把自己扔出去的年轻人，包括那些气宇轩昂的，和一看演出就哭昏过去的。这件事没法用民谣来唱。这是一个语言问题：你不能用兔子的语言来悼念狼。

当然，这也不是一个兔子和狼的关系。这是一个兔死狐悲的关系。

反正我对这些开着切诺基来看民谣的人是死心了。包括开奥迪的，包括坐公交车但是长得像奥迪的。不买车你会死啊。每天就从四环开到二环，全靠堵车来消磨时间了。不堵车你会死啊。那些搞佛教民谣低碳民谣的，面对这样的观众，就像面对一大盘红烧兔头一样，你们没有犯罪感吗？

还有一个词叫小清新。其实也是红烧兔头。属于奢侈品。和那些毛骨悚然的兔头相比，鱼翅绝对不过分。清新总归是奢侈的，和钻戒一样，已经普及了的奢侈。想想看，要花多少人力物力，才能装修出一间清新的精神家园啊？何况你还不住进去，成天渴望流浪。

钻戒还能裁玻璃呢。

话说回来，可能小清新就相当于以前的愤怒青年。装修了一下，以适应社会，内部结构还是扭曲的吧。谁心里不住着几个妖怪呢。背叛自然规律，晚上不睡觉。恋爱谈得像弗洛伊德。做梦也想去诚品书店买鞋。这都是些不健康的，有深度的人之常情。妖怪去看民谣，就像胖子看足球赛一样。而胖子看足球赛，就像胖子看 A 片一样。没有人能禁止他们。

2002 年，顶马还是个民谣乐队的时候，毛豆是这样唱的：没有人能消灭我们。

你吃

你吃

这得从性幻想说起。

今天早上，躺在床上，我无声地喘着气，想像一个有文身的女人。应该是满背的那种，鲜艳，挑衅地出现在背部。这样仿佛我用身体撞击的不只是一个人，而且包括嵌入了她身体的符号。简而言之我插的是一个符号人。我们一起嚎叫，汗水渗出，不仅仅从身体渗出，也从符号里渗出。文身闪亮，赋予了符号生命。

想象力在完全醒来的时刻枯竭。接下来我必须借助 A 片的帮助，去生产她的屁股和腰。

然而 A 片是什么？一些像素而已。

昨天我在看赫尔曼·尼敕（Hermann Nitsch）的 DVD 时想着这个。我一边吃速冻水饺，烤薯饼，一边注视着像素。它们还原了尼敕的“狂欢神秘剧”，血，肉，内脏，金黄的尿液和鸡蛋黄，几百斤葡萄，西红柿，整试管的精液，牛奶，人体。我注意到，在他租来的庄园 Prinzendorf，在美术馆，表演都伴随着“吃”的行为。现场提供食物，从冷餐到烧烤，观众像参加其他的艺术活动一样去吃肉，喝红酒，他们自动变成作品的一部分。

但我面对像素而吃真实的食物。作品中的人面对鲜血，而吃符号的食物。

尼敕说，他不谈论“肉”，也不谈论“血”，他用真实的肉和血实施行动。所以面对电视，我既不能嗅到血腥，也不能嗅到骚味，而是借助像素唤醒记忆和想象。这里没有行动，也没有体验，只有电视机。除非我来到 Prinzendorf，或者操一个有文身的女人。那样并不终结记忆和想象，也未必能杀死电视，但至少和想像不同，比如说，出一些真的汗。

但，说回到性幻想，昨天我的性幻想是虐待，鞭打， G点按摩棒。这次没有文身，但我们都知道，这仍然不是动物性的快感，甚至主要由附加的部分构成，这是文化和技术的结果：图像改变了我这一代人的性欲。文身是附加的，类似于像素的，另一些色彩。但在出汗的时候它活了。这也是我们为什么要嚎叫。

为了活着。

那么，说回到 Prinzendorf，它怎样让性幻想变成艺术？赫尔曼·尼敕怎样杀死记忆和想象，通过杀死牛吗？在观众面前杀死的牛，转眼间变成肉和血和内脏，堆积在人体上，浇灌在皮肤上，喝进嘴，吐出来。即使不考虑体液的交换，那些刚刚失去了生命的物质，为什么又活了？甚至让人们全体活了？用尼敕的话说，就是让血色的，明亮的，红色，变成活着的。

考虑到艺术家原本可以让颜料变成有生命的东西，比如说，戈达尔让像素活，尼敕所做的，没有什么不同。

顺便说一句，被一个女人操是一样的，正如被动物保护组织抗议，也可以产生高潮。但作为被抗议者，你要敞开自己的身体，来一场对等的对抗。但动物保护组织能让我活着吗？为什么动物保护组织，非物质遗产晚会，弟子规，大量转发的良心和良心民谣，并不通过让人活着而拯救地球？在他们生产出来的大量的符号和象征之外，那些活着的动物总是先死掉一遍，才得到保护。等一等……我想到了进攻日本捕鲸船的绿色和平组织……在海浪和雨水中他们搏斗着……好，我愿意被绿色和平组织的女孩干，她们想干什么都行。这不是为了艺术，这是为了生活。

为了生活要做很多事情。首先是吃。这是为什么我把 Nitsch 翻译成“你吃”。

你吃什么，就变成什么。在手边的杂志里，有篇文章：《与德里达关于消化力的局限的对话》，我看到这种说法。

“谁能知道鲜血是一个多么庄严的象征？而正是器官组织中的令人作呕之处，向我们指出这些组织里有着某种极为崇高的东西。我们害怕接近它们，正如害怕接近鬼魂。我们以孩童式的恐惧，感到这个混合物中有一个神秘世界，也许还有一个老朋友。当我们回到那场纪念晚餐时，难道我们不能想象我们朋友的身体变成了面包，他的血变成了酒？”

我根本不懂德里达。用他本人的话说，“尊重那些不能被摄食的东西，那些在文本中不能被消化的东西。……这些余物永远不能被当做同一之物来拷问，必须不断地被寻找，不断地被书写。”事实上德里达对我来说并不是水饺和薯饼，而是像素。我不断地希望自己读过他所有的名著。就是这样。

我们都希望读得更多。或至少，吃得更多。这解释了我贪得无厌的性幻想。也解释了在现场，原本是去看符号，结果被肉和血煽动的观众，为什么纷纷端着盘子，吃火腿，吃面包，吃沙拉，吃香肠，享受着大自然，没有被杀的鹅在庄园里散步，鲜花别在衬衣上，葡萄酒是自酿的。

如果在大自然里，杀和吃都是本能，那么。还有操。没有那么。在 1984 年巴黎那次尼敕的行动中，全裸的男孩女孩们扭打在鲜血中，然后有人操了一个绑在担架上的人。所有人性别不详。没有那么。

然后这不是大自然，而是新的自然。尼敕说，在交通繁忙的城市，鸟儿要叫得大声一点。在二战之后，刺激也要强烈一点才行。像素和文身成为自然的一部分。尼敕最近几年的表演，有一种被美术馆化的倾向。策展人或者馆长，半边脸笑着拥抱他。人们排着队，举起试管里的血。人们井井有条地揉内脏和葡萄，剖鱼。压抑再度发生，这次是“我应该去看他的表演”的知识，预先架设的符号研究，镇压了血。

有没有一种性交，不受到任何 A 片的影响？

几年前，“后感性”展览里，有人向观众扔猪肉。同一时期，在忙蜂酒吧，也上演过原创的残酷戏剧，也扔了猪肉。但那是符号还是肉？或，更准确的说，关于符号的肉？为了分享存在，在交通繁忙的城市里，我们制造了噪音，然后普及了关于噪音的知识。也许我制造的噪音，要少于普及的噪音知识，现在我恨不得扇自己的耳光。

赫尔曼·尼敕的音乐，主要是管乐，打击乐，后来有时候也加上笔记本。长音。密集的音簇。急停。此起彼伏的单音纠合在一起，血成为嗡鸣。这时候我想了想伊夫·克莱因的《单音交响曲》。是的，我没有听过这个由不同音色构成的长音作品。它由两个乐章构成，第一乐章是 20 分钟的单音，第二乐章是 20 分钟的静默：与其说是概念和象征，不如说是把概念还给身体：表演者和观众，都必须用身体来承受这两个 20 分钟。我看过克莱因的蓝，猝不及防，在庞大的美术馆迷宫的某处，它远远地袭击了我。

蓝和红都是噪音。为了遏止内心的疯狂，一些人吃素，制作水晶般干净的数字声音（一个音乐制作上的术语：crystal clear sound）。澳大利亚乐手 Justice Yeldham 通过把玻璃砸碎在脸上，来变成一个健康的人。就在舞台上，他把脸挤在玻璃上，光脚踩着效果器，这样的演出只能看一次，并且要相信他只演过一次：就是这一次。真的，别看满脸是血，演出后我递给他创可贴和云南白药，他只用湿毛巾擦了一把，伤口就不流血了。

Justice Yeldham 的噪音不是蓝色的。克莱因死后，他的噪音已经经过冷凝，在艺术史中静止，所以他的裸女只留下了痕迹。如果没有观众去奉献自己的身体，去承受，那么这些声音和色彩，也都是像素。

人们形容 U2 的音乐，犹如山谷中破碎的水晶。因此主唱波诺变成了一个水晶巫师，召唤不存在的亡灵，他的音乐会，用道德弥补了缺席的巫术，而让集体仪式延续下去。他为全世界的好心人提供的，不再是原始仪式上的原始能量，而是现存的，已知的，可以在标准化生产线上复制的东西：良心。从这个意义上，另一些人说他们是中产阶级肥猪。而我们，要在破碎的玻璃上活下去，仪式也是破碎的，在每一小片身体上发生。不再延续，而是此时此刻。去你妈的水晶。

我说的不是牛肉，而是人。

皮皮鲁和皮皮鲁迪·李斯特笔记

一

关于 Pipilotti Rist，我知道的不多。一个瑞士艺术家，女的，讲瑞士德语。从没见过真人。见过的话也是在人群中，或者其他类似的地方：一个人都没有，作品堆积，代替了树木、鸟兽、公共汽车，人们走来走去，像一种活动的装置，展览着自己，有时候组合起来，说话，发出爽朗的笑声，像一种声音装置。总之一个人都没有。

当然我不想在这样的地方遇见任何人。没有人能这样遇见别人。

有一次，在瑞士小城圣加伦，朋友带我去看她的作品。就在大街上。快到了，快到了，你看见了吗？那个红色？果然，像是替代了草坪和沙地，前方出现一片暗红色的地面，然后是暗红色的汽车，和地面同样的材质，替代了汽车和树木。红色还在延伸，经过楼和楼之间的拐角，包围着楼。不像是包围，而是局部腐烂，精确控制的生物化学变异。我们走过去，也获得了变异，看见了更多的红，包括身体内部的红。

这是她为一家大公司订做的环境装置。保险公司，要么就是银行。花了一百万，要么就是一百五十万。都一样。我也想帮他们花掉一些钱。

二

这个名字翻译成中文，音译，是：皮皮鲁迪·李斯特。这里面包含着另两个人。一个是皮皮鲁，这是一个中国作家创造的童话人物，来自“皮皮鲁和鲁西西系列”。我从没读过。听起来很可爱，而且用心险恶，像是两个提线木偶，后面躲着个媚笑的成年人。

另一个是：李斯特。19世纪匈牙利钢琴家，弗兰兹·李斯特，我也从没听过他的作品，即使听过也不知道：你认识你见过的每一棵树、每一只苍蝇吗？据说有人为了演奏他的作品，给自己移植了第六根手指。这他妈的不可信，但我愿意相信。

“我愿意相信”：美国电视剧《X档案》里的一句话，印在海报上，贴在男主角办公室里。后来被中国艺术家蔡国强借去，用做回顾展的题目。他当然愿意相信。

三

有一年，我看了皮皮鲁迪·李斯特的电影，又看了她的展览。顺手写了一点笔记，如下。

三点零一：胡子

在洗手间的凹镜里，我看见一根竖着的胡子，从这个角度看，它就是一个点，它是孤立的，我从来没有注意到过。

三点零二：西红柿

早餐的盘子里，有一颗小西红柿是裂开的，鼓胀的球体上，一条色情的裂缝，我问它：你怎么把自己长成这样？然后吃掉了它。

三点零三：红灯区

巴塞尔的红灯区像大卫·林奇的电影，冷清，魔幻。苏黎世的红灯区在热闹街区，红色和蓝色的灯光，把它们从欧洲的传统色调中分离出来，在街道的背景下看，就像是镶嵌在肉体上的马赛克。

三点零四：Neugasse 街

Tabea 说，这是苏黎世比较坏的街道。然后我们就到了 Riff Ruff 电影院，兼酒吧。离开的时候，半条街都是露天小桌，人们聊天发出的声音，音量和语调都是一致的，声音平均地扩散，反射，成为整体，其中并无意外。

三点零五：Pipilotti Rist 的电影

名字叫 Pepperminta，胡椒薄荷。是一个疯疯癫癫、有魔力的女孩的名字，似乎来自民间故事。据说台词很幽默，并且只有瑞士人才懂。我不懂。因为时差，我有一半时间接近昏迷。这个电影拍得很轻松，很享受，像是做一件快乐的小事。这个电影里没有野心。我睡得心安理得，谢天谢地。

三点零六：批评

艺术批评家和电影批评家都会有职业的期待，现在，对这部电影有截然相反的，极端的两种评价，我猜那都是职业上的需要：必须批判和探讨，必须对艺术史做出回应，或必须是熟练的，在电影的意义上说得过去的，必须……所以批评在这个意义上是尸解。所以批评也许可以自我迷失，不去丈量作品离艺术史和媒介的本质有多近，或多远。尤其是，面对一个有权不是作品的作品。

三点零七：大便

这个电影里，是黑白分明的世界，坏的警察、老师和神父，好的鲜花怒放，电子乐蓬蓬啪啪。但是她补偿了这种天真：她拍到了人，他们平庸的身体，舌头上的颗粒。这是另一种，关于未知的天真。她眼中的大便也会是同样平庸而美妙的。去年我在斯德哥尔摩上厕所，抽水马桶里面装了她的摄像头，旁边的显示屏上，可以看见自己的大便。神秘的，平庸的，也可以是因为客观而妙哉的大便。在一个现成的价值模式里，她取消了价值判断。

三点零八：Julian Schnabel

想起他的电影《潜水钟与蝴蝶》（*Le Scaphandre et le Papillon*）。他没有把自己的绘画语言发展到电影里去，他的电影语言太电影了，也太成熟了。而 Pipilotti Rist 的电影就是她的录像。她的显微镜头，她的色彩和光的技术，她对身体的微观注视，她平等看大便的眼光和不顾一切的天真。

三点零九：新电影

所以她没有发明一种新电影。她只是拍了一部自己的电影。可以这样的话，电影就可以从电影工业和艺术史中获救。就像 Gas van Sant 拍 Jerry 的时候，那样轻松。作为观众我不一定需要好电影和新电影。

三点一零：现实

如此说来，她是一个现实主义者。她回归现实，而不是愿望。而现实是神奇的。而神奇本身并不希罕，用摄影机和监视器看一切，都实实在在而且令人惊讶。

三点一一：紧张

和大家喝下午茶的时候，有一阵子我累了，感到紧张，不知道说什么好。大概有半个小时，我沉溺于自我观察之中：我不为自己的紧张而感到紧张。我喜欢我的紧张，为所有的笨拙，变态，蒙昧，而感到一点点骄傲。仿佛是通过摄影机的镜头，看着，看到了。

三点一二：展览

果然，在 Hauser & Wirth 画廊的 Pipilutti Rist 个展里，有不少这部电影的素材。但也可以反过来说，她的电影就是作品的延伸，互为因果，互为表里。光，小玩意，色彩，水果，镜子，剪下来挂起来的塑料瓶，家具，照片，空间很大所以很干净，像小女孩突然有了一间巨大的卧室……对面的艺术商店里，有卖柳汉吉的唱片。

三点一三：果然

我在所有发出引力的东西里找自己。

四

一种加法：戈达尔说，如果片长达不到制片人的要求，就让男主角为女主角念当天的报纸。

一种减法：戏剧导演林兆华，人称大导，据说从不对演员提要求，如果不满意，就删这个角色的剧本，一直删到满意为止。有时候，一个角色就删没了。

这两种方法，似乎都不适用于女艺术家。女人会生孩子，既不是加，也不是减，物质和能量重新组合，世上就多了一条命。我不是说男人就不组合，而是生孩子的时候男人不疼。来月经也不疼。男人不了解血，觉得神秘，就发明了宗教和艺术。

五

为什么会说皮皮鲁迪·李斯特是一个现实主义者呢？这不大可能。啥叫现实主义我还不大清楚呢。我一定是吃多了瑞士奶酪。确切地说是阿曼塔奶酪，我去过这个地方，山，山沟里响着牛铃，真是洞天福地。这玩意太好吃了，怪不得全世界的漫画里，老鼠都在偷吃瑞士奶酪。

我想说，她以一种小姑娘的方式，接近着，诱惑着我的现实和主义。这东西我并不是十分理解，只是一种感觉，毕竟我没有抚养过外国小姑娘。《洛丽塔》倒是读过。那是另一种诱惑：经过翻译和想像，重新发明了一个人。那本小破书的每一页纸，摸起来都有点特别。很难理解，但又摸得到，甚至是一页一页翻下去，一个字一个字地显微，跳进去打量。

跳到哪里去呢？外国吗？瑞士吗？录像艺术里吗？一个女艺术家，花着别人的钱，拍电影，拍录像，在装置里安排光，她在世界里挑选出一个粉红色的世界，有时候是暗红色的世界。我只是路过。就像所有的男人对于女人来说，都只能路过：男人会死，女人不会。

六

正好书架上有本诗集，作者叫鲁西西，当然是笔名。我对他也缺乏了解。是啊，谁能了解一个叫鲁西西的诗人呢。

我随便翻了翻，找到这么几句：

夏天都过去了，
我眼看着一株极为普通的草霉，
它开完花，结完果，

一生的使命就完成了。

有点罗嗦，但有一精彩之处：草霉。所有的笔误都有其内在的逻辑。草霉重新组合了符号，它使自然界短路。发霉的大自然，发霉的诗歌，紫色的，粉红色的，黑绿色的，灰色的，包围着我们的建筑和知识。

我想起皮皮鲁迪·李斯特的鲜艳色彩，像草莓一样，在地里蔓延，然后噼里啪啦长出果实来……其实草莓是多年生植物，开花结果，冬天睡觉，然后继续蔓延，又蹦出许多果实。有人吃就吃，不吃就烂在地里，种子再钻出来，再蔓延……不用花很多钱，这玩意能跑遍全世界。它毫无使命感，也毫无羞耻感，像夏天一样普通。

《时代广场》

在纽约的3个月转眼就过去了，几乎什么都没干。

很冷。总是很冷，最深的记忆，总是贼风在地铁站里呼啸。要么就是捏着大衣领子，拽着旅行箱，在布鲁克林的工业区找路。然后就是那些黑压压的建筑，帝国主义鼎盛时期的装饰和体积，压得人喘不过气来。

另一个印象就是：到处都有半疯的人，用美国话说，这不算疯，而是勇于自我表达。在狂风里扭着屁股，边唱边跳的。自言自语的。大冬天穿人字拖的。推着一个巨大箱子，在51街边走边嚎叫的。在地铁里跟所有人聊天的……和曼哈顿的商务人士比起来，这些还不算什么。曼哈顿有一种极端的精神。必须亢奋。上一秒还是冷静的上班族，下一秒就能蹦到桌子上跳舞，再下一秒又板着脸和你谈法律。使用大量的赞美词和感叹号。各种拍胸脯。“我爱你”根本不值钱。根本不用嗑药。

以上的印象是片面的。它包含了我对这个没落帝国的偏见。

我对马克思·纽豪斯（Max Neuhaus）的《时代广场》

的理解，也和以上的印象和看法有关。

这件作品位于纽约，曼哈顿， 45 街和 46 街之间，百老汇的三角形步行区。随处可见的铁栅格铺在地上，下面是空的，大概两米深。满是烟头和酒瓶盖，夹杂着几个硬币，此外什么都没有。看不见声音从何而来，也听不太分明。一种持续的轰鸣，混浊，粗粝，像地铁里的风。

弹丸之地。周围密布着 LED 广告。有人在散发传单，宣传世界末日。裸男卖唱。外地人合影留念。所谓的百老汇歌舞一间挨着一间，互相山寨，门口还有人拉客，远没有刘老根大舞台气派。每天都有上万人经过时代广场，咯噔噔踩过这些金属栅格。但恐怕没有人会注意到它的存在。纽约的噪音不亚于北京：每个人都想要存在。

最早，这个作品存在于 1977 年到 1992 年之间。 2002 年又重新安装，变成永久装置。由时代广场街道商务促进区（BID）和 Christine Burgin 画廊实施，由城市交通管理署（MTA）运输艺术项目和 Dia 艺术基金会协作。

下面是我写的日记：

真正的时代广场不在时代广场：各种巨型 LED，百老汇歌舞，游客，花里胡哨的新媒体广告艺术……这些看起来很厉害，但是一点也不可怕，我们只是默默地，像吃麦当劳一样，把它吃掉

当然了同时也是被它吃掉：我们自己批准的

在时代广场， Max Neuhaus 的声音装置，一件绝对不会有人去注意的作品。铁网下面，两三米深，全是烟头之类的零碎，因为大的也掉不下去。人们尽情地走来走去，像踩在全世界任何一条商业街上，充满激情地。这个声音，绝对没有地铁里随时呼啸而过的火车厉害：火车说： shut up! 大家就乖乖地闭嘴，面面相觑，等它过去才回到那个尽力伪造出来的世界

它的合法性就建立在它根本不会被注意到上面：它是来自另一世界的声音，卡夫卡小说里的天使，那个浑身发臭的老头

……

马克思·纽豪斯是美国声音艺术的先驱。但他对“声音艺术”这个词持怀疑态度。有时候干脆骂： art fad，艺术流行病。

最早他是打击乐手和电子乐手。是斯托克豪森的乐手。他的早期代表作，是把观众约到某地，然后送上一辆大巴去听市声，每人手上盖个戳，一个单词：听。这像是把凯奇和铃木昭男给搞到一起。现在说起来，这样做已经不怎么震撼了，但在激浪派的年代，这些事都是革命。

问题就在于，革命总是被消解掉，做成毒品卖给革命爱

好者。今天的流行病是“日常”，是“公共”。聆听市声，很快会和聆听大自然一样政治上正确，还环保。生态。心灵什么的。事实上，现在已经有很多类似的活动，要么是徒步观光，要么是城市声音搜集，甚至商业广告，明星代言什么的。“发现你身边美好的声音”。

而“时代广场”最让我兴奋的地方就在于，它在光天化日之下的不被发现。

天使总是这样，浑身发臭，奄奄一息，无法与人类交流。与其说他是可爱的小胖孩儿，不如说，他对大多数人有害。至少，因为费解而有害。或，因为无用而有害。以及，因为倔强而有害。

它给纽约增加了一道裂缝：没有人从中坠落，而是有些东西从中升起，进入了周围的幻相。这一点，的确有点像纽约的地铁。纽约的地铁是这个城市最牛逼的东西。无论你在谈论什么，多么高兴，思维健全或狂乱，地铁一过，都得闭嘴。我戴着耳机听噪音，也会被它打断。至少也得110分贝吧……地铁强制性地给现存秩序撕开一道口子，而所有人在那几秒内都陷入呆滞，然后再恢复谈话和思维，像什么都不曾发生。

《时代广场》倒不让人闭嘴，相反，它任凭人们继续着另一种呆滞。日常的呆滞。

公共艺术最大的难题，就在于只有装饰品是无害的。从这个意义上说，它们最终必须被撤销，拆除。必须失败，以及通过失败来延续生命。

这件作品居然是永久装置了，也在旅游导览图上了，成为纽约人的骄傲了。但它无法用来拍照。不会有小女孩在这里嬉笑。确切的说没有人喜欢它，但也没有人讨厌它。更确切地说谁都绕不开它。你越是站在那里听，就越觉得，纽约就是一坨屎。但是你会像这声音一样茁壮，生生不息。

失败者笔记

巴塞尔笔记

人道：人道是一种理想，以至于变成了主义。终于有一天，人类中的一部分人，实现了包括民主、福利、古建筑保护在内的多数理想，然而要死的人躺在医院里，插着管子不许死。为此又发明了安乐死。安乐死是理想主义的补丁：理想不能死。

天道：天道是不仁慈的，人会死，狗会生病，在人间，倒霉蛋也有一席之地。重点是其他人是否打起了这一席之地的主意。

仁慈：天啊，如果天不是仁慈的，那么相信天道的人，要怎样才能得到仁慈？

多样性：在巴塞尔，所有人都一样和蔼，有耐心，保持着一种有趣的平均值。更有趣的是，关于多样性的来龙去脉，我是从他们那儿听来的。

善的暴力：一个看不到恶，没有垃圾，噪音被消除，公交车永不晚点，不吵架不随地吐痰的世界，恶都去了哪里，在怎样潜伏和发酵？一个枪管生锈而香烟比毒品更贵的世界吗？我不相信天是蓝的，绝不。

哲学：只有一种哲学，那就是撞击生活的哲学。代替实战的，在思考中消耗掉冲动的，是哲学的尸体，但打扮成了牛排。但哲学总是生的，还渗着食客和牛的彼此的血。

他人的痛苦：连这样的情况都出现了，因为不能面对自身的痛苦，就流别人的眼泪，珠江三角洲的狗仔队，也致力于为他人的痛苦而哭。正义是苦涩的。

王朔：所以王朔的重要性，在于他进入自己的空虚和痛苦，并尝试通过写作来解决。一个作家的本分，如今如此罕见。然而他还是什么都没有写，除了一连串华丽的废话。他仍然舍不得自己。真是可耻。

弱者：只要有强弱标准，就会有弱者不断被生产出来。而且，通常是通过仰望，而使弱者更软，更小，更臭。所以小学语文教育首先要取消反义词。

爱：爱的流行，当然是对恨的逃避。怕知道自己其实不善良，怕自己其实贪婪自私，容易急，道德上有残疾，怕自己会骂出口来。关闭看自己的眼睛，才能向外投射爱的光芒。如果我们真的胆敢称之为爱的话。

猴子：猴子没有自我意识，因此不会想要改造出另一种自我。而“猴子”这个猴头猴脑的概念是被人类塑造出来的。为了自己看着舒服，也为了沟通，我们在概念里塑造了一切，除了那些我们没有塑造的。猴子长得这么像人，当然在所难免。

面纱：法国要禁止阿拉伯女人的面纱，据说是为了保护女权。其实该禁止的是高跟鞋。或者至少，在禁止面纱的同时，应该允许裸体上街。

艺术家的爱：缺什么补什么。一个总在谈论爱的艺术家是有毒的，要躲远一点。

政治：而他们在进行的是少数人，特殊人的政治。当我投身，就被转换为这种人，战士，志愿者，公民，变成戏剧和抒情诗的一部分。这不仅仅是被命名，或签署文件，而是从生活中分离出来。我不秘密签名，我在地铁上谈论。

组织：个人和组织是无法相遇的。每个人身上都存在潜能，在特定的条件下，就会被唤起和塑造。包括自我发明和相互塑造。但任何生活在这片土地和这个文化中的人，想要瞄准一个组织，将它拟人化，归为万恶之源，与之搏斗，都应该先提取自己身上的组织，将自己拟人化。这种代价，并不是每个人都真的愿意承担。

单数：把国家当作一个人来谈论，把人民当作一个人来谈论，就像谈论一个活生生的副局长一样，这会造成概念的坍塌。这是比站在人民对立面更大的危险。这是危险本身——停止了思考，也丢失了直觉，我被抽象的现实玩坏了。而人民的对立面，你根本不知道它在哪里，人民是谁？你上次和他吃饭是什么时候？你和他签合同了吗？

公民：我也不认识任何一个公民。

复数：谈论复数，需要先给自己移植复眼。

诗学：诗歌可以是政治。诗歌就是政治。它是包含着希望的、未来的政治，它才是直接行动。但政治不是诗歌，它必须放弃舞台感，从棋盘中出来，退伍，脱胎换骨。用毛的方式搞政治，实际上只是浪漫主义诗学的极端实践。浪漫主义诗学，是今天被斗争双方运用最多的策略。它已经成为国家诗学和宗教诗学。它已经不属于诗歌。因此要改革政治，就先改革诗歌。

理想主义：康赫说，理想主义最可恨的地方就是，它二元对立，一心要去彼处而不认识此处。我在想另一件事，理想主义是从哪里来的？它和现代性有关系吗？它该不会是五四以后才有的？儒家理想后面有主义跟着吗？

彼岸：理想主义者并不是指那些努力生活的人，而是那些努力否定生活的人。人一旦有了远大目标、生活的样板，就誓死要去美国了。

理想主义者的融资：诚品书店。情怀当然是可以卖的。那么情怀的原材料和出产地是什么？生产过剩的时候可以打折吗？那些陆续倒闭的小书店，难道不是因为不能打折，或者打折，而死在这头巨兽的灯光下？为了理想而屈辱地活着，使资本家成为僵尸——情怀在它死去之前传染了不死的价值。

挫折：大家都有挫折感，因为想要和所有人拥抱在一起的愿望，被轻巧地戳破了。大家就势接过时代递上来的热毛巾，放松一下，先睡会儿再说。“我是一个放弃了理想的理想主义者”，这个时代最可耻的自嘲方式。

悖论：当一个人说起理想和爱的时候，应该去抱抱他（或者她），就像是去一次抱住所有的人——在这种不可能之中，也折射着最遥远的天道。就像是为肥皂剧而痛哭。痛快地哭，无论是什么理由。无论是多么廉价的音乐，都值得跳舞。无论是哪一个人，包括窃国者和已经陷入地狱的人，包括消费和回收理想的人，当他们突然抽了疯说起爱，背诵起心经的时候，都平等地配得上一个拥抱。只有去拥抱悖论，才能将它抚平。

2009，9-10，巴塞尔——2010，1，北京

地狱

搞定了。地狱就在这里。

那天早上，还没有完全醒来的时候，我听见有人打喷嚏。声音是从窗口传进来的。不是很远，也就是楼上楼下的距离。但没有方向感，好像是无端而来。甚至像是自我耳中而来。那声音并不响亮，但清晰，有一种冷静的、陈述句的味道。一般人打喷嚏是两个音节：阿嚏！也有人把第一个音节省略成半个，把第二个升华成了泛音： nking! 第三种人，在嘴巴松弛下来，肌肉各归其位之前，还要像体操运动员的落地那样，再做一个弹簧般的小动作：阿嚏 Q!

而我听见的是： asshole! asshole! asshole!

一天就这样开始了。 Asshole。被诅咒的一天。然而也是被祝福的一天。我和其他王八蛋分享着，抢夺着这个世界。在空气和地铁座位上摩擦着。相互欲望着，交织着动物性的轨迹。要么就相互视而不见，要么更隐秘一些：相互在意识中清除着，或同化着。为了将身体转移至二十公里之外，我要和多少人挤在同一空间里，交换彼此的汗、皮屑和来自肺腑深处的其他物质？到底是为了什么，我们要将身体移至二十公里之外？地铁在振动：一种催眠，使我们停止思考。在这个每小时 60 到 80 公里的长方形世界里，我们忍受着，享用着彼此的汗毛，隔着衣服相互挤压。摩擦。

我祝贺自己的发现：地狱就在这里。它怀抱着我，它是我的游泳池，空气，或者说是皮肤。像所有的科学家和电影男主角，从那一刻起，我意识到了自己的呼吸，甚至心跳。我感觉眼皮变轻了，光线变多了，天空也因此而开阔。我知道自己够不着天空，但这只能让它更优秀。有点像恋爱的感觉……就差没有从浴缸里跳出来了。

那个从浴缸里跳出来的人，死前显得非常镇定，他沉迷于演算数学公式，直到被攻城的敌兵杀死。我想，他彻底搞定了这个问题：地狱就在这里。没有更好的现实。而这惟一的现实，它也不会变得更糟。死了算。

上个月的一天，我从上海回到北京。 5 个半小时的高铁，冷得要死，就像是一头冷冻起来的公民，从一处运输到另一处。

这两处的不同在于：上海已经接受了地狱这个事实，并按照它的逻辑去化妆、开办公司、喝咖啡。上海人轻盈地跃入地铁，在充足的照明下，成为彼此的观众和展品。难道你不喜欢上海女人吗？她们高科技的皮肤？还有上海男人，那些靠谱的人，他们知道地狱已经发生，堕落像资本主义一样无可挽回。他们义无反顾地投入游戏，像两千万个微笑的约翰·凯奇……上海没有炸弹，只有便利店。而北京还在抗拒，它不相信，像一个被惯坏了的小孩一样，拒绝承认地狱。 no no no。它什么都不承认。理想破灭了，但我们还有梦想，它用一千万辆汽车把自己堵死，像一个用炸薯条把自己堵死的又蠢又胖的胖小子。

死神带着炸弹到来的时候，北京人会说， no no no 你不是死神。而上海人指了指隔壁的北京，说你弄错了，我不是上海人。

就是那天，在地铁六号线，也就是播放着布莱恩·伊诺式氛围音乐的那条线上。两个女的打起来了。操你妈！操你妈！嗓音突然拔高了，也许是两个八度，带着一种哭腔，颤抖着，滑动着，就像突然得到了自由，在天空中，把持不住地飘移。整个车厢都他妈的想哭，我感觉到了。只有她们得到了自由。

很多人搬家去了云南。主要原因是空气好，食物无毒，东西便宜。而且没有地铁。节奏慢。人们总是带着笑容，包括穷人。有的人抽大麻抽坏了脑子，就带着诡异的笑容。以前和我一起混的人，有理想的人，一半都搬去了云南。包括打架不要命的摇滚乐手，每天在微博上发一条“不”的人，盲人歌手，左派和右派的作家，顿悟了的白领。还有大约 10

个兰州朋克。还有我的摇滚乐启蒙老师，他在搞国学讲座，头发已经花白，他说：这个社会里，百分之七十的人不知道什么是对，什么是错。只有百分之十的人知道。我们要教育大众。

我有一个朋友死在大理。是被人用斩骨刀砍死的。四肢都砍断了，胸口砍烂了。

有一天，一个佛教徒带我去参加饭局。请客的是一个商人，穿登山鞋，像是开越野车、听崔健的那种人。他搞的音乐节，观众寥寥可数，但他能从政府口袋里掏出钱来。席间有好几个人都在这个音乐节上演出过，都是老朋友。我们说起了这个死人。商人说，哈哈那是台湾来的大毒枭啊。佛教徒说，是啊，坏事做的太多，送到医院正好血库缺血，小鬼来索命了。

佛教徒搬去丽江了。商人住在大理。

那个死人有名字，他叫李金正。他的前女友管我朋友叫干妈，他管我叫叔叔。他手工做的小布袋，我一直用来装相机，现在已经破了。十多年前，我们在大理相识，离开前，他们去三月街的市场买了两本旧书送给我，说，路上看着玩吧：《六盘山花儿两千首》、《论莱辛》。

我和佛教徒是好朋友，我们曾经喜欢过同一个女孩。现在她也住在大理。

如果地狱无法忍受，我们就搬到另一个地狱去。

可是我不配。

我家附近的商场：一个巨型的购物中心，一到周末，里面所有的餐厅都爆满，需要排队。地铁六号线在这里有出口，我站在传动带上，让它将身体移至地面。外面阳光灿烂，玻璃耀眼，就像所有的效果图，包括共产主义和资本主义的效果图，里面走着些衣冠楚楚的年轻人。但有趣的是，走出半站地之外，人们就变得松弛，开始随地吐痰，东倒西歪，普通话也不再标准了。一星期前，血案就在此地发生，现在看起来，每个人都像是潜在的疯子和受害者，同时是。那两个打架的女人，一个二十来岁，一个四十来岁，随时会从地下缓缓升起，挥舞她们的刀，挥舞她们自己，在一种潜在的音乐中，随着夏日的热气升起，飘向自由。

这种购物中心还有很多，遍布全国，但不能说遍布全世界，因为它们比外国的要更亮，更冷，而且在内部镶嵌了大量的餐厅。它们内外有别，将人们从那个肮脏的、交通堵塞并且洋溢着烤假羊肉气味的世界吸进来，又吐出去，转化为公民。也就是说，这些人在足足 11 层楼的迷宫里，吸收了玻璃和大理石的精华，变得更干净，屁股更翘，就连什么都不买的人也产生了社会责任感……有一天，在天津，有人指着其中的一座说，你知道吗？这里以前是一座庙。

这倒是一个不错的修辞。此后，和外国人经过购物中心的时候，我就说，你知道吗？这里以前是一座监狱。

这是一个小小的阴谋，一种报复，为了让他们尴尬，不知道该怎么往下接。在欧洲，总会有富于同情心，要么就是正义感的人，问起自由这件事。我就骗他们说，以前关敏感词的监狱都重新装修了，改成购物中心了。而那些没钱购物的人，至少还可以去享受冷气。一到傍晚，门口的仿大理石地面上，滑动着探戈和气功的脚步，还有滑板：咣！咣！哗——咣！

那些真正的敏感词，并没有得到释放，也许永远都不会得到释放。他们被另一些罪犯堵在更黑暗的地方。那些在市场上杀人的人，贪污犯，公开做爱的艺术家，在微博上开玩笑的人，律师，商人，女强奸犯，窃国者，每一个都有更精彩的故事。没有故事的人，随着地基沉入地下，在地铁经过的时候，布莱恩·伊诺式的氛围音乐将他们振动，但不唤醒。

会不会有一种革命，就像自动扶梯一样，将我们移至新世界？

而不是新世界商场？

我相信革命已经发生过了。但没有自动扶梯，也许是为了节约电。2012年的世界末日就是革命，它起源于所有人对现实的不耐烦。每个人都渴望革命，但谁也不想亲自动手：成则坐享其成，败则同归于尽。这是多么大的念力。它乖乖发生了，按照更环保的方式，它仅仅是降临，而不带走任何一人，不启迪任何一人，不牺牲任何一人：基于一种普遍性，或者说爱，所有人在这件事上是平等的。

平等地原地不动，甚至比原地还更靠近原地。末日来临的时候，人回到原点，死得像一条狗，狗死得像蚂蚁，蚂蚁死得像一个律师或者委员长。不死也行，那就回到原点：可以死，如蝼蚁，如刍狗。毫无价值而死的可能性：这是社会为之欢呼的丰富可能性中被贪污掉的一个。没有人还能离开这个世界而不留下任何价值。

从2012年12月22号开始，再没有人有脸去等待革命的发生。不再有终点。甚至不配去再死一次。

有些人对灾难和丑闻上瘾。没有灾难就不能写诗，也不能哭。这证明地狱是使人存在的力量。如果不能爱自身的地狱，那就去爱别人的地狱吧。问题是他们俯身其上，但并不跳下去，连他妈的飞蛾都不如。

我不喜欢读那样的新闻，不是因为我已经存在了，像个能够摸到自己的货，拥有主体什么的。每次读到官员的丑闻，我都在想，操你X，老子想做的事情，全都被这帮王八蛋抢先了。

淫乱。枪战。赌王。与天下为敌。全是些极端的玩法，有时候还很费脑力，需要天赋， 007也不过如此。每个人都想要存在，对吧。坦白的说，谁不想从这副躯壳里脱颖而出啊。我也想要包养十几个情妇啊。她们都有很大的胸！口活一流！不介意同时和三个人一起搞！

毙了他们也没有用。我还是只配看A片，有时候问问身边的文艺女青年，问她们会不会想和大叔玩SM，而她们通常是感兴趣的，但绝不玩。喝多了的时候，我甚至会把贪官的下场和摇滚乐明星的下场混为一谈，就像死在冰山上的探险家，这些人是死在欲望的极限上，而我只能往朋友的沙发上吐胆汁。这些傻逼。他们最大限度地开发了自己，就像把自行车改装成了F－1赛车，而且还酒驾。显然这是极不理智的，带着毁灭的倾向，纵欲地，厌世地，去做不可能的事情。人们说，官场是黑暗的，如果说黑社会是黑的，那么官场只能是一团莫名其妙的阴霾：但即使是在阴霾里，也有一种想要存在的渴望，就像田震所唱的：我想摆脱这平凡的生活！去犯罪！去射精！去化妆逃脱至澳大利亚！用阴霾提炼出的激情，就像是曹县的原子弹。如果官场是地狱，那么他们就是揭示地狱真相的那些人，真正的傻逼。

每个人都知道，那些没有被抓起来的，才是真正的王八蛋。在一个越来越精明的社会里，难道不该去同情一些因为太笨而暴露了的傻逼吗?

他们主要的罪恶，在于长相太过阴郁。有的凶险，有的谄媚。通常是浮肿的，笑容上带着一层油。所有长成这样的人，都应该抓起来，判他们做官。

至于那些会长的，养生有道，目露仁慈之光，还会弹古琴，就让我想起了其他国家的原子弹。

恶人和疯子：一个是慢性发作的，一个是急性的。人们在地狱里手足无措，活得没劲，什么都不相信，但总要找一些人来负责，实在不行就生孩子。总之，一个人每天像猪一样昏死在电视机前面，全是贪官的错。然而恶和疯侵占的，并不是社会的理性空间，而是相反，在非理性的深渊里，他们将混沌变成了硬块，像一种逐渐或突然显形的雕塑。癌症和生孩子一样：无形的DNA，微弱的蛋白质，生命从虚空中成形，可能性逐渐缩小，凝固……最为珍贵的并不是这片原本可以更干净、更先进的地面，而是我们未知和无知的混沌，这件事谁都没法负责。

在潜意识里，人们并不恨贪官的邪恶，而是恨他们抢先浪费了配额。这些提前下潜的人，盗墓者，像大便一样堵在逃脱道德的路上，使其他人犹豫，甚至放弃。

至于拥有道德的人，尤其是戴黑框眼镜的人，居然也会反对计划生育，此事颇为尴尬。难道不是他们，要削减这深渊的规模，为它做出规划，命名道路和车站？天空如此狭小，被命名为受害者的人，只能捞到怨恨了。那些原本要潜入道德之外，社会之外的人，也只能望着被贪官浪费掉的潜能的灰烬，被公民们劝阻，回家生孩子了。

在地狱还没有来临的时间里，据说，存在意味着从爱的行动中消耗自己，把自己倒空，花光。在地狱里，我不配谈论爱。我急切地想要射精，如果不能，就射箭。语言像射出去的箭，收不回来，连可卡因都不用，它就热气腾腾地，然而也谦卑地遵循着力学法则地，从不存在和尚未存在中飞出去。我想要把自己扔出去，但又不敢蹦极，更别说跳楼。这种愿望，在我生活的垃圾堆上，此起彼伏，一不小心就会演变成及物的欲望，被链接到某处，包括炸弹和购物袋。那些不敢杀人的人，连购物的时候都感觉不到存在的人，饱含着欲望，在社会上移动，一不小心就在飞机上发飙，殴打起空中小姐，然而，难道他们本来不是渴望着被殴打，被小姐吊在空中，羞辱、噼啪地打耳光直到泪水横流吗?

壮丽的欲望，在大地的表面此起彼伏，还没来得及上升至空中，就已经被命名了。

那些掠夺我的垃圾的人，肥胖的大胡子艺术家，也将我被污染了的欲望链接起来：看，这些傻逼，壮丽的受害者，快哭啊！镜头正对着你呢！

地狱是一种时间状态，而不是空间。 1989 年以来，像是坏掉的黑胶唱片，世界不断在原地打转。另一副齿轮越是驱动钟表向前转，这一副就越是要和它拉锯。两者之间，并没有混沌，而是接近于真空，拒绝访问的，无法读取的百慕大。 2003年以来，政治家学会了哭泣，其他人学会了上网，时间越来越像是一种单行线，每个人都以为自己在前进，但实际上却停留在车厢里，被振动。有的人甚至被振得湿了。 2008年以来，这种进步，包括为进步而进行的斗争，造成越来越大的张力，导致坍塌。

时间的收缩：朝向意义内部的坍塌，伪装成悲剧和喜剧但实际上毫无意义的坍塌：每发生一次横死，就有一千万人投以短暂的关注，以此抹去他们的死。这就像是数码相机对世界的审美：每看一张照片，世界就消失一点，而你甚至不肯多看一眼照片，从中补偿出另一个世界。时间不再漫无目的，而是链接在一个伪造的历史上，去生活，就等于去自首。社交网站的革命，只是在丧失了的时间里赛跑，我为什么要跟着这些一无所有的人跑。

我很难确定自己的连续性。

我用强迫症来对付拖延症。用外国人的话说，前者是恋母情结，后者是恋父情结。而我就是我的外国人，前来寻找一线生机：我在自己身上看见了一个马三立，他节奏慢，不规律，和观众形成双向的流动，又总是返回到最初的沉默中，他折叠了时间，他一直都那么老不是吗？看见西门庆的话，会更管用，他擅长重复的节奏，象征着无限多的时间，但代价是在游戏结束的地方付出生命，也许更早一点，在游戏开始的地方就付出道德。他并不是一个不道德或者超越了道德的人，恰恰相反，他是道德赖以生存的肿胀的土壤：道德比较黑暗的那一部分。他的无限的时间，也是向魔鬼换来的，而魔鬼是个骗子，他并不帮你超越连他都超越不了的东西。已经没有更多可能。已经没有更多可能。地狱是如此拥挤，就连包养了历史上最懂得叫床的女人的人，也不拥有更多的可能。

到底是为什么，我们要把自己移至另一地方?

在近乎静止的地铁里，在坍塌的时间里，越来越多的女青年意识到自己的可塑性，她们把自己长成欲望的对象，像是从深渊跃出的可能性，凝固在 A 片演员身上，再也无法返回。隧道像一部《红楼梦》：晴雯、袭人、薛宝钗，幼齿之爱，包括性爱和同性之爱，非性之爱。但这一切只在面面相觑的远距离阅读中发生，灯光雪亮，像最高级的防弹玻璃。在上海，北京，兰州，越来越多的地铁，越来越亮的灯光：像美术馆，原本是为了凝视，结果变成了保鲜膜。这保鲜的阅读，与其说是《红楼梦》，不如说是《金瓶梅》。它那么冷，那么干脆，越清晰，就越悲哀，像 3D 的 A 片。它终究是在痛哭那些失掉的炮友。永远失掉的炮友。

然而爱是无耻的，它使臭烘烘的拖鞋和草原般辽阔的瑜伽垫平等，它会解决这两者之间的拖延症，不需要身体的移动，而是原地不动的革命和相互吞食的沟通：爱不需要空间。

好吧我们来谈论爱，仅此一次：考虑到地铁实际上和地狱相连，我们应该在车厢里组织爱的派对。哪怕只是为了改进阅读：盯着手机的眼睛，彼此打量的眼睛，相撞的眼睛，流汗流血的眼睛，将身体投掷在目光里，去互相摸和舔，在紧贴着的屁股和腹部上也叫醒这样的阅读：相互纠缠的海绵体。至少让我们交谈。

我们是彼此的语言。我们正在平等地消磨，而不是平等地觉醒。这些动词，被形容词粘住。名词，被装修。这些错别字，像是奔向自由的潜意识，结果奔向了下水道：很多人还以为自己在游泳呢。爱：难道它不应该出现在语言的尽头，而不是这里？

我们不是已经将自己活成了《读者文摘》和《金瓶梅》么。我们不是已经知道了结局，还指望着它其实是印错了吗？或者，同样的语言，还可以组装成另外的一本书？在这样的一本书里，世上只剩下语言，是阅读将它解开，分开，交换，弄脏，消耗。在这样的书里，阅读是徒步穿过地狱。革命是地狱之爱，在这里，地铁不通往任何一处，它只是把人们推向彼此，直到那些蹩脚的诗歌，被读出了香甜的体液。即使是无意义的死，也不能阻止人们在地铁和地狱里冒险，因为我们已经无家可归。

在地狱里，只剩下语言。

在 2012 年 12 月 22 日，最后的革命之后，世上只剩下语言。现实已经坍塌，还差一步，只隔一层，就是永恒回归。然而语言是被语言隔绝着的语言，是被失效的、混乱的意义所劫持的、不能回归的语言：越来越快速消费的网络热词，像救命稻草，被其实已经哑了的人，紧紧握住，像握住其实已经不再射精而是在喷吐冷气的鸡巴：那些 CCTV 的词，社交媒体的词，弹幕的词，官场和商场上的词，那些被洗劫一空而没有一个词的人，在雪亮的大脑中乘坐地铁：离语言的深海只差一步。

女青年，在你的地狱里，有一头从未拥有过智能手机的怪兽，它的身体由海绵体构成，在血的声音里，它阅读着所有人的欲望。

一个小小的遗憾：澳大利亚革命从没有发生，不是因为草原太过辽阔，而是因为移民太多，他们都把这里当成了彼岸。贪官之所以没有爱，就是因为心存着彼岸，他们修了那么多的地铁，不就是为了把自己转移到另一处去吗。

脑筋急转弯：为什么贪官和香港人一样，从不在地铁里吃东西？因为他们根本就不坐地铁。

这篇文章的灵感是这样来的：我朋友小宇去拜访其蔚，说起曾在北京表演过的斯蒂夫。此人斯文，和善，住在香港，没钱，不工作，也不搞艺术，对社会没有用。小宇就问：那么他信什么？其蔚笑着说：他信地狱。

这之前应该还有一番谈话，关于香港如何是地狱。以及斯蒂夫如何写一个没有人看的博客，完全不知所云，颠倒、混乱而令人激动。我也看过这个博客，确信它对香港文学没有任何贡献。这写作因此崇高：一个严格的逻辑：他信自己的颠倒和无用，由此生发了他的语言，也就是世界。那是一个完整的世界，由他本人构成，也许也由对他的阅读构成。我感谢他爱他的地狱。至于香港到底是不是地狱，和我没有一毛钱关系。我他妈的又不买奶粉。

（本文编者有删节）

药物笔记

世界杯：如果说所有对作品的欣赏，观看，聆听，都是，必须是，只能是，一种创作的话。那么观看足球比赛也是一种运动：把自己扔出去，扔进球迷的海洋，扔进电视机：没有我，只有能量！

球员也要把自己扔出去。现代足球的改进在于，他要被扔去很多地方：扔进奔跑，扔进球迷的海洋，还得扔进电视机。

球员的胜利在于消耗：一身臭汗，睡个好觉。球迷的胜利在于转移：把肉体变成肉，自我变成集体，把积蓄多日的利比多交给电视台。现代足球是一种高科技活动，类似于人工降雨，人定胜天。它组织起了排山倒海的利比多，还要让它们以规定的渠道流通。以及，必须安全生产：没有足球流氓的足球。

药物：某位明星宣传禁毒，这就是贼喊捉贼。

就像欧洲人禁烟，是为了保护汽车尾气的自由排放。如果他们禁止了汽车尾气，那说明有更大的污染在发生。

还有一个好例子：保护故宫，是为了拆掉胡同。

成龙，有一天会像奥巴马一样多元，像敏感词一样愤怒，像仁波切一样幽默。

在电影院里，我成为他的接收器。遥控的快感装置。为了换取一点点快感，我要交出身体里的流氓。他就是永不犯规的足球，一个用来交换的假人质。

球迷和 AV 爱好者的共同之处在于：通过围观别人的爽来激发自身的爽。

现代足球，终究是一种媒体艺术。

球迷的脂肪无法消除，因为一边欢呼和怒吼，一边摄入了太多的鸭脖子，还有啤酒。 AV 观众的欲望也无法满足，每一部 AV 作品的问世，都是为了让人去买下一部。

如果无法将自己投入到一段聆听中，重新演奏它，就只能将自己投入到一段音乐中，被包围并充满，洗刷后抛回岸上，晒晒干，醒来，仍然一无所有。对音乐的怀念，成为再度跃入水中的动力：岸上什么都没有。水里似乎有，但终究还是没有。

逃亡者的文艺：让我们忘记了平庸的现实，分享这暖人的梦幻吧。然而，然后，会有一个更好的自我，把自己洗白白，在家里等着我吗？

更坏的电影：一部更坏的电影，要能够把观众的恐惧推向极致：生活不容易，我胆小，有梦就不愿意醒来。

而詹姆斯·卡梅隆说，他所有的作品，都在探讨科技与现实的复杂关系。这让人想起莱姆·库哈斯设计的CCTV大楼。甲方很满意，乙方也很满意，他对不满意的人说，这个设计是在讽刺极权。我的朋友说，也许他是对的。

一个有追求的贼：给他一双丝袜，连宇宙都敢打劫。杀了人，做成标本，可以领赏，说是保护文物。

被迫要提到的奥斯威辛：奥斯维辛之后不再有浪漫主义的诗，更不应该有梦幻的美，除非有人在这个逻辑里找到了漏洞，从中钻了出来。但通常是有人借尸还魂。今天的事情，不是梦，就是从梦中醒来。看起来已经没有其他选择了。看起来已经没有漏洞了。是吗?

有追求的宠物：更宽敞的窝。如果可能，再放两排书架，上百种饲料可选，面朝大海，时常参与社区辩论。这不是一个《1984》式的寓言。这是关于《1984》的寓言：借用纳博科夫的观点，《1984》的问题不是它成了秘密警察的教科书，而是它本身就降低了文学的密度，畅销书总归是要把人变成宠物。

不存在好莱坞电影，人艺戏剧，或者其他美妙绝伦的视觉对象，只有穷人视网膜上的幻觉。

有钱人需要钱。穷人把钱交给有钱人，这是他们对生态平衡作出的惟一贡献。

大片就是有钱人拿钱把穷人砸昏过去，醒来钱不见了，连自己的钱都不见了。大钱恒常吸引小钱，这就是万有引力。

穷人应该看 B 级片，僵尸吃大脑。 A 片也很好，看看人家的生殖器，多标致啊，受点刺激，痛苦中振奋。

穷人不是没有钱的人，穷人是坚信自己是穷人的人。坚信自己是奴隶，是地球引力的受害者，是利益集团的养殖对象，是和导游吵架的人。离开了专家，就要起义。得到了专家，就殴打专家。不经证明，就从未存在。穷人和梦想的关系，就是瘾君子和药物的关系。穷人不去实现梦想，因为一旦实现，就得对后果负责，而穷人就是连后果都丧失了的人。

要戒除各种毒品：电视和大麻，正义感，爱和潮吹，然后是美和美学。

艺术家不是吸食药物，而是让自己成为药物。

然而艺术家不是药。他必须比药更强壮，更有杀伤力，也更短暂：这不是一种终身荣誉。但他带来的伤口，是终身不可逆的。

然后，其实他成天看电视，吃鸭脖子，吹牛。

798 的游客：事实上他们很可爱。他们扑向 798 是为了挽救平庸的生活，在精神被洗劫一空之后，幸好还有 798。他们使 798 成为了人民公园，而不是艺术批发市场。

而 798 能够提供给他们的，偏偏不是烧饼而是毒品，说得不好听就是趁火打劫，加倍的掠夺，是将他们训练成景观机器的信号解码器。经过教育，人民公园又变回了鸦片馆。

这并不是艺术家，或者任何人应该做的。

毒品是假的真理，假的天堂，通过药物唤醒身体内的生物化学机能，产生快感，放大感觉能力，延伸知觉和想象……惊喜过后一切复归平庸，只剩下疲惫的，被过度消耗的身体。它使人产生依赖，因为你只需要花费一些钱，一些针头或者烟卷，就可以再度超越平庸。

798 也罢，社交媒体也罢，购物中心也罢，在短时间内崛起，都是依赖更广大的贫瘠。它们暗示着无限，向人许诺一个更高等生活的神话，然后把他们扔回到电视剧的反光里去。人们带回去一些工艺品，就像被抛弃的情人，手里捏着一件信物。

游客的悲剧：从一无所有的世界，被驱赶到了人造景观极大丰富的世界。在新世界，旧世界的饥饿，被用来加固他们身上的锁链。

但 798 也只是整个社会的缩影，所有人平等地无处可逃。必须考虑到这个现实。

值得玩的游戏，和值得参加的饭局一样，是没有目的的。它消耗了生命，而不渴求赐予。民主就是这样发明的：它是搏斗的结果。

快感：意外地。漫无目的，经过长时间的重复，突然发生。无法计划，但可以前往。

电脑游戏和微博，要消耗掉每一滴刚刚产生的欲望。及时地消除。

而创作是持续的搏斗，每一次欲望的实现都换来新的困难：下一个无法实现的欲望，甚至无法命名的欲望：我又变回了一个傻逼，宁肯去打麻将也不要被快感来打扰。

毒品带来幻觉，以为快感发生了。

就像一群小偷，掏空了钱包，将一叠废纸塞在里面。它仍然是鼓鼓囊囊的。毒品让快感变得重要。然而谁需要那么多的钱和快感啊。

快感是用来引诱我的吧，去消耗自身的空虚，臭汗。我积攒的是空虚：没有人能为了快感而活，只能为了快感而死。那就是西门庆，一溜小跑而来，踩着快感的跳板，跃入了地狱。剩下的这些人，声称是为了快乐而写作而演奏，或涂抹，这是一种原教旨主义的说法，有传承，但可疑。

难道古人没有说过：辛辛苦苦做的这些事情，终究是没有意义的。正是因为全都没有意义，才随便捡起一件来做，为了揭发出没有意义，让空虚曝光，而做。这不就是快乐吗？那些伟大的相声演员，并不是让我快乐，而是让我因为空虚而快乐。

世界杯背叛了游戏的基本道德：游戏应该一无所得。

关于 90 年代的几句话

关于 90 年代：

我们一直活在 90 年代，只不过同时拥有了 21 世纪的时钟。

也就是说，我们卡在一个时间陷阱里出不来，拥有了两个时间。

这不是一个修辞，甚至不是心理学描述，而是年代学的实例，物理学家有义务为此提供证明。

关于幻像：

后 80： 1990 年以来，我们集体进入想像。

后江： 2003 年以后，升级为幻像。

后奥运： 2009 年以后，幻像开始破碎，向实体升级。

关于想像和幻像：

想像是惟一让我们可以将不能忍受的生活继续下去的毒品。经济的勃起，大梦，新技术，国际化，文化装修队。买一辆想像中的小汽车：也许他们是对的，因为如果不去堵车，该如何消费剩余的生命？

以90年代国产诗歌为例：他们完成了对诗歌的想象，然后金盆洗手。

幻像则更为具体。自由的幻像，改新的幻像，创意市集的幻像，公民元年的幻像。象征秩序的幻像。

关于想像和幻像的实体化：

那些关于愿望的故事，总是让一个魔鬼，一条鱼，一个上帝，按照字面上的含义来满足他们的愿望。念力足够强的话，愿望就总是可以实现，但它不一定是你原来要的那个：你要了一桶金币，它来了，砸死了你儿子。

公民社会，民主，资本主义伦理，理性和专业主义，NGO，在国家大剧院之后没有什么不可能。

关于愈演愈烈的自我审查：

为什么突然变得如此道德，对所有的阴影，眼里揉不得沙子，或者说恐惧?

就像一个凶手，受了刺激，再也见不得肉禽蛋市场，甚至不许人提到血。

关于此时此刻：

为什么是在今天，恐惧吞噬灵魂?

20年前的厉鬼投胎，长大了。但这是一个修辞性的说法。

装修剥落了，人们对自己身上的病灶感到厌烦，不安，小魔鬼在挣扎。删除它，封锁它，否定它，然而它来自另一个时间，没有人能够战胜。

关于古琴，明清家具，上师，心灵觉醒：

在今天，在这里，做一个古人是不道德的。

关于道德：

最重要的道德，也许是惟一的道德，是和此时此地发生关系。是从人皮下醒来。

是从市民道德的幻觉中抽身而出，注视自我和世界。

是停止道德判断，停止愿望和意志，按照生活本来的样子塑造生活。

关于强制遗忘和选择性遗忘：

出来混，总是要还的。

关于偏执型记忆：

受害者的专利，就是把自己体验为一个受害者，几十年如一日，直到和凶手融为一体。

关于啫哩：

我的 90 年代是这样开始的：啫哩和摩丝，周润发，喜多郎，梦回唐朝。我从来没有想过，自己也可以活在照片里和镜子里。最后是刘德华替我成为我，只要我相信爱情。而哈维尔替我挺起胸膛，昆德拉替我讽刺，美术系的同学替我穿破了牛仔裤。一个青少年，终于拥有了自我。

我们的21世纪第二个10年的开始：参见朗朗的啫哩和贾樟柯的啫哩。也许还有汪峰的啫哩。

关于自残行为艺术：

以及所有直接和间接死于吸毒的90年代摇滚乐手。包括酗酒而死。由此追溯到其他剧烈的，然而是为了隐没于无名之中的死亡。是90年代精神的最佳体现。

生活，操你妈，我死给你看。

失语的另一个症状，就是去死。在过于喧嚣的地方，其实连一个词都捡不到。连那些从报纸上、厕所里偷来的词，都是别人的，还没有使用就已经消失。钱包里连一个词都没有的人，也许已经死了。

但仍然顽强地走着。走着。走着。像时钟的指针。

是为了有一天，可以从沉默中哭出来吗？

关于2003年以来我所有疯了的朋友：

都是被自由害了的。

但是你不能因此责怪自由。毕竟还没有人见过它的面。

关于 2007 年以来我所有伪装成少数民族和佛教徒的朋友：

不失为一件好的防弹背心。

敏感词

僵尸吃掉了我的脑子……我觉得我不是我了……咦，这件事有点蹊跷，你说，是谁在感觉，又是谁被感觉到了？

豌豆们噼里啪啦，在我身后的一个 iPad 里面，愤怒地，把种子射向僵尸。而僵尸呢，为了一点虚拟的脑子，咳嗤，咳嗤，没完没了地啃着土豆啊大蒜啊，还有吸铁石，铁蒺藜，还有灯笼。还没吃到脑子，已经吃坏了胃。理想主义者啊。你说值吗？就像所有的反恐战争一样，植物和僵尸之战永无止境。而胜利属于乔布斯。括号：即使他已经死了。

我感觉到我没有了感觉，像一个被吃掉了脑子的家伙，在电脑前面噼里啪啦，敲打着键盘。如果说游戏是毒品，那么网络就是鸦片战争的汪洋大海。这场蹊跷的战争，已经持续快一天了。

确切地说，我已经成为电脑的伺服器。更确切地，用麦克卢汉的话说：机器的零部件，应激反应装置，信息系统的奴隶。所以我感觉到我正在失去感觉，我正在离我远去。我正在加入乔布斯：机器的伟大仆人，永生的机器的仆人。

海伦·席苏（Helene Cixous）说，每一次写作，都要从一个死人开始。

林则徐死了。他生前曾说，洋人没有长膝盖，我军应使用绊马索。

卡夫卡也死了。他生前曾写道：每一个挫折都可以将我搞定。他还写过：真正的道路在一根绳索上，它不是绷紧在高处，而是贴近地面的。它与其说是供人行走毋宁说是用来绊人的。

现在乔布斯也死了。人们向一个死人说谢谢。他听得到。他生前曾说：每一根绳子都是网络的一部分，不再有人被单独地绊倒，或者捆绑起来。少一两根绳子，和少一两个人，并不影响全局。他还说："你究竟是想一辈子卖糖水，还是希望获得改变世界的机遇？"

我一口气写到了三个死人。这可以增加深度，但并不能缓解大脑缺氧。就像反恐战争并不能缓解恐惧。事实上，盲人按摩更管用。我想念颐合永康按摩中心的 6 号张师傅。他知道生命的形状，肌理，以及内在关联。昨天，他第十次，要么就是第十一次，在我的脊椎韧带附近按，揉，拨，点。鼠标肩啊，原本酸得像是泡在醋里，又称糖醋里脊，现在已经清爽多了，像是雨后的凉拌豌豆尖。

颈椎：生命的数据线。我们还没有进化出蓝牙脑袋，是因为害怕被僵尸偷走，还是害怕失去了对死亡的恐惧？

比干也死了。他生前问卖菜的：人无心还能活吗？卖菜的说：无脑可以，无胸就不行。

胸部：生命的象征物，广告，不可缺少的废物。在乔布斯的世界里，胸部是简洁的，它长在 iPad 的曲线上。没有曲线，我们会意识到世界的干巴巴的真相：你究竟是选择乔布斯的世界，还是选择比尔·盖兹的世界？而他们属于同一个世界的两个分公司。

买菜的说：没有心，菜可以活，但人不能。这不算是说出了真相。因为结局取决于她的回答，如果她说能活，那比干就活蹦乱跳又上朝去骂皇帝了。比干死于随机性， 50%的概率。在测不准的世界里，另一个比干在另一个可能里活了下来。在比干的两个可能中，心脏都不是决定性的因素。没有什么是决定性的因素。死并不是终点，但也不会从头再来，像游戏那样烦死你。比干退出了故事的主线，直到结尾才再次出现：他做了文曲星。没有什么是非此即彼的，你甚至可以重写一遍《封神演义》，把元始天尊写成外星生命：道可道，非常道。

是的，我，一个写字的，要靠文曲星和盲人按摩师罩着。

我曾经梦想成为一个作家。中学以后，我读到了更多的文学作品，梦想破灭了。

他们写到了太多的植物。各种花瓣和叶片，各种绿，各种香气，各种雨后的小懒腰，有的肥大而且生长迅速，像蔓延的怪兽，有的在江南小院子里，旁逸斜出，入画，入诗，还有种子，要么是油亮的黑色圆球，要么是裂开口的褐色五角星，情侣在法国梧桐和阿拉伯婆婆纳前面舌吻……成千上百的植物名字让人绝望。我知道的植物名字，比我妈知道的外国人名字还少：杨树，柳树，侧柏，槐树，枣树，沙枣树，红柳，桃树，梨树，一串红，夜来香，罂粟，锦葵，牵牛花，牡丹，玫瑰，月季，百合，曼陀罗……还有仙人掌……还有蘑菇……后来罂粟都不让种了，说是毒品。曼陀罗也有毒。蘑菇是真菌百合是菜，再往下就得说胡萝卜了，我会被中国作协起诉的……还有玫瑰，它和月季到底有什么不同？每年夏末，大院的白玫瑰成片盛开，像是在挥霍，像是搬迁大甩卖，我们管它叫一里沙白。去采回来，一边嗅着香气，一边放在竹箧簸箕里晒，晒到小虫子都慢悠悠爬出来，然后就撒上白糖，封进磨口瓶里……完了，还是菜。

我读到过一种植物，叫做鸢尾花。那时候没有 Google，聪明的我，就想像它是一种像鸢的尾巴的花。而鸢，则是一种长着虚幻、轻逸、弯曲的尾巴的鸟，像文曲星一样，喜欢在低空中慢速飞行，好让作家观察。

还有一种叫矢车菊。许多年后，另一位绝望的作家和我聊起来它，我们就去 Google 了一下：咦，这寒碜的小不点，好像见过啊。

我最喜欢的作家是鲁迅。他写到："在我的后园，可以看见墙外有两株树，一株是枣树，还有一株也是枣树。"

另一位是卡夫卡。他这样写树："而我们就像雪地里的树干，看起来浮浮的一推就倒。不，不可能的，因为树干其实深植土地之中。不过这也是表面看起来如此罢了。"树就是树。去你妈的鸢尾花！去你妈的矢车菊！

不好意思，失态了。

如果植物大战僵尸里面有鸢尾花和矢车菊，游戏公司一定会被中国作协起诉的。

我出生在一座工业城市的军队大院里，城市周围是黄土高原。我们这里的作家，只认识麦子，要么就是胡杨，自古如此。要么就是戈壁滩上的枪声。

中学时代，我喜欢抬头往天上看，要不了多长时间就能等到一只鹰，伸开翅膀，在看不见的气流中盘旋。它的生命，在虚无中涌现为盘旋：温热的肉外面，骚臭的绒毛，硬邦邦的羽毛和空气摩擦着。鹰没有自我，也没有选择，它随着风的意思盘旋，它甚至不知道什么叫"它"。至于风：风不应该被解释。

后来就看不见鹰了。其他动物也不多，连一篇散文都凑不出来。有人养鸽子。小猫小狗。麻雀。苍蝇蚊子马蜂，绿头苍蝇。白粉蝶，飞蛾扑火。除了猪以外的各种家畜，包括长着又粗又长的鸡巴但却不能生育的骡子，包括在黄河铁桥附近，以和游客合影为生的骆驼。在闹市中翻跟头的猴子。从来没看见人钓上来的黄河鲤鱼。

我在报社的同事小何，后来做了另一家报纸的副主编，再后来因为刊登了关于猪的笑话，或者是新闻，被撤职了。她是中国第12个因为猪而被处分的编辑。在这个城市里，文字工作者要更敏感一些，我们中的大多数，已经把猪从大脑中删掉了。12个春节里，报纸上只刊登11次生肖漫画。

10月3号，国际僵尸日，碧丽霞和艾琳请大家吃火锅。霍吾道笑嘻嘻地问大家：我可以要一份猪脑子吗？我可以吗？我盯着小巧玲珑的那一盘子，看来看去，回忆起小时候，妈妈骂我是猪脑子。他笑嘻嘻地捏着筷子，勺子，手到擒来：来，尝一下！来来来，你也尝一点！他搞了10年爵士节，常常聚餐，怕是已经把这玩意发扬光大，介绍给了来自五湖四海的音乐家。旁边的碧丽霞已经烦了：哥们，你说够了没有啊你？而我仍然迟疑地盯着它，想像着并不存在的故乡的怪兽。

但是你可以管人叫瞎子。在故乡，还不大流行残障人士这种说法。还有瘸子啊，结巴什么的，还不算敏感词。至少不总是。不在电视上说就行。电视太敏感了，大门口，有武警站岗。而报社的门口，我存了辆自行车，下班就没了。用我妈的话说：活该，你这个猪脑子。

各种脑子，各种胸部的人，都在街上走着。有些人面如死灰，也一样在街上走着，像一张会动的晚报社会新闻版。瞎子要走得格外小心一点，否则就变成了社会新闻。用中医的话说，没有人是健康的，只有死人不生病。用铃木大拙的话说，健全人和瞎子的区别，只有小小的一点。用林则徐的话说，外国人连膝盖都没有长，照样烧杀抢掠。用福柯的话说，大家都是疯子，有的比别的更疯一些，凭什么就要从社会秩序中排除?

用鲍德里亚的话说……黑社会的沸腾……上下文我忘掉了，只记得黑社会的沸腾。他是个诗人，同情黑社会，被称作思想的恐怖分子。

没有了恐惧，人们还怎么活啊。

没有了黑非洲的独裁者，摇滚歌星该为谁呐喊和哭泣。还有倪萍，杨澜，人家容易吗。

还有乔布斯。没有他，你让我讽刺谁好?潘石屹吗?

关于乔布斯：关于绳子的那段话，是我杜撰的。我曾经在豆瓣上创建过一个小组：捆绑。因为发言内容都不好玩，又把它解散掉了。捆绑和自由都太敏感，但捆绑要更敏感一些。自由已经被脱敏了，就像不含咖啡因的咖啡一样，已经普及了。

敏感：是的，我浑身都是敏感区。我渴望着你的小舌头，唾液，肉乎乎的手指头肚。这件事增加了我的生物电现象。有那么一阵子，我感觉自己变成了整块的海绵体，被血撑满，再去把你撑满。时间不是停止，而是分了岔，我像静止的盘子里的面粉，等着被吹散，同时又捏着绳子，把你的肉乎乎的胳膊什么的，捆起来，在胸部打一个结……

上面这段话里并没有敏感词。被捆起来的你，趋于无知，无所依赖，像是精神的瞎子，静止的自由落体，正在往混沌中返回……我打字打成了自由裸体：德拉克洛瓦的油画，《自由引导人民》。对不起我又把引导打成了阴道：自我审查的警报响了……我想了十分钟，决定留下这个词。用鲍德里亚的话说，阴道是一个解剖学的术语，它不是审查的对象。

在艾晓明翻译的《阴道独白》里，所有的“逼”都改成了“阴道”。

用弗洛伊德的话说，所有的口误，都是成心的。

电脑总是知道我要什么。

如果不知道，它就告诉我。电脑引导着我，像蜂群飞越沼泽，蚂蚁搬家，春运。大国崛起，不及物的欲望从混沌中涌现，抟扶摇而上者九万里，这件事，去中关村看看就知道了。

冬天，中关村大街在雾霾下堵车，鼎好大厦和海龙大厦像山水画里隐士待的地方， e世界闪着红光，沉默地运行着法力。穿棉袄的小伙子热汗蒸腾，来回搬运着二手 IBM 和港行 iPhone，爱国者已经发明了 mp7，人们提着山寨电脑主机，另一只手里是烤红薯，炒栗子，妇女们站在上述大厦的门口： DVD 要吗？ DVD 要吗？

别要。我要过一回，是压缩盘。

别要的太多。“我还要”是一种潜在的否定，它约等于“你不行”，会导致潜能的衰减。想要就先给。乔布斯向你要过钱吗？潘石屹要过吗？

只需要把胸部，浓缩成简约的曲线。信佛，或看起来信。长得像社会新闻的人，只能得到社会新闻。这是一个残酷的事实。

长得像敏感词的人，将会活成敏感词。

萨德说，想要爽，先学会禁欲。首先是断网，把电脑戒了，微博什么的更是：你刚刚攒了一点点欲望，她就要走了，像一个勤快的地主婆，不给你任何干大事的机会……

我这样想着，在键盘上敲着，一会儿换张CD，倒杯茶，中间还出去看了半场演出，天亮了又黑了，月亮像是马上就要泡散了似的，正在向普遍的，无处不在的，难以察觉的黄色扩散。

就快到11点了。该下班了。作家也是人。但我总是写不出想要写的那件事，那个东西。天长地久有尽时，此恨绵绵无绝期，总是不行，总是不够。我想起了楼下的玉兰花，它长得就像车前子的画，突兀而遥远的美：一种明目张胆的假，因为真的总是不够。

玉兰5月就已经谢了。在黯淡的月光下，连树枝上的标牌都看不清。

失败者笔记（2008年关键词）

1. 奥运

奥运带来了新地铁，这大概是我惟一可以分享的收获?

不，它同样也呈现出巨大的，野蛮的能量，欲望在涌动，空气中充满了尘埃，在建筑工地高耸的塔吊和灯火映衬下，像是赛博朋克小说里的末世之城。

我曾经想要在这时候远足，但最终还是只走了两个星期。在比赛期间，出现了一个暂时变得更美的北京，不是用暴力涂抹干净的街道，不是一夜间出现的蹩脚的机场快轨，不是有组织有预谋的遗忘，不是维基百科解禁的幻觉，不是无辜的乌云和尘埃，它们被驱散了……是的，我从来没有见过这么多轻松的笑脸，路人居然不再冷漠，一个地铁工作人员对我微笑，我吓了一跳，以为她要喝斥我……

从一场狂欢中，我简直是得到了希望。这些可爱的，无知的，下个月又变得焦虑，凑合，疲惫，死要面子，鼠目寸光的人。

那些两眼放光的大学生志愿者，那个并不住在这里的华侨艺术家和他美丽的焰火，那些一辈子窝囊废，此刻为别人的跟头和劈叉泣不成声的麻将爱好者，我想要给他们一个拥抱，因为我们是如此不同。

2. 798

那些搔首弄姿，在所有不锈钢雕塑、所有的毛和所有生锈的东西前面留影的人，那些生气地说这他妈的也是艺术的人，那些蜂拥而上的人，那些踩着高跟鞋，挽着长发男人的手的人，那些三五成群的学生，那些兜售便宜围巾和布娃娃的人……他们是多么可爱。

798是一个商场，一个工艺品批发中心，艺术家们在骂它。并努力地从这个山寨艺术资本市场中分一小杯羹。

而那些普通人，不懂，不爱，不特别，他们带着残存的对美的需求来到这里，享受着他们仅有的想像力和幽默感，被文艺青年和艺术家取笑而不自知。他们没有VIP邀请函，不敢在艺术家聚集的地方说笑，悄悄地对着作品拍照，悄悄地躲开摄影机镜头。他们知不知道，那些嫉恶如仇，在798的聚会中痛骂798的人，正在设计着一个干干净净，没有他们这些土鳖的艺术世界?

3. 无政府

我没有再提无政府主义是因为我既不能从宗教中解放自己的思想，也不能从财产中解放自己的身体。

我没有宗教可用来解放，却有一屋子书和 CD。

我打算继续留着这些书和 CD，并继续关心无政府主义。

4. 山寨

山寨手机。山寨反海盗战斗英雄。山寨民主。山寨英语。山寨噪音。山寨奥运会。

山寨是野蛮的欲望，残存的想象力。一张胡子拉碴的脸，喘着粗气，混浊的通红的眼睛，狡猾地转动着，不合身的西装，口袋里插着钢笔铅笔圆珠笔试电笔，一头撞上了豪华装修的精神家园。他迷失了信仰，丢失了道德，却找到了欲望。

5. 敏感词（存目）

6. 现实（存目）

7. 窦唯

他自己造了一个幻像。现在大家都需要这个幻像。

清净空灵，和平友爱，和这个污浊的世界势不两立，但又独善其身，悲愤地独善其身。

8. 好听

好听是一个祝愿。

一件听的人说了算的事情。

想要好听，就可以好听。

没事别做乐评人。

9. 茶和茶道的区别

有一天，我搬了把椅子坐在观众席里打瞌睡。第二天看见陈小姐在博客上写：颜老师越来越沉静了。

10. 罪恶

日子总是要过的。

最大的罪恶是制造罪恶感。

日三省吾身大概是好的，但要是每天扇自己耳光呢。

一群愁眉苦脸的方丈，一群玩命自我净化的居士，一群用讲道理来煽动自责和自卑的母亲，一群掏心窝子的道德传销员，一群眼睛雪亮的、脸上憋起了疙瘩的好人，这就是我们身边的有追求的青年。除了扇自己，除了劝大家扇自己，除了逮着机会也扇扇别人，还有什么可做的?

11. 新浪摇滚

这是一个终于可以往窗户外面扔电视机的时代了，这也是一个终于只能往窗户外面扔电视机的时代。

12. 豆瓣

豆瓣的基本功能是，帮助年轻人，主要是自我身份不明的年轻人，

用所读的书，所看的电影，所听的音乐，来建构一个虚拟的自我；

用小组模拟公共空间，其中包含一定的契约和民主模式，以弥补现实中公共空间的缺失，社区的缺失，人际关系的缺失；

用“我说”来证实自己存在，就像在公共汽车上用手机播放音乐；

13. 创意市集

创意市集是想象力的坟墓。

14. 奥巴马

我不喜欢奥巴马。

我不如喜欢伍迪·艾伦和李小龙，还有一个墨西哥男演

员，名字忘记了。

15. 答案

是啊，我影响过别人。这种影响，像一个被忘记的存折，重新发现的时候，居然利息都够买房子了。

那些曾经一起感动过，后来一起共事的人，互相问：咱们要往哪里去？最好的回答是：我不知道。

在我最崩溃的时候，没有一个人能像传说中的灯塔一样指出方向。现在我感谢这样的迷失。也感谢它再度降临。

胡吗个曾经这样唱道：答案啊，我的朋友，答案在风中飘荡。

16. Mini Midi 音乐节

看着浩浩荡荡的，欢乐的人群，我有点感动。

不断有人来说：祝贺你，很成功。我有点怀疑。

Mini 的意思，是微型的，随身携带的，日常生活中实践的。Mini 是前 3 届迷笛音乐节，集体的记忆，摇滚的亲人。

它不是一个那样的音乐节，今天千人，明天一万，后天和政府谈判。

我没有那么大的气魄和需求。我另有所图。

17. 信仰

有一天我意识到，与其说失去了信仰，不如说我本来就是一个怀疑者。

我没再写那种激昂的文字，勉强写了，也不过是在模仿昨天。我竭力地维持着平衡，寻找新的方向，拼命工作，加速生活，对越来越多无法给出答案的事情保持沉默。我接受自己的软弱，自私，冲动和政治不正确，也接受千军万马，困惑和麻烦。

现在我知道这简直是太好了，亲爱的，我对着镜子说，谢谢你没有骗我。

事实上，是另一个没有信仰的人让我明白了自己是对的，在他那颗空洞的心脏外面，有咄咄逼人的立场、信念和理想，像一个主体似的，它的外包装烈火熊熊，铿锵有力。

18. 安徒生

安徒生仍然值得喜欢。

一个误会：安徒生不是童话作家，至少他少儿不宜。

他的出色在于他的苦涩，关于死亡，他写得连小孩都明白。他也不歧视富人。

19. 政治诗

“所有的诗都是政治诗。”

不如说，诗歌即政治。诗歌是拯救政治的政治。

写作就是行动。缓慢的写作，斩钉截铁，大海捞针。是历史巨人眼里的一粒沙子。

20. 政治上正确的精神生活

国际青年党，嬉皮士，黑豹党，白豹党，法兰克福学派和后马克思主义，解构主义，无政府主义，女权运动，女性主义，同性恋运动，性爱示威，扎巴塔，情景主义国际，culture jam，快闪，涂鸦，格瓦拉，微型政治，快感政治，非洲当代艺术，死亡艺术，色情，纳粹，反纳粹，背包客，噪音，朋克， cyberpunk，内爆，异教，黑金属，地下金属，口语诗，超前卫，贫穷艺术，业余艺术， art brut，激浪派，达达，未来派，超现实主义，波普，总体艺术，黑客，迷幻文化，拼贴， squat，自毁艺术，自由爵士，残酷戏剧，文身，竹林七贤，藏传佛教（密宗），无惨绘，有机生活，垮掉的一代，刚左，巴塔耶，德勒兹，乌托邦和异托邦，老子， SM，锐舞，大地艺术……

但如果你心虚，肾亏，常年精神危机，你也会爱上并捍卫所有这一切。

21. 忘了

这个词是为自己准备的。为自己做一件 T 恤。

有些事情以为自己忘了，但其实没有，或者相反，以为没有忘，但其实已经忘记了。

20 年前发生的事情，对我和我周围的环境影响很大，我想要讨论它，思考它，知道究竟发生了什么。很简单的，我想读出这个词，使它也像其他的词一样，随风而逝。

我没有明确的态度要表达。对于世界上绝大多数事情，我都不了解，或没有明确的态度。

在每个人心里，有许多模糊的记忆，有的重要，有的不。这是每个人的诗歌。

90 年代的少年，那之后的日子，混沌的日子里，到底发生了什么?

22. 狂欢（存目）

23. 地震

那些到现在还记得，还在做噩梦，还在邮寄冬衣的人。

那些到现在还没有被注意到，他们和四川只隔了一条河，也同样失去了一切的人。

那些趁火打劫，把人性的光荣揽到自己胸前的拟人化势力，那些因此被非人化的人。

那些被晃动的人，天花板的灯轻易地摆动起来，整个世界都不靠谱，一切都可以是坍塌的。

24. 玩笑

大概是 1995 年，我参加了一个朋友爷爷的葬礼。这个朋友一直在和我们喝酒，说笑话，我们从头到尾都在笑。

在中国的很多地方，葬礼都包括流水席、奏乐（但不是哀乐）、喝酒讲笑话。亲友们聚集起来，简直是过节。我们可能笑得太多了，以至于，我感觉他爷爷的葬礼是一件喜事。

地震的时候没人开玩笑，这是大规模的，非正常死亡。

25. 雪灾

雪灾的时候，我刚刚完成 10 天的工作，来到水乡朱家角。

和朋友们，喧哗的女孩子们，不陌生的陌生人，慢速的人，恋爱中的人，没有来的人，一起庆祝大雪的降临。

被同一场雪覆盖的，还有受灾的上百万人。他们在早已崩溃的公共生活中哭天喊地，甚至死掉。

在凌晨 3 点，我们走过明代的门廊，走过拱形小桥，发出咯吱的脚步声和呵气声。雪粒落在天窗上，发出无始无终的沙沙声，房间里没有人。

26. 一位独立电影导演

这是我们这一代人的羞辱。

一个可悲的，貌似宿命的重复。

所谓的独立/另类/新文化，终于在主流文化中做足了铺垫，“彼可取而代之”的野心，通过掌握游戏规则来修改游戏结果的幻觉。以为时机到了。

对自身文化的不信任，对可能性的怀疑，对他人的标准的屈从。

我们身边，越来越多自卑的反抗者，从边缘到中心的奋斗者，为了理想忍辱负重的成熟男人，站到了时代的聚光灯下。

27. 失败者的乌托邦

是吧，一个不错的标题。

2008 年我收获失败。 5 年的收获。我的而不是我们的失败。也曾经是集体的失败，全身心投入的那个集体，轻易地崩塌并且再也没有替代品，然后这些个体突然间变得毫无价值。因此那归根结蒂是个人的失败。

有人说失败是美的，或者说可以被体验为美。这让人忽略了失败本身。审美这件事，对于没有审美能力的人来说，就是毒品。

失败只是让错误停止，让过剩丧失，让幻像破碎。除非如此，否则它的美就只是，又一个错误，过剩，幻像。

而乌托邦是必须要破灭的，不能因为梦比现实好，就去装修它，长住下来，以为是家。最后干脆管它叫家园。惟一可能的乌托邦，是把它从彼岸救回来，让它失败，让它不断失败。让它看清楚失败，成为失败本身，理直气壮地，成为重新衡量过的价值。

（本文编者有删节）

自序三则（作废的自序）[①]

①《野兽档案》后来做了两个版本，实体书限量 2 册，数字版免费（见 yanjun. org）；此处三份前言均未采用。——作者注

《野兽档案》作者自序，第一稿

我曾经是一个摇滚乐评人。

这本书里的文章，差不多写于 20 世纪最后几年到 21 世纪头几年，也就是所谓地下摇滚的年代，一部分年轻人从反叛到迷失的年代，我生活的这个国家，从对未来的想像过渡到对现实的虚构的年代。

摇滚乐曾经是我全部的生活。我写到的，也基本是我的朋友，他们的音乐，我的愿望和想像。

现在那些人，有的死了，有的疯了，有的变成了王八蛋，有的远走他乡，少数人还在茁壮地写歌，弹吉他。我也不大听摇滚乐了，更不要说写乐评。我有很多事要忙，甚至没有欲望去写一本追忆的书。

乌托邦已经死了，要是还没死，那也只在领袖和导演的幻觉中。有些人不看大片就活不下去，他们被圈养在大片里。

更多的人贷款买了房子，结了婚，在银行里存了品位，有空就吃吃素，听忧伤的民谣，并开始骂自己失去了理想，然后抱怨说，我不喜欢资本主义，我也不是个左派，我不过是万千呆逼中的一个啊。

这些事情都和我没有关系了。地下摇滚也和我没有关系了。现在出版这本书，是因为那些东西已经死了。死亡并不是一件尴尬的事，它是生命的另一种形式。我们每天吃的东西，都是动物和植物的尸体。所谓为未竟的亡灵招魂，并不是我能力所及。我只能给大家看，这些已经死掉的，曾经是这样活着。

如果时间并不是线性的，那么它们仍然活着，并有可能生儿育女。

好吧。

对那些曾经被我得罪过的人，尤其是在这本书里又得罪了一次的，我在此说声抱歉。我们最擅长的事情，就是互相伤害。

对那些喜欢我，帮助过我的人，在此说声谢谢。你们没有必要因为喜欢这些文字，而去看我的演出，那完全是两回事。我知道，你们当年也没有因为我的文字，而去看舌头乐队的演出。

人生总是充满遗憾。

想起再也看不到舌头乐队的演出，我就有强烈的，活下去的欲望。

好吧，感谢和小宇，感谢杨全强，以及其他一直在给大家添乱的人。

2010年春

《野兽档案》作者自序，第二稿

1. 现在是2011年2月14日，北京时间下午2点不到。我已经奔40了。时间飞逝。明天我要往西飞十几个小时，到达时间和出发时间基本一致。但我不能总是像时间那样飞，更不能像叶子那样飞。很多人都飞不动了，半空中掉下来了。古人云，出来混总是要还的，等我再往东飞的时候，时间就又加回来了。我会老得更快，忘得更多。

2. 编辑这本书的过程相当痛苦。那些挥斥方遒，左手扎啤右手烟锅，千万言倚马可待的记忆，原来是如此不真实。太多的废话，大话，车轱辘话，别人的话，一高兴胡说八道的，该说的没说再也没有机会说的，用语言把自己妆扮成另一个人的……现在这一切就像一座废墟，强拆过后，时间就等着把我从地图上抹掉，让新的时代拔地而起了。

3. 而我，就拼命地删改，涂抹历史，文过饰非。和以前的文字的相遇，俨然是屠杀，秋后算账，洗刷和覆盖。我删掉了好多外国人名字，删掉了好多“我”，删掉了好多长句，要么就加上了逗号。现在你将不能从中看出，十几年前的音乐青年，只知道汤姆韦茨，约翰佐恩，灰野敬二，以及，每个人都知道金武林和丰江舟。

4. 是的，我连昨天的败笔都不能容忍，却还要抵抗遗忘：就像往钉子上踩，往菜刀上按，我读过了昨天的一百多万字，回忆起越来越多的声响，气息，眼神，往事像耳光，像失败者的旗帜。我想要把这本书献给我的老朋友们，因为我们分享着同样的痛苦，那不是写作的败笔，而是人生的失败，信仰破灭，一口鲜血堵在胸口变成了鸭血汤。在沉默中，痛苦已经长成了参天大树，而我的老朋友，一个拳击手，去搞心灵音乐了。他以为自己信的是佛教。

5. 我不能把这本书献给他，也不能献给昨天的他。

6. 它也和新的时代无关。各种小王八蛋，新生活及其运动，潮流设计师，各种丹青及其无印良品，各种未未和各种姜文及其胸毛，他们的各种敌人和稻草人，尽管我们分享着时间的刀刃，用不同的姿势跳进生命的绞肉机。

7. 这些文字，昨天的尸体，等待着被腌制，煮，炝炒，高压锅往烂了压。它们等待着被吃，消化，变成你的一部分。我曾经许诺要写一本书，关于地下摇滚，兰州的呕吐青年，方便面青年，树村的泥泞，九十年代，一千盒正在变质的打口磁带……新的写作必须，也只能从对尸体的阅读开始了。

8. 遗忘是智慧。我们只是被一口鲜血堵在了胸口。那么多的演出我没有看过，那么多的乐队还没有写，现在他们自己都忘了。这些文字也无法成为历史，它们从来没有公正过，真实过，我一直在塑造，发明，并且泥沙俱下，并且身在此山中，云深不知处。那其中的秘密，我感觉到了，但说不出。现在我又说了一遍，并且白纸黑字，就当是跟自己过不去，就当是拼了小命胸口碎大石。

9. 昨天有两个词：文艺青年和愤青。现在它们还在，但含义不同了。就像青年还在，但魂儿不一样了。我不能向高虎发问：你的热血哪儿去了？

10. 一想到我写的那么差，那么浅薄，就会有一种饥饿感，要把昨天的我吞了，嚼了，毁尸灭迹，消化吸收，替他重新再活一遍。人生苦短，我可能是看不到社会主义实现的那一天了，更不要说无政府主义。但这正是为什么要写，也是为什么要听，的原因。好吧我不算一个好战士，但是我不会对你说：哥也曾摇滚过，被追求自由的各种果儿追求过，现在我老了，来吧站到我肩膀上吧……

11. 现在是下午 5 点差 10 分。生命中的 3 个小时就这样消耗掉了。好像我们消耗的还不够。演奏，用文字演奏，用听来演奏，用阅读来演奏，都是这样不自知的过程。而时间并不因此减少或增加。而我正在遗忘。

2011 年 2 月 14 日

《野兽档案》作者自序，第三稿

一日摇滚，终生操蛋。

原话是郝舫说的，一日朋克，终生操蛋……我以前不懂朋克，把它算在摇滚里面。连同死亡金属和民谣，还有英式流行乐。我还关心有待和翁嗡的舞曲，北欧的小清新，还有刘元和 CD 咖啡。有一次崔健说，如果说摇滚乐是一把刀子，那么爵士就是洪水猛兽。这句话我到现在也不爱听……再早一点还有田震和许巍，侯牧人的《我爱你中国》，陈哲的 CZ，字母唱片，及其他想要重新发明中国流行乐的人……再早我还能扯到《87 狂热》，霹雳舞，王迪和所有在 1980 年代把汗衫撕破了穿的人，迈克尔杰克逊，以及，夏宇说她好高兴啊在遥远的兰州有帮中学生在唱李亚明的《酷》。

我往回看：有一种军备竞赛的感觉，上瘾，一步步走向了音乐的深渊。我现在听噪音，以耳鸣为乐。它像深渊一样，像大地母亲。且操蛋。

我已经不写乐评了。光写序了。

上一篇序是去年写的，再上一篇是前年。一辈子不剩多少了。眼看，我就把自己扔在这儿了，爬不出来了。

我也说不好，为什么一定要出版这东西。以及，它如何游荡在未来的生命里。我觉得不安。我一直没有写一本正儿八经的书，中国摇滚史什么的，但这件事已经不再让我牵挂了。中国，摇滚，史，这三个词都是复数，一不小心，就把自己弄成复眼了。也罢。但我的确为某事不安。像有人欠了我一笔巨款，但我忘了他是谁。

我的生命因此成为悬案，未解之谜，持续的黎明前的黑暗。

我做过很多事情，在做摇滚乐评人之前，之后。不一定和音乐有关。但终究有关。这些事常常搞得我濒临崩溃，当然也常常很嗨，后来就习惯了，以为是命定的。但其实没这回事，很多人无所事事，成天不是喝茶就是睡觉，乐在其中，世界和平因此实现，胜过我崩溃一百次。

我我我，王凡又要唠叨了，把自我放下来好不好？

好。此事无关自我。自我只是中介，临时工，摇滚乐用它做舞台，踩它，在上面呕吐，砸吉他。自我伤痕累累，转眼又被拆除。

确切地说，每一次和音乐相遇，自我都化为齑粉。

这件事，我有幸经历过多次。并因此常常设想：也许我本来是要被自我给毁了的，非傻即疯，或者活成一个可耻的幻觉，多亏了听音乐，写乐评什么的……不，此推论纯属自恋，该死的浪漫主义。在摇滚神话里，人不是被上帝拯救，就是被电吉他拯救， C和弦改变了他的一生……

是的，我怀疑曾经相信的一切。我不相信可以那么轻易地，在一件事上找到归宿。那件事，岂不是也是一个临时工，已经回家过年了？我像一个抓狂的开发商，在过去的和未来的废墟上，搞着临时的建筑，为了一次又一次化为齑粉？

好吧，很高兴又把自己，和大家，拖回了提问。我做这些事情，真的不是为了答案，而是迷失。

2012年1月20日

世界末日的旅行

海豚

1

海豚是一种悲哀的动物。

和所有其他的动物一样悲哀。但因为从人类的眼睛看过去，它更特别一点，也就更悲哀一点了。也许正是人类太悲哀，而使它传染了这种悲哀。

在水上乐园，海豚就像是驯养它的动物，也就是人类。

为了一点吃的，做出各种点头哈腰的动作，尽量按照观众所愿，展示自己的聪明，速度，美丽。这都是人类在镜子中看着自己：否则为什么要鼓掌。海豚从没有点头哈腰，也从不炫耀自己的速度，是人要这样去看它。

没有经过驯养的海豚也游得飞快，但它们幸免于人类的眼睛，手，来指出，看：人类的好朋友！人们眼含着泪水，感动得像洗刷了罪恶，为了终于在其他动物身上看到不再能从人类身上看到的人性。

这个发现之眼，命名之手，来自使海豚，甚至使大海也变得悲哀的人。

2

《银河系漫游指南》里说，海豚是地球上第二聪明的动物。第一聪明的是小白老鼠，实验室那种。

地球毁灭前的几秒钟，它们对人类说：谢谢你们的鱼，再见。

问题是，它要那么聪明干什么？它的生活，和海豹有什么区别？和海龟呢？海马？海星？海带？海棉？

3

讲一个海豚的故事：柳汉吉有一个朋友，他可以听到海豚说话。至少自称如此，而且柳汉吉基本上相信。他们参观水族馆的时候，这个朋友就去隔着玻璃听海豚。

我们两个的英语都不是太好，我始终没搞清楚这个故事的其余部分。

这是一个关于沟通的故事。但因为沟通障碍，我没听明白。

4

胡昉向我推荐《海豚湾》，一部关于屠杀海豚的纪录片。当时，我刚在别处看到一行标题：某海滩发生海豚杀人事件。

因为看过了太多的海豚图形，漫画， logo，海豚之歌，第一次看到真海豚的时候，我觉得看不见它。

当然我用力地看，还拍照。我录下了海豚的叫声。叽叽咕咕的，其实听起来很别扭。

显然，我越是用力地看，看照片，听录音，就越是看不见海豚。我将再也看不见海豚。

5

密集博客上， Edwin Lo 用繁体字写：

> 兔子可以聆聽到什麼的聲音?
> 他的耳朵是不是比人類的聆聽更敏感?
> 而他能夠通過聆聽與遊歷尋找到皇后嗎?

Edwin 是香港的声音艺术家，他做田野录音和电子原音音乐。他的作品中，有很多直接涉及社会议题。比如说，他参加抗议行动，并录音，并发表。

在人类的政治活动中，他听到了什么？他听到了他们想表达的，和他们没有想表达而表达出来的吗？

6

常有人问我：你想表达什么？我通常会回答：我什么都不想表达。

当然这仍然是一种特殊的表达。也许是挑衅的。

即兴音乐的意识形态，就是它的不确定的价值：没有对和错，只有本来面目的自然流露。也许是演奏者的本来面目，也许根本不是，而是物的、机器的、环境的。它只有过程，没有结果。你不能因为自己是演奏者，而盗用音乐去表达自我。

即兴音乐的录音，变成CD，一个必然物。对必然鞠躬，在这个必然的世界里，这是必然的。即兴音乐不储存时间，它只有瞬间，演奏者的反应，他和现实的关系。即兴音乐的CD储存了这些时间，而不可能是这些瞬间，它变成另一件东西：从A的副产品B，变成了B的B， B自己。

演奏是对等级制度的否定。没有好坏，高低，美丑。储存是天平的另一端：听，一个牛B的即兴现场录音。内行人发问了：牛B在何处?

牛B当然在牛身上。

好就好在牛不自知，不以为然。

7. 一首诗

4月25日

假使我是一只海豚

在地下车库　在歌声中沉睡

我吹着口哨
电话里传出雨的回声

高跟鞋从头顶经过
像葵花籽敲打着天堂

2010. 4. 25

8. 拯救世界

2010年5月8日，上海，襄阳路， Ailing Art House。和棉棉扮演列侬和小野洋子。

要不要穿衣服？我说，还是裸体吧。棉棉说那可不行。然后我们Google了一下，发现列侬和洋子谈论世界和平的那一次，也是穿着衣服的。他们是在其他的照片里裸体。我们就那样躺着，请大家来拍照，聊天，嗑掉了大量的瓜子。嗑瓜子的声音此起彼伏而且没有人在意。

音景理论家、声音生态学家R. 莫瑞·谢佛（Murray Schaeffer）有没有考虑过，如果把地球看成一个持续不断的，此起彼伏的舞台，那么录音机又是什么？

世界以一个事件的形式显现。

我们最后决定，那一天的录音，不可以剪辑发表，要给人听，就全都给， 8 小时连续的录音。

9. 西班牙第 3 天

5 月 18 日，巴塞罗那。

昨晚上是西班牙冠军杯。

昨天，见到天姿。他在一幅画上写着：你喷射出多人但成功率并不高。他还是挽着道士一样的发髻，戴一幅耀眼的太阳镜。

我们讨论了一下足球。他说，这里的多数人可不是一般的保守。足球是一种宗教。

在这个工资越来越低的城市，人们去广场上狂欢，摁汽车喇叭，跟陌生人碰杯，唱歌。这是一种残存的传统吧，热衷于制造噪音的人，总是在肉的传统里。传统可以抵抗工资变低这个现实。肉也是。真是绝望的抵抗。

人们赞美印度人对宗教的虔诚，是为了让他们继续穷下去吗？

10. 运输业

电视让人瘫痪。

音乐节现场的视频也是这样。只要有 VJ，在出租车里拍摄的夜景、走路的人、小孩小动物、废墟，要么就是几何图形，白花花的线条在三维空间里翻跟头。呆滞的观众，像刚刚被骂过一样，乖乖坐在地上，瞪着投影，口水沿着下巴流淌。

我坐在西班牙铁路公司的火车里。头顶上是电视。电视里是这样的：几个在海滩工作的狗男女，穿着比基尼拯救世界，海豚在救生艇边游泳。

关海豚什么事呢？我仔细看了一阵子。确实不关它事。一个和剧情没有关系的特写镜头。

然后我坐在巴塞罗那的旅游大巴里，有点后悔。耳机里有导游，可以选择中文：这里就是歌特区，右边是高迪住过的公寓，请看街灯，典型的加泰罗尼亚现代主义风格，等等。我惊讶于这种观看的方式，我本来想，既然有那么多人坐旅游大巴，可能有一定的道理。

耳机里这个小伙子的声音：他谈论风景的方式，就像是一位导游，对出窍的灵魂解说着它自身的尸体。

语音之间是电子乐，718 说，“这样的音乐我一天能做一张”。我感觉失去了自由，车和它的路线拦住了我的目光，它本来想要跑到加泰罗尼亚现代主义的路灯上，摸摸它。但是坐车比坐牢舒服多了，也没有牢头狱霸。但是我感觉我也变成一天能做出来一个的那种玩意儿了，连木偶都算不上，大概是充气娃娃了。

11. 清晨的洗手间里，呜咽的抽水马桶

我总是醒得早。当然也谈不上多么早，比起那些老头老太太和他们的狗，还有干瘦而长跑不辍的中年人。

但毕竟还来得及注意到：太阳的光线，如何迅速地变化。几种不同的鸟，有的先叫，有的晚一点。身体慢慢发热，和太阳相呼应，并且渴望着被太阳照射。急赤白脸的白领，如何发动汽车，开始绝望的一天。楼上的人上厕所洗脸，有时候快速地洗澡，做早饭，一拧厨房的水龙头就发出一个女高音，再一拧就升一个调，或降一个调，有时候水管抖动着，像是小提琴的齐奏。

在文锦中路的如家酒店，可以听到窗外的车流，早晨，运足了气的人们上路了。

然后我去了洗手间，关上门，立刻就听到走廊里打电话的女人，要么就是男人，我记不清了。总之是打给她的男人，或者他的女人。水在流动。不是在某处，而是在到处流

动。凡是有管道的地方就有流动。感谢国产开关和阀门。

外国货的品质：趋于静止：美术馆，图书馆，博物馆，记忆，婚姻，防腐剂，无振动的汽车座椅，无振动的女用振荡器。流动仍然存在，但是感觉不到，它被内化了。就像苹果电脑，它是一个表面光滑的神秘物体，你不需要了解它内部的流动，只需要做一个合格的消费者。

然后我坐在马桶上，听水流注入水箱，它流动，冲击，在另一处突破狭小的阀门，也许中途漏下几滴。同时水流也从马桶离去，旋转，轰鸣，复归平静，向远方逶迤辗转，究竟消逝。

我又一次想起这个问题：既然自然界的声音是如此完美，我们为什么还需要音乐?

如果自然真是完美的，我们为什么还要做噪音?

抽水马桶的声音，此起彼伏，伤心的渐弱，含蓄的长音，幽默的意外，还有对话和呼应，比伏笔还精确的再现。当你捕捉着其中一道声音，随着它陷入安静，更多的声音又浮现出来，更细小，更广大。静像无底洞。越往下就是越大的光明。

有一次我听着房间里的声音，有风扇，水管，冰箱，偶尔发生的喀吧一声，等等。我惊讶，感动。我想，好，我要记住它们，先是这样，然后是这样，这个声音配合哪一个，等等。明天我就原样做一首。这是天籁啊。

12

在听一张唱片的时候我会想，这个人是怎样做到的？他碰着乐器，扯着嗓子，或摁着录音机的键，或者往电脑里敲符号。

有时候我不这么想。就把音乐当田野录音来听。好比我是上帝，或一棵植物。一个活生生的人，和楼群间的风，一个 CD 里的活生生的人， CD 里的楼群间的风声，都当成是自然的一部分。就当他没有在表演，而只是存在。

海豚总是海豚。它没有作品。

唱片是另一种海豚。海豚总是有妈妈的，但最好的唱片，是无主的，没有作者和表演者。就像妈妈也并不总是跟着她的宝贝。

怎样听海豚说话，对海豚来说是件简单的事。取消了观众以后，音乐也就简单了。

给一个限定，开始一个游戏，让人像听唱片一样听唱片，像看演出一样看演出，让活生生的人在限定中牺牲一回，或将生命投入一个新的活物。

正如无产阶级是跨越了阶级和国界的人，理想的观众是摆脱了观众身份的人。

13. 时间的建筑

火车从南向北，经过我家西边的窗户。楼群反射着它的声音，在南边，北边，火车一去不回头，而声音仍然在咣当，咣当，咣当当当当当。如果我关了西边的窗户，它就从北边，卧室的窗户进来，比实际发生的更慢，也更迷幻。

人通过双耳听到声音的时间差，来判断声源的位置。在楼群中生活，要有更灵敏的耳朵，更小的时间，去听见声音从哪里来，撞上了谁，折射向何处以及更多的何处。对一个生活在非洲草原的人来说，楼群让他不能听见斑马在从南向北奔跑，而狮子正在逼近。

你们这些该死的建筑师。

好吧，楼群里没有狮子。小区是一种低敏感度的建筑群。

也不需要时间。除非是被存储的时间，可以加上利息，兑现，转手，像一坛资本主义的女儿红。比如胡同，先拆了多余的墙，再盖一些，把斜的捋直了，弯的取消，早市进化成为超市，或者模仿极权极简主义风格的小资餐厅。这里面存着时间的尸体，又称记忆。

时间并不是一下子来到你面前，像一个傻笑着的蒙娜丽莎。它在来到的同时消失。瞬间无法被攒起来，换算成 80

个，两亿个。一万年和一秒是一样的。人只是活在瞬间里。人在瞬间和瞬间之间，听见了一堵墙，一扇窗户，一个刚刚出浴的女杀手。

我不知道有没有这样的建筑，它让我听得见现在，让我在不间断的死亡的过程中，和时间相互反射，让我忘记历史及其意义，也不关心预言。让我恢复知觉，立刻，独自，完全地活着。

一个民工站在我家窗外，正在施工的小楼顶上。他成为我的风景。他在我面前，对着另一人说话，声音却从我右手，卧室的窗户传进来。而且是混响的，摇晃的。

因为我眼前这扇窗户是关着的。

这件事里，没有文化记忆可谈。

只有死人及其建筑，才可以成为这样的记忆。

要把时间变成一条连续的直线，像木工尺一样刻着数字，才可以衡量我和死人之间的关系。

但我和死人之间，没有太多的秘密。我们分享同一个世界，就在现在，我不需要把他们驱逐到另一个时间里去。我们分享同一个建筑，通过不同的窗户，接受不同的阳光。

所以记忆是让死人再死一遍。非物质文化遗产是大蒜，不是防吸血鬼，而是用我们的口臭，阻止和死人的交谈。

所以故宫并不存在，故宫已经被禁止活过来。我们已经既不能聆听故宫，也不能在故宫聆听。

天坛回音壁：对墙壁的聆听，也是对自身的聆听。

在艾未未设计的草场地红砖艺术区，声音生硬地回响，令人感到陌生，感到建筑固然很酷，但在其中活动的人却狗屁不是。你会想起他设计的其他空间：第一代茶马古道，甲55号俱乐部，人称王吧的非话廊：镜子一样的水泥地面，冰凉的电子乐，嗑药的作家，奋不顾身的第一代文艺青年。他用极权美学批判了极权，也赚到了钱，但我怎么可能去信任这样一个时代的弄潮儿，即便是一个有良心的弄潮儿。

所谓的白盒子，在视觉上干净，没有多余的干扰，但在听觉上是黑而潮湿的，慌乱的，淹没的，你发出的每一个声音都经过折射和反射，掉过头来攻击你：请保持肃静，否则就陷入沼泽。声音暴露了白盒子的暴力。

为了我的时间，我并不是要打开眼前这扇窗户，而是要连卧室那个也关上。

建筑的时间：建筑有自己的频率，呼吸和节奏。

频率：可以通过共振，将建筑摧毁在它自身的快感中。声音艺术家马克·巴恩（Mark Bain）这样做过，用大音量的共振，把整个房间搞塌掉。丹麦人雅克布·科克加德（Jacob Kirkegaard）和美国前辈艾尔文·路希尔（Alvin Lucia），都曾经记录下一个房间里的声音，再播放出来，并再次记录，如此循环往复……瑞典艺术家托马斯·李扬伯格（Thomas Liljenberg）用同样的方法做过48小时的表演……我们可以找出一个房间的性格，它对哪些频率感兴趣，在哪个地点打喷嚏会比较好听，在哪个角落能听到车辆经过的低音……

呼吸：我们是在建筑的呼吸里生活。我们用佛像，香，风水鱼和中华龟，来调整它的呼吸。刚搬进新房的时候，要用植物和茶叶，去除涂料的异味，要放鞭炮，惊吓鬼魂。如果你看一个房间不顺眼，那么它就是有问题，你需要一面镜子，或一扇屏风。新疆人在墙上挂壁毯，苏州人在天井里养鱼。这和视觉所接触到的表象无关。盲眼的蝙蝠知道的更多。

如果说一座建筑可以储存时间，就像CD一样，一场音乐会的时间，或几代人的时间。听CD的行动，并不是把时间的尸体释放出来，而是重新创造出一个活物。我们用动物的尸体做饭，菜就是活物。用它献祭，祭品就是活物。

我们也储存人的尸体。在地下，但并不远离生活的地方：在理想的城市规划中，墓地分散在各处，在活人散步可及的距离里。为的不是储存他们的时间，而是让这些时间继续活在我们的时间里。

几代人的时间，对此刻来说，就是被改变了的建筑的频率。微小的时间。

每一个用反馈作为材料的乐手，或者声音艺术家，随便谁，都在和建筑交谈。我知道有的建筑不喜欢我，或者根本就不喜欢人。我喜欢有木地板的老建筑，它们因为被人喜欢，才活着。

14. 在家里

突然意识到，我没有隔音墙、吸引板、真空双层窗，电脑和音箱没有独立电源。

窗户是开着的。汽车开过来，一个绵软但是深沉的低频，在房间里忽悠一下，消失了。火车开过来，和着洗手间PVC管道里的水滴声，和着音箱里的声音，持续着，突然间咯吱一声，然后一个咏叹调一样的长音，从自来水管发出，是楼上的人拧开了他的水龙头。

爸妈来北京看我，此刻正在做饭。我家的厨房，是开放式的，现在我一扭头，就看见他们的背影。抽油烟机只开了一个，右边的那个。滋啦，油锅里下了菜。我没有戴耳机，听着刮风，电梯，脚步声，录音机的底噪。它们混在一起，像我房间的主人们，走来走去，聊天。而我坐在电脑前，望着他们。

刚看了个英国电影，《24 小时狂欢》（*24 Hours Party People*），讲 70 年代末 80 年代初的乐队故事。录音师开着车，把刚录好的小样塞进卡座里，边兜风边听。这是检验母带的办法之一。我的母带，通常是在家里，混合着周围的声音来检验的。

听现场录音的时候，我戴上耳机，要么就找个尽量安静的时间。没有背景，声音像刀子割过来。

（2010年为“这个店”的颜峻、小河联合项目“嘘，海豚”而写。）

世界末日的旅行

（为 2012 年洛桑地下电影和音乐节而写）

左右（墨尔本）

我左边坐着一个印度人。要么是一个马来人，但是长得像印度人。因为他老婆是一个马来人。显然是。他不够显然，他的皮肤一般黑，眼神一般安静，胡子刮掉了。他方头方脑，穿蓝方格衬衣。但是谁没有一件衬衣呢。

我右边坐着一个华人。登机的时候，正对着手机讲广东话。呜……佐……来……喔……诶……最后是一个加长的"啦"。瘦，长脸，戴黑色的小耳钉，头发染成暗褐色。像一种印度辣酱。说英语的时候，他带着马来语的抑扬顿挫，在单词的结尾处收缩一下，像是弹簧，轻轻一跳，逃出了喉咙。

轻声的广东话，轻声的马来英语，像一个小心翼翼的客人，怕惊动了睡梦中的服务员。

也许坐在我左边的，是一个印度人，而他的左边，是他的妹妹，一个包在头巾里的，胖乎乎的，还在读大学的马来人。这样最好。

现在，我坐在墨尔本布朗斯维克街的一个路口，喝一杯英国茶。确切的说是英国人从印度弄回来的东西，跟着他们，南征北战，又来到了澳大利亚。右手的书店里，有一些书，封面上的字串起来，就写出这样的故事：白银和雪茄，船，失散的家族，睡梦中的原住民，马克思和他的敌人们。

天气太冷，我被冻住了。风吹着报纸，在周围打转。在南半球，漩涡是逆时针的。

然后茶泡过头了，有点酸，像一个操着伦敦腔的英国签证官。

在殖民地，车都靠左边开，即便是右翼执政。

左和右：两家分公司。

左和右：啤酒和雨。肚子和兔子。三和四。

说到这个话题的时候，我正在地球表面旅行。对一个球体来说，左右并不存在。也没有上下，前后，美丑，忠奸。一个唯物主义的地球：不大不小，不三不四，它甚至不知道自己在转动。

马来人的地球：海洋和岛。

纽约人的地球：在电视机里。

印度人也不知道地球在转动。英国人在印度做过的最剧烈的动作，不是强迫印度教徒使用牛油，而是写了第一本印度历史。这就像在苏州修地铁：下一站， 2 分 33 秒后到达拙政园！这个 500 年的艺术之都，现在不再有随心所欲拉长缩短的时间。

当然，拙政园也在地球表面。游客来来往往，像加缪说的，在自己的表面迅速移动，保持着对里面的尊重。

明天我会到达悉尼。从机场出来，右转再左转，坐地铁。再右转，再右转，再左转。推着箱子上坡。前边走着另一个华人，可能是外逃的贪官。阳光灿烂，就像地球根本没有在转动。

乌鸦（洛桑）

我喝了那么多的茶，每天吃早餐，有时候和午餐一起吃，吃了那么多的水果，还有维生素片。我和感冒搏斗，上闹钟，查地图，查天气预报，在背包里塞上一件羽绒背心，带帽子的那种。我准备着我的身体。

而乌鸦像一种黑色的奖励，在每一个路过的城市等着。

在看见乌鸦之前，总是先看见灰色的鸽子。一种肥胖的动物。情不自禁地，从喉咙发出一种呼噜，像是陶醉在永远吃不完的面包屑之中。它们在火车站，广场，教堂，像一种活动的砖头，从地面跳出来，呼噜噜，呼噜噜，在其他的砖头上踩来踩去。每一只鸽子，都长得像文化厅长。

而我是砖头的受害者。我提着二十多公斤的箱子，在古老的欧洲街道上走，坑坑洼洼，疙里疙瘩，跌跌撞撞，全是因为砖头。我渴望着哪怕是最难看的仿大理石地面，就像那种法国作家说的，旅行箱渴望着色情的滑动。

洛桑的乌鸦，和东京的一样好。也许叫得稍微多了一点。但他们一样重，铁一样地落下，铁一样地投掷着叫声。他们和兰州的，我小时候的乌鸦一样，来自时间趋于静止之地，有人称之为末日，但实际上，是太阳休息的地方。乌鸦吃掉了那么多的沉默，才能够拉起太阳的马车……

音乐节的主场地，叫做 Casino de Montebenon，蒙比农大赌场。一座豪华的，孤零零的旧建筑。从侧面的小帐篷望出去，是莱芒湖也就是日内瓦湖的反光。

我惊慌了。我要用多少颜色，挑选怎样的纸或者布，才能画出来这样的反光？还不算那些学习，练习，思考的煎熬，长跑或游泳，钱，女朋友和她们的男朋友……算了，我还是不要画了。人生太短暂。从这一刻开始，我就看着它吧。让演出见鬼去吧，什么音箱，观众，所有正在和将要以及曾经发生在这座建筑里的事情，都见鬼去吧。

除了免费的午餐和晚餐吧。

三三两两的本地人，只是斜躺在草地上，懒洋洋，又神采奕奕。就当这湖面和反光，上空类似云的那些水分子团，色彩，都只是他们家养的宠物一般。

这时候乌鸦就叫了起来，像一位即兴乐手突然挥动了乐器：一把斧头。反光折断了。他在叫我吗？我向草地走去，那里地势低一点，看不见湖，也听不见音乐。乌鸦已经飞走了，可能就在我低头看台阶的时候。现在只剩下树，树枝和树叶之间，露出天空。我躺在长椅上，仰望着他刚刚经过的地方。那不是一条线，也不是一个点，也谈不上空间。那里曾经有一块铁一样的黑色物体，现在只是晴空下湖边的一棵树。

只有乌鸦，配得上旅行者的四轮旅行箱。在一望无垠的色情中滑动着。有时候超重。有时候成群结队，沉甸甸的，经过这个豪华得像反光一样的世界。有太阳的时候，他用羽毛吸收热量，然后发出黑色的叫声。

没有上帝的地方（卢森堡）

LUFF（洛桑地下电影和音乐节）的朋友帮忙安排了其他的演出，卢森堡，还有法国的三个城市。在巴黎，还安排了电台采访。法国历史最久的无政府电台。里面贴着海报：一只小狗举着旗子走路，旗子上写着：没有上帝，没有主人。 LUFF 简直是无处不在。至少，在那些没有上帝和主人的地方。

在卢森堡，来火车站接我的，是一个香港人。Yau。他说以前住在巴黎，现在搬到了卢森堡，因为这里很便宜，而且公交车没人查票。他和秘鲁人托马斯办了这场演出，走吧走吧，你就住在托马斯家里。

很快，我就喝到了马黛茶。一种绿色的叶子，装满一小罐，把开水浇进去，放糖或者不放，然后用吸管吸。好东西。对一个文学爱好者来说，这是一件大事，我在博尔赫斯和科塔萨尔的小说里，读到过这东西。这和在书里读到过的卢森堡不一样。卢森堡有什么？银行吗？不对，卢森堡有马黛茶。还有实验音乐。卢森堡有一个香港人，穿着帽衫，低着头，带我来到一个有厨房、客厅、地下室的地方，我到现在还没搞清楚那里住了多少人。

卢森堡，这次旅行的第 11 个城市，我碰到了第一个打听艾未未的人：他最近怎么样？每次都会有人打听：一个德国戏剧演员，一个瑞士文学教授，三个比利时大学生，一个荷兰记者。都是男的。这回是一个什么人呢？我看不出来，一个穿西装的观众，像是市场部经理。从来没有乐手问这个问题。日本人也不问。他看过很多新闻，包括西藏的文化传统正在流失。地下室非常冷，我忘了问他：卢森堡有上帝吗？

冰淇淋（洛桑）

LUFF最好的安排，是冰淇淋。但不是每个人都能吃到。确切的说，我们溜出来，吃光了所有的冰淇淋。

我在休息室看见了“残酷真理”的几个乐手。可能是10月19号？记不清了。我不认识他们，但我认出来是他们：一个大叔，穿着旧T恤，和他的胡子一样旧，还有旧拖鞋，像在西安的大街上卖西瓜的人。一个瘦高个，头发卷卷的，胳膊很长，这种乐手，总是把吉他或者贝斯挂在鸡巴的位置，经过多年的演奏，胳膊就越抻越长了。一个戴眼镜的人，像个知识分子，在实验室造炸弹的那种。还有一个，绿色的文身，像青苔，青铜，像青霉素腐蚀过的世界大战，细菌的尸体堆积成了他的新皮肤。总共4个，足够了。

1994年，我在兰州，武都路，一家小小的音像店，一口气买了6张“耳痛”厂牌的打口CD。其中就有“残酷真理”。我从没打算要看他们的现场。似乎现场已经发生了，就在家里，坐在木椅上，脚踩着水泥地，那对电脑音箱里传出我从没听过的声音。那时候我还不大喜欢电子乐器，像是鼓机什么的，一种神经病的节奏，冷冰冰的，像欧洲人的胃。他们偏偏搞了一堆这样的东西。所以它不是当场爆炸的，而是在疑惑和震惊中，一点一点渗透，化合，然后才发作起来：一种在音乐结束后发生的，安静的地震。

对一个1970年代出生的中国人来说，重金属、朋克、英式流行、碾核、迷幻，都是摇滚乐。但这玩意似乎更摇滚一点。相比之下，米克·贾格就是个娘娘腔，詹姆斯·哈特菲尔德也是，还有文艺青年科特·柯本。当然了，我一直爱听娘娘腔音乐，甚至听了很长时间地下丝绒。这是另一回事。

音乐节的一位大姐，我忘了她的名字，在和凯文聊天。凯文说我喜欢吃冰淇淋，她说好，带你们去吃好吃的冰淇淋。可能是10分钟以后，我在门口待着，就看见她出来了：要去吃冰淇淋吗？我们去湖边。我说太好了。大家就挤进车里，一路下坡，冲向中产阶级海滩乐园。很好吃。凯文同时是一个大叔和一个男孩，他高兴死了，拿着相机对准自己，然后开始自转360度。

时间过得这么快，我刚刚还在惊讶于冷冰冰的鼓机，现在已经学会了说英语，在莱芒湖边看水鸟。

然后是他们的演出。眼镜男突然爆发了，他狂喊一声，猛击3下鼓面，站起来，又猛击，又再猛击。音乐还是那么狠，杀气腾腾，音色有点脏，节奏缺乏律动，鼓声很硬，非常大的空间感。也可以说有点仪式感，贝斯声黑压压的，吉他弦长时间振动，嗡嗡嗡嗡，直到大叔玩命地喊起来。大叔光脚在舞台上来回走，用话筒砸破了自己脑门，我感觉他快要杀人了。和很多碾核乐队的主唱不同，他的嗓音里没有太多技巧，主要是拼命，而且没人拼得过他。这时候我想起来，这是“残酷真理”和一个波兰人的合作，那人在舞台边，悠闲地站在笔记本电脑后边，像一个雇了这支乐队来给自己伴奏的成功人士。他负责噪音，包括段落之间的大音量噪音，还有压迫感很强的低频，也是长时间的。

会有这么一天，舞台下，所有的观众都举着冰淇淋，呆呆地站着，在杀气中，像小男孩一样地站着。

舞台（洛桑）

碰到了老朋友吉田达也。我们认识有十几年了，他的长相没变过。只是这次有点疲惫。他正在进行一个月的巡演，每天一个城市，每天一场演出。是他的乐队 Zeni Geva，另一个成员是 KK Null，坐在休息室的桌边，静止，然而看起来好像还在赶路，我跟他打招呼，他呆呆地说了声你好。

他们演奏一种古怪的音乐。复杂的鼓，仿歌剧的唱，Zeuhl，重金属吉他，经典的金属段落不断重复着，强烈的失真，死亡金属的吼声，但不够专业。

一种冷的音乐。对热的音乐的模仿。非常日本。双重的戏剧性：首先是从 Zeuhl 和重金属里面摘取了最夸张的元素；然后是用东芝生产线的激情去完成它。这里面既有摇滚乐的能量，又有一种反摇滚的冷漠，两样东西加起来，那种怪，真是有点科幻。

有的观众站在远处，听着，看着。有的观众在舞台前跳起舞来，就好像不跳舞会死。然后两个胖妞就爬上了舞台，在 KK Null 身边扭了起来。很摇滚的场面。但 KK Null 做出了反摇滚的反应，他说： get off of the stage. this is our stage。下去！这是我们的舞台。妞们就下去了，继续跳舞。音乐仍然在继续，分毫不乱，轰轰烈烈。他分开两腿站着，表情很严肃，像是在捍卫表演的庄严：这是关于摇滚乐的表演，但不是摇滚乐本身。一幅画。是啊，你不能冲进一幅画里去。

爱的声音（洛桑）

演出开始之前，在我看来，一切都乱哄哄的，熟人都不知道去哪儿了，我排着队，等待着免费的晚餐。

之前看见的几个冰岛人出现了。其中一个装扮成女人的男人，穿着短裙，要么就是紧身裤，我只记得他硬梆梆的大腿肌肉，很像美国超市里那种冷冻的鸡腿。眼睛很大，也很冷。他们在 LUFF. FM 做电台节目，正在随机采访。话筒塞到了我嘴边：你能模仿一下爱的声音吗？我觉得这是一个愚蠢的问题，它只能用来呈现回答者的愚蠢，所以它是一个加倍愚蠢的问题。周围很吵，我对着话筒发出一些奇怪的声音，又从附近的音箱听见了它们，非常难听，我脸红了。

然后他们就消失了。我排在免费晚餐的队里，想，爱你妈个头啊。

最好的声音（一封信）（马赛）

冰峰：

见信好。

我正在马赛，一条不知道什么街上，一个小饭馆里，喝一杯发酸的红茶。一边用手机写你布置的作业：什么是最好的声音？

旁边坐着三个本地人。也许就住附近。他们进来的时候，和服务员打着招呼，没看菜单就点了菜。然后一屁股坐下来。长椅另一头的我，像坐跷跷板一样飞了起来，头顶碰到了白色的天花板。我借机瞥了一眼他们：两个中年人，一个年轻人。都是男的。离我最近的这位，大概有五十岁，头发微卷，穿白色 T 恤，蓝色牛仔裤，黑色运动鞋，灰色鞋带，戴着金项链。他边说边吃，动作飞快，吃完了，两手就飞舞起来，像是在指挥一支词语的管弦乐团。

他面前铺着翠绿色桌布。我面前也铺着翠绿色桌布。每张桌子上都铺了。但我桌上的这块，显得格外耀眼。布料的纹路间，露出灰褐色的，细密的网纹。也许是红褐色：在这种情况下，眼睛并不可靠。

每一桌都在飞快地说话，好像这是一个专门供人说话的地方，顺便提供饭菜，刀叉，绿色透明的杯子，水，以便在谈话中点缀一些明亮的装饰音。那是谈话无法到达的地方，高音区，就像雪线以上，乞力马扎罗的豹子，短波收音机，从电离层掉落的汤勺。人们渴望着那里，有时候，下意识的，用牙齿咬咬茶杯，像是在发电报：一种微弱的信号，召唤着远方的雪崩。

这时候服务员笑起来了。我听到她说了两遍“巧克力”。旁边这桌客人也笑起来了。然后他们一起停住，一起喝起汤来，勺子碰着盘子，碰着牙齿，噼啪一片。服务员在洗餐具。勺子。叉子。噼啪声此起彼伏的小饭馆，突然像撤去了滤镜的 photoshop，变得清静，真实，甚至有点庄严。

这家伙在抖腿。这个刚刚吃饱了，在喝着冰凉的白酒的，五十岁出头的，已经开始秃顶的家伙，身体向左前方倾斜，右手抓着桌沿，右脚尖点地，拼命地抖起了腿。

整条长椅都抖动起来。整条街都抖动起来。这个人不知道他在做什么。

这时候，我对面这桌的客人站了起来，上厕所，结账，去门外抽烟。三个黑衣人。开门的时候，风钻了进来。我抬起头来，发现不知何时，房间里的灯都亮了。就像喝了一杯浓茶，用雪擦洗了脑子，然后关掉了全世界的电视。

然后另一桌也准备离开。黑 T 恤，黑牛仔裤，白 T 恤，蓝牛仔裤。他们仍然在飞快地说话。那个老一点的，微微弯着身子，喉咙在滚动，像一口巨型的汤锅，翻滚着巨型的漩涡。他每说一个字，灯光都会变暗一点。我从来没有想过，法语是要这样说的：只需要一口锅。然后，只需要一个开关。

人们都不知道自己在做什么。

昨天夜里，我做了一些梦。今天，偶尔，梦的片段会闪回一下。像一个骑着自行车的熟人，招呼才打了半个，就已经消失在街角。我还记得那张床。有时候，我在翻身的时候，用力抻一下腰腿，关节发出噼啪的声响。我还记得，睡梦中听到了这样的声音。

现在饭馆里只有我了。收音机在播放老爵士乐。服务员和老板，在桌椅间移动，然后回到乌有中去，只留下冲洗刀叉的声音。我感到好奇：难倒他们不洗盘子吗？

在传说中，全美国的盘子，都是华人刷掉的。尤其是来自台湾和广东的移民。尤其是那些落魄的画家，科学家，抛弃了爱人的大学生，爱赌博的农民，他们的表弟。这也是爵士乐的起源：人们渴望着，一些噼啪作响的时刻。

服务员捏着矿泉水瓶，像爵士乐手打着响指，房间随之一亮。厨师换上了粉红色的衬衣，微笑着出门去了。

我已经在喝第二杯茶了。

关于最好的声音，冰峰，你应该了解，我没法说清楚。不如就这样吧。祝
安好

颜峻

栗子树上的尼采（洛桑）

第一次来洛桑，是2010年秋天，只待了22个小时。但我还记得那个坡。过桥，上坡，拐弯，再拐弯，在一片居民楼里，下楼梯，就是奥布鲁电影院（Cinema Oblo）。我会在这里演出，也在这里睡觉。

放下行李，出来，往坡上走，拐弯，就看到了原生艺术博物馆。满是落叶的院子，太阳很好。最早知道这个地方，是因为一个瑞士乐队的推荐。乐队叫做“瑞士汽船”，我们在北京的“愚公移山”一起演出过。后来我又读了一本台湾人写的书，就叫《原生艺术》。这本书我在博物馆见到了。然后买票，进去。西安人郭凤怡的作品在二楼。第一次看见她的画，是在台北，第二次是在洛桑，总是在旅行中，千山万水之外才能遇见。这里是旅行者的迷宫，充满了能量，但各不相同，神仙和鬼魂平等地住在一起，不都是快乐的，也有一些令人苦恼的颜色和刻痕。这些小纸片，废木头，贝壳，花了人们十年，二十年，一辈子的时间，或者只花了二十分钟，都发着光，看一看就看进去了。

只是作品太多，有一点拥挤。看得久了，就想要出去晒太阳。

这是第二次来洛桑。我就住在博物馆附近。5分钟，我晒着太阳，又去了一趟。然后在隔壁的饭馆吃了午饭，把面包掰碎了喂麻雀。它们站在桌子上，椅背上，歪着头，一跳一跳。有只大狗在院子里跑来跑去，这群麻雀就不断地飞回树上，又落回来。

在另外的一天，我走到了半山腰上。有点冷，我把衣服塞进裤腰里，坐在长椅上，看眼前的一棵栗子树。突然就想起了这些原生艺术的作者：他们画出了太过密集的线条，太浓烈的色彩，太多的重复动作，太多的字，太多的啤酒瓶盖子和贝壳。有一个人，死后，房东发现她写了几千页的书。有一个人，在通灵的时候画几何图形，密密麻麻的。有一个人，也是最有名的，用捡来的小石头盖了一个城堡。还有一个人，给家里所有的东西贴上了马赛克。也有一些人完全相反：试着画出世界上最简单的线条。

栗子熟了，随便挂在树枝上，掉在落叶和草里，有的已经被踩烂了。挂在树枝上的那些，有的毛茸茸的，还没有从壳里蹦出来，我觉得它们像骆驼。有的裂开了，可能是正在一分一毫地裂开，我想这就是狮子了，正在向空气说：我要。至于掉下来的，乖乖的，和地球引力和解了，我把它们当作儿童。尼采说，这是精神的三种变形。

有些人，在从树上掉落的时候，失去了引力，从此飘在空中。另一些人，据说是完全正常的，只是保留着自己的怪癖，一不小心，突破了某种界限，就也飘起来了。如果尼采没有做过教授，他是不是也该在这里飘着？像一只胡须茂密的栗子？我坐着，向清澈的晨光提议：把尼采也放进这个博物馆吧。难道我们不应该在这里研究他吗？还有晚年的毛，他的手迹：一种疯狂的，任性的书法，忽大忽小，笔划仓促，简直是骇人听闻。还有那些每天游泳的人。那些每天去公司上班，在上班时间刮胡子的人。来吧，所有的变形者，所有在栗子壳里苦恼着，又忙碌着，享受着的人。

反对（新加坡）

经过一星期短暂的、冷飕飕的春天，我回到了北半球。新加坡，一个经过设计的地方。所有的细节，看起来都像是旅游广告。包括机场里穆斯林女人的眼睛。

我先是走错了房间，误入了穆斯林祈祷室，里面有几个男人，盘腿坐着，聊着天。他们向我笑笑，继续聊天，我就左右看看，转身出去，找佛教和印度教的房间。隔壁就是。没有人，也没有装饰，没有小净用的水，没有男女分区的标志。我躺下来睡了一觉，然后坐起来，盘着腿，查邮件。

一个印度人走进来，悄悄坐下，闭起眼睛伸开手，冥想。我看见新的邮件： Refuse censorship-LUFF festival。拒绝审查。发件人不认识，收件人有十几个，应该都是乐手。邮件说：洛桑市政府禁止朋克乐队 Oi Polloi 在 LUFF 的演出，然而 LUFF 的组织者没有去反抗，所以我们来抵制 LUFF 吧，不要参加演出。署名是 CLACC（Collectif Lausannois: Artistes Contre la Censure），我用软件翻译了一下：集体洛桑，反对检查制度的艺术家。

什么？我拎着几十公斤的设备，正要从东半球飞向西半球，你让我别来了？之前和组织者互相写邮件，有 100 多封，都白写了？演出是为了什么？谁是我的观众？在新加坡国际机场，一个悬浮在南北和东西半球之间的玻璃缸里，我像一个轮子，在平滑的地面上移动，寻找着水和三明治。我想着这封邮件：有什么不对劲。我有点羡慕地想：在瑞士这样的地方，要去反对一件事，真是太容易了。你可以写邮件，也可以申请游行，还可以打警察。 2010 年，英国朋克乐队 Discharge 在 LUFF 演出，朋克们从欧洲各地赶来，警察要带走在室内抽烟的观众，结果打起来了，警察被打伤，送进了医院。这也是市政府禁止 Oi Polloi 的一个原因，用中国话说，叫做怕出乱子，稳定压倒一切。

我想，不，在这样的地方，要去反对一件事，真是太难了。

在新加坡，惟一可以去反对的，只剩下反对禁止口香糖。但是从 2004 年开始，连口香糖都合法了，只要你登记身份证，就可以购买。现在，只剩下反对登记身份证了。

那些官方组织的中国作家代表团，导演代表团，总是在参加国际书展和国际电影节的时候，集体退席，因为会场上出现了一个敌人。这也是一种反对。类似于一种侮辱：我取消我自己，你将因此而失去对手，你只能在理论中，在理想中，徒劳地对抗我，就像那些绝望的男人，买一张色情DVD，对着电视机射精。

应该反对那种无可反对的状态。就像用瑞士法郎来反对瑞士银行。

那些绝望的浪漫主义者，就像在地球表面滑行的旅行箱，他们渴望着革命。但革命总是肮脏的。至少比新加坡机场要脏。他们宁肯取消自己。这是浪漫主义最后的激进形式。绝对的地下，绝对的平滑的表面，绝对的自恋：离开世界，回到镜子里去。也许卡夫卡可以再写一篇小说：在观看了饥饿艺术家的表演之后，几个观众也吃不下东西了，先是反对杀生，然后也不吃面包，然后连水也让他们感到愤怒，他们甚至不能看见任何光，听见任何声响，但他们最后死于便秘。

审查（洛桑）

“至于其他的人，那就和运送动物一样……看着这些脸，死亡将你们聚集到一起的机会极小极小”。我读到这一句，抬起头来，左右看了看，机舱里有很多脸，的确，我们像是被运输的动物，并因此相互隔绝，即使是死亡也不能让我们相聚。考虑到机舱里冷得要死，也可以说我们已经是冻肉了。冻肉是不会死的。从这个角度说，飞机是最安全的交通工具。

我差不多是冷冻着，到了苏黎世，然后是巴塞尔，在朋友家解了冻。火车也是冷的，到洛桑的时候，又得解一次冻。多亏了自己带的茶叶。

去调音。马丁在我前边调。我就等着，在一边看。他用话筒，加上效果，让人说话像唱歌，唱歌像溜冰。是一种舞曲常用的效果，健身中心，小商品市场，三里屯的酒吧，到处都能听到。叫做 Auto Tune。调音花了很长时间，据说还找了嘉宾，他们要在演出的时候讨论审查制度，用这种滑稽的，便宜的，时髦的效果……一片黑，灯全关了，演出开始了，什么都看不到，舞台是空的，马丁不知道在什么地方说着话，没一句能听清。观众不高兴了，开始拿拳头敲舞台，跺脚，吹口哨，发出嗷嗷的喊声。一片混乱。

在审查制度的黑暗中，其实是一片混乱。

就像茶叶在开水里翻滚，释放着自己，水越来越暗，香气也飘了出来。精彩的表演。这是茶叶对水的渗透，还是水对茶叶的解放？欧洲人喜欢冰水和冰冷的机舱，是对肉体的审查吗？是对汗臭味的恐惧吗？我喜欢安静的观众，这也是一种审查吗?

厨房，书店，电影院（洛桑）

LUFF 安排我住在一个朋友家。办公室的大姐说，是 LUFF 的朋友。就像 LUFF 是一个人，有自己的名字、性格、脸，可以旅行，晚上要睡觉。

娜塔莉。她是个平面设计师，曾经设计过 LUFF 最早的海报。现在开了自己的工作室。她的实习生参加了我的工作坊。她的厨房令我印象深刻：有很多小瓶子，小盒子，小杯子，数量之多，排列之密集，像是一种自然现象。我怀疑它们会在世界末日醒过来。而又非常干净，有美妙的色彩搭配，到处贴着海报。看不到面包屑。

我住的那个房间，带一个朝南的小阳台，我每天起床，都光着脚站在那里。书架上有很多漫画，包括日本漫画。大盆的植物。昆虫和蚂蚁，植物的朋友们。

从这里走下坡，到桥边，左转经过一个广场，要么是停车场，穿过一栋楼，就到了 HumuS 书店。这里也是 LUFF 的会场，楼上的画廊有展览和工作坊。第一次进来的时候，看到那么多色情书和地下漫画，我东看西看，忙得得顾不上喘气。多数是法语的，看不懂，像深邃的图书馆。很多画册，从裸体到色情，法国的藤条，日本的捆绑，美国的皮裤，诗歌和小册子，法语版的丸尾末广，Tranchee Racine，Erect Magazine 的贴纸……我心里在出汗。

经理叫米歇尔，是一个艺术家，每年都帮 LUFF 拍现场视频，又剪辑好，放到网上。他剪辑过的视频，比我原来的现场还好。他是一个喜欢书的人。

奥布鲁电影院是一个不大的旧电影院。几十个座位，旧的，有种身在电影之中的感觉。有一种身在传统之中的感觉。音响很好，一对 Meyer Sound，这样的音箱，我一年也碰不上几次。LUFF 在这里放电影，做工作坊。负责人是里卡多，一个小个子，做噪音，密集，结实，清晰的物质感。他也为实验电影做声音。和大多数创作大音量音乐的人一样，他也很少说话。

我来看一个和声音有关的短片单元。有一个熟悉的名字：韩国人洪铁基，他用不播放唱片的黑胶唱机演奏，和他合作的是实验电影导演李幸俊。我只看了两个电影单元，都是没有台词的。LUFF 的电影节目单上，有很多看起来不错。但没有中文字幕。当然没有。但我家里有。专拍怪逼电影的大导演约翰·沃特斯，我看见他在休息室，像一个真正的怪逼，留着精心修剪过的胡子，穿着鲜艳的西装，在东张西望。我有他的盗版 DVD。

末日王八蛋（东京）

在洛桑，第一天就认识了 Pain Jerk。翻译过来就是疼痛王八蛋。他自我介绍说原名叫做 Kohei Gomi， gomi 是垃圾的意思，搞不好也是个艺名。瘦，很普通的样子。我们的交流从腰开始。先是聊到了旅行箱，然后是腰伤，然后他一掀衣服，腰上居然围着一副护腰带。

我也有一个啊。不过怕麻烦没有带来。而且比较小。后来回到北京，我也买了一个大的，里面嵌了 8 根钢条。

在音乐节上演出，很少有人从第一天待到最后一天。要么是组织者不提供全部的住宿，要么就是乐手太忙。我见过很多人，坐十个小时的飞机，调音，吃饭，演出，睡几个小时又赶往下一站，还有连睡觉都睡在车里的。 Kohei 和我都在洛桑待了近一个星期。每天我们会遇到好几次。我记得，看到喜欢的演出，他会竖起大拇指。

我是第一天第一个演出，他是最后一天，最后一个。他说，看了这么多别人的演出，他每天都在准备，要为整个音乐节做结尾。那就是说，把所有的演出看成整体，他负责最后这部分。这是我第一次看他的现场，非常亮，纯净的噪音，丰富的高频长时间持续着，声音非常细密，没有突兀的转折，整场演出就是一个巨大的连续体。就好像所有的演出都结束了，最后来一个抽象的高潮。提炼。赞美。我一直在原地摇晃着身体，向他致敬。

年底，我去了东京。正好赶上“忘年会”的日子，像一个音乐节，每天晚上，街上都是刚从饭馆出来的人，微醺，半醉，要么就正要去饭馆，打算喝个痛快。人们在庆祝一年里所有的愚蠢，希望把它们都忘掉。世界末日前的那天，我又和 Kohei 见面了。在 ZK 家里。还有 PD 和维也纳来的 MK。我们在小房间里待了一下午，说其他人的坏话，开怀大笑，他抽烟，不喝酒，嗓子是哑的。最后，我们要出去吃晚饭，和 HH、 HH、 TN、 RH 一起，他说不去了，回家工作。他习惯夜里工作。我就想，这可是一个特殊的晚上啊，世界要结束了，该用什么样的噪音去赞美它呢？它的舞台在哪里呢？

很多饭馆都没座位了，八点多，总算找到了一家韩国饭馆。我们这些其他的王八蛋就举起了酒杯：来吧，忘了这个愚蠢的世界。

一组巡演笔记

纽约

2011 年上半年，我有 3 个月在美国跑来跑去。

演出，看演出。讲座。看展览。各种啤酒。汉堡何其粗鄙。半夜的大巴：胖美眉抱着孩子，神秘的黑哥们，流口水的老头，互相看一眼然后疲惫地睡去。飞机：从东海岸飞到西海岸，6 小时没吃没喝，只卖垃圾食品。行李不是摔坏，就是延误，要么就自己坐着飞机跑到另一处，要我打车去追。

纽约人以为自己住在世界的中心。而其他人住在电视里。

纽约人管曼哈顿叫纽约。

在音乐上，纽约是一个老旧的地方。上世纪七八十年代的“下城场景”还控制着这个城市，一个比一个闹心。要么就是七十岁以上那拨：纽约派，凯奇派，深受中产阶级喜爱的经典前卫派。以及上世纪自由爵士，地下摇滚，后现代电子乐的，各种外甥和女婿。

布鲁克林

有意思的人都住在布鲁克林。就像他们曾经住在下城，苏荷，下东区，一路上被画廊和设计店追赶着。吉尔·阿诺（Gill Arno）的客厅音乐会。本·欧文（Ben Owen）的厂牌“测风”（Winds Measure）。实验音乐场地“流通项目室”（Issue Project Room）。媒体艺术中心“音域”（Diapason）。搬家搬过来的老牌前卫音乐场地“轮盘赌”（Roulette）。文艺青年出没的威廉姆斯伯格，贵死了……

本·欧文是我通过邮件认识的革命党。他的音乐很简单，静默，讲究细微的变化，特别精神。他住在工作室里。他有一台手动操作的凸版印刷机，轰隆隆。在布鲁克林，我还认识乔纳森·陈（Jonathan Chen），他是艾尔文·路希尔的学生，杜尚的追随者，低调的概念艺术家。还有陈彻（Che Chen），作曲家和即兴乐手，另一个前卫派隔代传人。

革命大概是最近几年的事，还在地下。

美国人总归是年轻的，喜欢热闹，问寒问暖，场间休息比演出时间还长。资本主义说：你们要努力表达自己哦。我的朋友们则相反，低调，像一种冷笑话。

曼哈顿人擅长用效果器：延时效果器和采样器，复制了声音，像镜子：一地的自我。失真效果器，放大了声音，让它强壮，粗野：喝了酒的自我……自由爵士：穿上黑人皮肤的自我。声音艺术：假装没有自我。学院派：公用的自我。满头大汗：自我的勋章……我听到一个关于艾略特·夏普的笑话：他和某人一起演出，调音的时候，某人嫌他太吵，就关了自己的音量，喊道：艾略特！你能听到我的乐器吗？艾略特也喊：没问题！你音量够大了！

芝加哥

3月底4月初，李剑鸿和王凡也来美国了，俄亥俄大学王婧策划的。我们一起去了芝加哥，哥伦布斯，阿森斯。名目很响亮，叫做中美即兴世界。

在讲座上，王凡说，中国不需要西方音乐，它最多是我们的调料罢了。

后来我们在邮件里继续聊。我说，作为当代人，我们来山寨所有的老师吧，亵渎就是最好的致敬。王凡说，请将话题导向我们存在的实质。李剑鸿说，在中国，理清自我不是件容易的事情。VAVABOND说，在瓦拉纳西，除了那些拉客的，普通人每天的生活就是洗澡，朝拜，唱颂歌。林其蔚什么都没说，悄悄给王凡发了他新书里的片段，这本书，把声音艺术当作一个西方的、现代性的现象来观察，要颠覆它的合法性。

中国人是天生的无政府主义者，这句话听起来有问题，应该被颠覆。

北京

我家楼下，50米外就是铁路。铁路边有铁栅栏，各小区的人将它剪断，开通了自由之路。铁栅栏外边又有大土包，疑似无主之地。夏天，我和瑞士人尼可坐在窗口，看着大叔们在那里种菜。

尼可说，我来北京之前，每个人都说，那是一个政治不正确的国家。没有自由。但是在欧洲，没有一寸土地不是被管理起来的。包括占屋。

我们在“两个好朋友”酒吧演出。是一个墨西哥人策划的不靠谱音乐节。墨西哥政府很大方，你就说，在遥远的东方，有一条巨龙，我们现在要去和它国际交流，然后就能拿到钱……这个人超级不靠谱，我感觉他是来旅游的。瑞士朋友们很极端，其中一位用酒精测试仪做乐器，边喝酒边呵气，电脑收到传感器发来的信号，发出噪音。结果当场喝吐了。尼可嫌音量不够，生了半天气。

用林其蔚的话说，欧洲的噪音已经被管理起来，在一个消音了的社会，噪音被艺术化，在专门的空间和场合展示……也许这不是他说的。那就是我说的好了。尼可要求的音量，是一种反问吗？他反对没有咖啡因的咖啡？他想要升级他的欧洲？

阿姆斯特丹

日本人 DJ Sniff 住在阿姆斯特丹。之前他算美国人。

我们在上海的演出，密集音乐会，有一个不靠谱的观众，和所有人格格不入：他坐在第一排，不停地发短信。而北京那场，有点像被围观，人来人往，高跟鞋像一种凶器，在地板上敲响。也有一个不停发短信的人，没等演完就打起了电话：他是我的老朋友，在时尚杂志工作，他可能是出于好心，想要关注一下新音乐。

6月，我在阿姆斯特丹看了 DJ Sniff 的演出。在他之前，是巴斯克人马丁。他就往那儿一站，想了半天，说了一句话，接着想。又一句。又想……看来是临时想出来的话。关于他怎么上网搜索自己的名字，怎么关心别人的评价，一会儿得意了一会儿失落了什么的，一种自我剖析。观众绷紧了弦等着他的下一句话。大多数时间，我们听见的是地板微弱的吱嘎声，照相机，衣服的摩擦，电流，大街上的什么声音……我感谢了马丁，为他解放了房间里所有被忽略的声音。

后来马丁跟我要了舌头乐队的 mp3。

东京

2004 年，我在东京看了马丁的演出，音量极小，比背后的电子表秒针声音还小。又参观了新音乐演出场地 Off Site，一楼演出，能挤 30 个观众，二楼咖啡和唱片店，能坐 8 个人，背景音乐是近乎透明的高频正弦波。回到北京，我就想找这么个场地，办一些人数不多的演出。

2005 年，“两个好朋友”酒吧开业，我找到了这个粗野的，豪杰出没的地方。之后办了一百多场即兴音乐和实验音乐演出。一度盛况空前，包罗万象，像一种噪音伴奏的婚礼，每个人都是好朋友，每个星期二都是狂欢节。好吧，北京不是东京，泥沙俱下是必须的，欲望，野心，矛盾，缺陷，都是必须的。我可能一辈子都没法在北京找到安静的空间。

在北京，一切都是临时的。东京也是：迟早大地震，现在还加上了核辐射。

生命苦短，我只是想要一个简单的空间，一些简单的音乐，几个人，如果真的没有在北京做到这件事，只能是因为我想多了。

怎样嗑瓜子

从日到操，再到日

上

先说后半截。这些年，流行的口头禅，从操，变成了日。

操，四声。这个音由两部分构成，“呲”和“傲”。通常我们会闭着嘴，然后张开，让这个词，从“呲”的门口滚出来落到“傲”的楼梯下面，重重地砸响地面，余音还在楼梯间回荡。

日，也是四声。但它没有滚落的过程，它只是它自己而已，它从一开始就在那儿。没有楼梯，没有楼梯间，没有过程也没有混响。这是浊辅音的悲剧。事实上我们只需要有“r”就够了，反正谁也念不好这个该死的、含糊的“r”，所以它一出口就是“日”。

那个骄傲的元音，因此成为重点。“我操你大爷”，一个经典的 4/4 拍小节，先是弱音，然后是重音，重音，空白（余音）。“我”是弱音，和“呲”一起成为“傲”的铺垫；然后“傲”在半空中划个圈，绕回来，把“你”压成一个微不足道的对象，成为“大”　（紧紧连在一起的“德”和

“啊”）的铺垫；“爷”是汉语普通话里的第5个音调，弱音，一个尾巴，“大”的附属品。

嘹亮的“傲”和“啊”，也就是“ao”和“a”，金字塔尖上的元音。《华严经》说：“唱阿字时，入般若波罗蜜门。”可见威力强大。这是“日”所不能比拟的。当你说“操”的时候，你是在唱歌，当你说“日”的时候，就只是在说话而已。换句话说，“操”是元抒情，是经典声音，是传统表达；“日”是去中心化的声音，它否定了元音的霸权，消解了传统中的抒情精神。这样比较两个声音的结果，是“操”的道德感，在“日”这里荡然无存。听起来，“日”更像是属于档案的声音，它是准确的，但也就是准确而已。

但事实上，“日”字的用法并不那么档案，它更日常一些。“你们一星期日几次？”好，听起来像是中性的“80”后所说，或者是代表和平安详的女孩。你不能想像，一个风和日丽的下午，她/他说：“喂，下星期再操吧，我要出差了。”改成“日”再试试？和谐多了。“操”代表着有事发生，连声音都比别的多一些、重一些。“日”就不会，它是家居的，与世无争的。所以“操”是大师片，“日”是文艺小片。

北京人从小学习的是“操”，而不是“日”。但地域不影响我的论述——“操”更“70”后一些。要么，我们也可以说，北京人从小就很“70”后，这需要另一本书才能自圆其说，所以先让它扁着去。我们说回到“70”后。这打口的一代。当然，充满感情的，性别意识的，暴力的一代。他们操并且被操，不断从楼梯上滚下来。他们在元抒情的旷野上歌唱他们的自卑、欲望和愤怒，并通过歌唱，把负面的情绪转化为正面的能量。这就是摇滚乐所做的，用声音振动身体，产生欢乐。

因此“日”简直就是可爱的了。摆脱了理想的人，没有道德的人，不需要元音振动的人，心平气和，谁也不处在支配地位。因此“日”是基本的性，单纯的性。在不考虑地域影响的情况下，“求你操我”不能改成“求你日我”，虽然它们的词义具备完全同等级的杀伤力，但必须是“操”才构成伤害，以及对伤害的迷恋。当然，你要改我也拦不住，但这会影响我的硬度，因为我是“70”后，感叹号和戏剧性的奴隶。而，这些年来，模拟的对抗越来越少，“操”正在退流行；那些想要点燃别人的人，必须为他们建构足够有力的敌人，才能使之亢奋起来；这个“日”的时代的“操”，是通过愤怒、道德和潜意识里的伤痛，歌唱出来的。“操”属于意识形态诗学，只要虚拟出对象，就可以让人雄起；反之亦然，只要虚拟出情境，也可以让另一个人，比如说 M，从受虐的快感中雄起。因此“操”成为一个虚拟时代的图腾之音。

但时代这东西，总是在转圈。我要说前半截。在前半截，密码是“日”，而不是“操”。

下

上半截说，不考虑地域影响。但是万一有空的话，也可以考虑一下。

在兰州话里，“日”，不是四声，而是三声。一个难以被普通话理解的向上的转折，消失在尾巴上，并且，看不到确切的消失地点。“日你 X”，或者更兰州一点：“日你 X 呀”。无法用拍子划分，是散拍，像真正的唱歌（原始的，欲望的），而不是歌唱（受过训练的，科学的）。有时候，“日”前边有一个隐藏的“我”，通常，只听得到“哦”的后半截，甚至只留下空白，作为“日”的铺垫。或者也不需要这个铺垫，直接从“日”唱起来，拖得很长，长度和感情强度成正比，但如果拖得太长就不是真的骂人，而是开玩笑了。“你”是二声，正好接着“日”的向上扬起的尾巴，到“X”再缓缓落下来，平平延伸出去。这就是音乐。最后还有“呀”，民歌中的装饰音。

确切地说，在兰州，有时候我说三声的“日”，有时候说四声的“日”。但四声的“日”和北京的四声的“日”不同，它没有根源，仅仅是用普通话读音来读兰州方言的词汇，就像有时候也会用方言读音来读普通话的词汇一样（例如：傻逼的“傻”读成二声）。三声属于传统、本地，四声是对中心文明的臣服。

和其他地方一样，兰州也有自己的兰州普通话，新闻里，那些对着镜头发言的人，会抛弃日常使用的方言，用颤颤巍巍的普通话表达他们的谦恭。在没有镜头的日常生活中，四声的“日”变成一个完美的折衷：本地的音，文明的调。在学校、政府机构和有点文化含量的单位，不大方面大量使用方言，它只是调料。但如果太过张扬地使用“操”，甚至像北京人那样，上嘴唇抬起，发出“擦——啊”的声音，是会被身边的土著耻笑的。

但慢慢的，四声的“日”越来越多，“操”也越来越多，三声的“日”变成被临时调用的特殊情境。也就是说，在标准化的文明语境中，突然唤醒土著意识，用来制造戏剧效果……这个过程，和点八中南海的普及过程是一致的。“日你X呀”变成“操你X”的过程，就像50年前，民歌变成民族唱法的过程。民族音乐就是这样死掉的，但新音乐也就是这样诞生的。“操”并没有得到政府的指导，也就是并没有强制清洗“日”，它只是进入了方言语境，携带着以北京当代文化为基础的当代文化的基因。土著还是土著，但迟早会变成全球化的土著，土著的语言不再是纯粹的，而是夹杂着各种采样、调变，甚至结构性（语法）的调整。

“日”，三声，阴柔，狠毒，带着邪恶的笑容，它让日变成更加野蛮的事情，也让被日变得相当悲壮。在兰州，被日的人，男人和女人，都处在语言学上的 M 境地。至于操，当然已经和北京关系不大，它是普世的，也就是高等文化的，坎普的。尽管“日”和“操”都是“入肉”的通俗用法，但“操”来自比北京更远的远方，它的原始能量已经在路上损耗了大半，等来到兰州，就只剩下文化了。头脑中出现“操”的兰州男人，已经坐着四声的直达列车，离开了土，进入了文化，不再拐弯抹角、含混、未知。他的性意识经过了文化交流的塑造，他的鸡巴是确切的、通用的、比较礼貌的。

但即使是来到了北京，操着坎普的女人，或男人，“日”仍然会潜伏在潜意识中。因为三声是那样的内陆、原始，那样的土，它凝聚了足够多的羞耻和禁忌。如果不是为了骂人，那么即使是在兰州，人们也并不经常使用这个字眼，而是尽量用“做细活”之类的黑话代替；事实上，不骂人不讲段子的时候，人们不谈论性。太黑了，只有在黑暗中，才是性的容身之地。黑暗养育了黑暗的暴力，禁忌成全了快感。所以，当文艺青年这件事蔓延到全中国的时候，快感就被四声引爆，得到了毫无羞耻的释放。至少，女人可以操男人，仅此一点，就颠覆了兰州土著的性别权力系统。颠覆之后，“操”就成为“日”的现实化身，而“日”成为“操”的无垠的故乡。

风水轮流转，三声的“日”迟早也会再转回来，但那一定是在黑暗变得稀有的未来。人们上一样的网，读一样的书，看一样的电影，说一样的操，文化的编码清晰准确，操和被操都不再和禁忌关联。暴力和羞耻因此短缺，三声的“日”将因此回归，但仅仅是作为一段代码，把下一代模拟成土著……

其他的声音

嗑瓜子

2004年，我和FM3去北大讲座。我们买了一些瓜子请大家吃。总共有10分钟，教室里没有别的声音，只有咔嗒咔嗒的，细碎的，牙齿，瓜子，吐出碎屑，跌落，碰撞，的声音。

嗑瓜子是经典的中国声音。我没有听说过外国人喜欢嗑瓜子。也许他们可以理解这种声音，它含混，随机。它繁衍。它滔滔不绝，让我想起居住在巴黎的40万温州人，他们的生命力。

在嗑瓜子的声音里，有中国人自己的噪音：轻微，卑贱，但是够多，多到无限。它是公共的，当然，人们坐在一起，谈论些毫无意义的事情，优雅地往地上扔瓜子皮，每一个弧线都包含着传统。他们像一个帮派，说着无法被外人理解的喊喊喳喳的语言。然后它也是个人的，它使人孤独。无休止的重复动作和重复声音中，意识被催眠，在感觉的路上越走越深，无法停止。中国人随时都在发出这样的声音，微小，无意义，为一点点极其自私的理由。当它们相加，就变成无边的声音宇宙，无所不在的碎屑，大雪一样降临的振动。这是一个由无数孤独构成的集体，一个骚动但却沉默的社会。

咔咔，咳咳，啪，咔……语言不可能模仿这样的声音，不管是不是汉语。人是模糊的。

剪脚趾甲的声音

有一天我录下了剪脚趾甲的声音。咔，咔，咔，然后，哗啦，碎屑被扔到了垃圾篓里。

周围静极了。所以我就听到了其他的声音：交通噪音的海洋的嗡嗡声，厨房抽油烟机通风管道的风声，老婆在午睡，她呼吸的声音，不知何处的电机或者变压器的声音，突然间从寂静中跃起的小孩的喊声……

剪脚趾甲的时候，我不会想要打动别人，也不想要感动自己。我没有在听它的节奏，没有享受寂静的间隔。哗啦，剪完一个脚趾，就扬起剪刀，让碎屑落下去。然后是下一个。

在无印良品买的指甲剪，两边有塑料，可以储存碎屑。

枕头上的声音

一定要荞麦皮枕头。翻个身，枕头里面就发出声音，轻轻的，也是密集的。千百个荞麦皮在互相摩擦，有的在移动，有的只是轻轻转一下，有的被紧紧压住，还在动。寻找一个舒服的姿势，只需要一个很小的动作，这声音短到来不及分辨。

头发在枕头表面蹭着，悉悉索索。悉悉索索是一个象声词。象声词和所有模仿其他事物的事物一样，在模仿这件事上总归是有限的。它在不模仿的时候，就又变得无限。

脸颊在枕头上蹭着。比如说夏天的傍晚，脸颊是热的。心是敏感的，听得到皮肤上的声音。

也听着房间角落里，一只表的声音。这时候就听见了血液的声音。血流动着，被心脏挤压，耳朵里，压力在变化。

然后是呼吸的声音，气流擦过了黏膜。

眨一下眼睛，好像也发出了声音。但可能没有。但怎么可能没有？所以，又眨了几下。

枕头在动，呼吸，血液，细胞，新陈代谢，人没有办法停下来。

低频

一个比较空的房间，一个简陋的，墙壁很薄的房间，一个靠近马路的房间，都可以成为共鸣体。

汽车开过去，或者，有人从房顶上往下扔很重的东西，或者，一台可恶的刈草机。大多数的声音都被吸收了，死在半路上。低频像雾一样蔓延过来，振动房间。房间里的人，因此听到了轻微的，“嗡”的一声。没有方向。短到来不及确认。

死掉的，都是有性格的，语言，音乐，清脆的铁皮，钥匙，自行车，我们熟悉它们，记得这些特征，像脸一样。

低频像幽灵一样围绕着我们。

更多的低频，来自 100 万辆汽车， 100 万台空调。1000 个工地的塔吊在转动。夜里， 100 家俱乐部播放着舞曲。这是一个蠢蠢欲动的城市。在深夜的胡同里，梧桐花从树上掉下来，在近乎于寂静的低频里激起一个小涟漪。

低频浸泡着我们的身体。低频是我们身在其中的潜意识。

意识里的声音

我在纱窗前度过了童年的多数时间。

我没有朋友，不会玩大院里流行的游戏，没有弹弓。但我读了很多书。任何有字的东西，包括挂面包装纸，都会吸引我。我读它们，声音伴随着文字，出现在大脑里，变成云，风，建筑，一个自己的世界。我也发出自己的声音，在静默中，语言在脑子里，在我周围活动。街上的路牌，标语，广告，都在发声。我不知道，那是用我的声音读出来的，还是它们有自己的声音？

上小学的时候，我已经习惯了自言自语。

20多年以后的一天，我学习打坐，成千上万的意识的线头，此起彼伏，每一个都先是声音，一句话，一些词。我不知道别人有没有无声的思想，和语言无关的意识。

我习惯了这些声音，无时无刻，空气一样，充满了话语。世界从来没有过片刻寂静。

梦里的声音

有人在梦里作曲。有的人，说自己从来没有梦到过声音。

在半睡半醒的时候听到的声音，会构成梦。新闻联播，收音机，附近学校的晨曲。有时候声音还没有发出，梦已经开始铺垫，例如，我总是先伸出手，然后才按下门铃，同时被闹钟惊醒。

我在梦里听到过一首完整的速度金属演奏曲。我梦到过笛子，小河和FM3乐队的排练。有一天，我在非常糟糕的场地演出，晚上梦到了一个邪恶的木头箱子，它在疯狂地抖动，发出令人毛骨悚然的，雪亮的噪音。

如果声音必须是物理振动，那么梦里的声音就不是声音。

是这样吗？

有人梦到过振动吗？

话筒的声音

我们用话筒，然后是调音台，功放，音箱，把话语放大出去。

是我们在说话，还是话筒和音箱在说话？

话筒放在会议室的桌子上，有个人扭了一下肩膀，音箱里就发出了刺耳的反馈声。被称做电工的那个人，就跑过去，在调音台上拧两下。免得话筒接收到太多来自音箱的声音。而音箱的声音，都是从话筒传来的。

蔡琴的演唱会，使用森海塞尔 SKM5000，或者森海塞尔 SKM5200 话筒。唱歌的时候，话筒捕捉到声带的振动，舌头和口腔的摩擦，气流，这些细节是从来没有人能直接听到的。我们听到的，是谁的声音？音响发烧友喜欢蔡琴，她的声音从不同的音箱里出来，用不同的音频线，在房间里的不同位置，都是不一样的。然而蔡琴的声音，到底是怎样的呢？

一支好话筒，价值几千，几万美元。最便宜的，几块钱人民币。话筒好，能听到的杂音就少。“纯净”需要很多东西来实现。像所有的极简主义一样，“纯净”是一种多。

在野外录音的人，用意识屏蔽掉不想要的声音，用指向性话筒对准想要的声音。风尘仆仆，他回来了，我们听到的是他的话筒听到的声音。在电影里，导演不让你听到真实的世界。

我们对着话筒说话，用高音喇叭播放出去，领袖就这样点燃了群众的肾上腺素。我们雇了一些人，在话筒前录制广告，男中音振动着，在每个词结尾的地方扭一下。如果他扭得太厉害，汽车就会少卖掉一千台。

唱歌的人，怎么能不爱她/他的话筒。

我开窍了

照我的理解，我开窍了翻译成英文，就是 My gates got opened!

人有七窍，另一说为九窍。汉代出土文物里面，有一套九枚的玉器，是给死人用的，包括各种塞子。就是为了让人不要再随便开窍了。一开窍就要沟通，不是由里向外，就是由外向里，然后还有双向的。对一个死人来说这可能不是好事。

活人也不能随便开窍。倏与忽时相与遇于浑沌之地，浑沌待之甚善。倏与忽谋报浑沌之德，曰："人皆有七窍以视听食息，此独无有，尝试凿之。"日凿一窍，七日而浑沌死。

另一种说法是，开窍就是顿悟。这个我理解。有一种对于顿悟的迷信，非常泛滥，讲求顺遂自然，靠直觉做事。从来不排练。再穷也不坐公交车。听起来不错，其实就是为不靠谱找个借口。顿悟？你配吗？

先说嘴

我也不是从来不顿悟。每一次呕吐都是顿悟。至少强度是一样的。一身汗，也就是醍醐灌顶，只不过是从里往外灌。嘴一旦开窍，就从灵魂深处开出来。什么叫掏心窝子啊？就是挖的一声，语言根本承载不了，只能挖的一声。

除了胆汁和血，我还吐过胰液，紫色的。这要吐很多次才能吐出来。上次在老李家，吐到了第二天下午，晚上回家都还打晃。这就不是顿悟了，一天悟十几次谁受得了啊。我只悟到一个道理，就是老李根本不会玩。先喝红的，再喝梅子酒，最后是金酒。哪有这样喝的。他还在杭州开过酒吧，怪不得开不下去了。

有一种玩法是找吐。新疆抽麻烟的人有这样玩的。很高端的。别人卷两支烟的量，他拿葫芦一口吸下去，然后就势呕吐，湿毛巾擦脸，爽了。关键是别舍不得自己，刚开始难受就吐，不能忍。

德勒兹说喝酒是为了最后一口。就是那一口把你彻底搞大的。喝了那杯就开窍了。有道理。呕吐也是一口，后面的都是延时效果。我讨厌延时，这是被滥用最严重的效果器，尤其是搞新迷幻的小清新，延时一开，没完没了地绕啊绕的，总也绕不到开窍的那一杯。

鼻子

我有过敏性鼻炎。一发作就成天打喷嚏，一连串能打十几个。西医有一种针，是激素类的，打完了性欲亢进，可以代替春药。这个秘密我一般不告诉别人，想知道是什么药，得请我喝烧酒。不过我现在改看中医了。中医比较有意思，能聊天，从鼻子聊到肺，到肾，到怎么睡觉。那些药也能看见，知道是哪里来的，还有蜈蚣啊蝎子啊，都认识。中医像是 PC，什么注册表啊， DOS 运行啊，都是敞开的，还可以自己攒机。西医就是苹果，很牛逼，你也不知道他为什么牛逼，也永远别想 DIY。

鼻子不好，就总是吸溜吸溜的。我开着录音机的时候，免不了也录到这些声音。这就是我的田野录音：作者在场。很人文的。也就是说不专业。谁会长一个专业的鼻子啊我操。

眼睛

我最近一次哭，是在家看 DVD 的时候。《居伊·德波的时代和艺术》，是居伊·德波和碧姬·康南合作的。很难描述那是怎么回事，我也不是写影评的。

肛门

我有时候做梦会梦到上厕所，东找西找，脏得要命的那种，外头说不定还有尸体。然而我还是很淡定地蹲下去，或者坐下去。有人说梦见大便会发财。这个好像从没有兑现过。

一想到这样的梦，我就很佩服自己。一个肮脏的世界对吧，完全是个地狱，有的人假装跟它没关系，独守精神家园。至少我能在梦里和它面对面还保持淡定。再接再厉吧。我是个现实主义者，什么彼岸啊，理想啊，纯净的大自然啊，都是扯淡。大自然充满了大便和尸体。我也迟早会变成尸体。

有一天，一个朋友说，打算做一些好听的音乐，旋律优美的那种。我说别啊，谁配听优美的音乐啊。反正我不配。听也是偷听。

最后说到耳朵了

这是惟一不往外顿悟的通道了。其他的都是表达，只有耳朵什么都不说。你知道为什么大家喜欢阿部熏吗？还有灰野敬二，早期的大友良英，还有噪音，皮特·布忽兹曼，吉米·亨缀克斯……他们都在射精啊。每个人都想要存在，至少往外吐点什么东西出来。中国人攒了多少东西啊都快憋死了。

西门庆就是这么死的。一个坏人要这样才算死得其所，为爱好献身。他真的不是在射精，而是在用生命射精。有本事就照这个强度来喷射自己吧。

我以前的朋友圈里，推崇的是摇滚生活，与其苟延残喘不如快速燃烧。但我并没有把自己搞死。既没有喝死也没有射死。现在当不了天才了。太晚了。

我是三十岁以后才开始做音乐的。以前写乐评，朗诵，都是那种风格的，很摇滚。后来黔驴技穷了，不想写了，正好天天和几个搞实验音乐的朋友厮混，就开始搞田野录音，演出。也是走极端，装神弄鬼的，经常点个蜡烛，点支香什么的。当时有个口号叫做向内寻找。表情跟窦老师似的。而窦老师呢表情跟泥菩萨似的。

2007年初，张老师也开始教训我了。他说你那算什么演出？声音艺术吗？就一个低频在那儿轰隆。除了高频和低频，你能不能用中间这部分做点音乐啊。张老师是我老师。那两年我都不敢演出了，看见台下观众多，就开始冒汗。幸亏我脑后有反骨。后来一想，去你妈的中间这部分，我喜欢的就是两头啊。你觉得这不是音乐，那就不是好了。

2009年的一天，演出前，主办人帮我借了一只雅马哈的电脑音箱，用来做反馈。这玩意太弱了，一反馈就过载，失真，声音全破了，而且变化多端，滋啦滋啦的很好听。之前我一直在研究反馈，声音又尖又单调，很过分。没想到啊，原来是不够过分。足够过分，就什么都有了。那个声音一直在耳朵里，我每天都想要再听到它。后来就发展出了现在用的一套设备。

当然现在也用其他设备演出。我演出一点不像在喷射。我没学过音乐，什么都不会，没什么好射的。只能靠耳朵，坐在那儿听，尽量少动弹。田野录音是这样，演出也是。我不是一个老手，什么实验音乐先驱，这是造谣，别有用心。我就是喜欢听电风扇和公交车，越单调越好，跟别人嗨点不同。你可以认为我是一个傻逼，傻逼也比先驱强。

怎样嗑瓜籽

一、 选择瓜籽

瓜籽有很多种。但通常所说的瓜籽偏偏不是瓜籽，而是葵花籽。北方人喜欢吃大颗的，以原味干炒为主。也有用香料煮出来，烘干而成的五香瓜籽。近年来受到南方炒货的影响，发展出各种新的口味。

南方的瓜籽粒小味杂，流派繁多，和江南文化一样发达，吃起来相当麻烦。声音也小。

所谓的大板瓜籽，是籽瓜的种子。南方也吃西瓜籽。还有南瓜籽。

我们选择北方的，大粒的，原味的炒葵花籽。新疆黑马牙，赤峰黑白边，这些都好。

加了盐的，吃多了会伤到舌头和嘴唇。

要街头店铺卖的，当天的最好，真空包装的不够脆，也没有炒出来的那种饱满，阳光的味道。

混有太多灰土的就算了。好的卖家，会用布擦干净瓜子，这是一种风度。

颗粒要饱满，更别是空的。

二、环境

任何环境都可以。

最好是可以把瓜籽皮扔到地上的。

最好可以坐着，瓜籽放在手边，不累。

最好不是非常吵的环境，例如音乐会，要听得见嗑瓜籽的声音。

三、更好的环境

不看电视，也不读书，不和人聊天，没有要操心的事情，一个人，不受打扰，无所事事。

四、技术细节

用拇指和食指拿瓜籽的底部。

用门牙嗑，避开牙缝。

嗑两下：把瓜籽按长度分为三份，从尖头算起，先在1/3处嗑一下，然后在2/3处嗑一下。第二下嗑完后继续咬下去，让瓜籽皮充分张开。

或者，嗑三下：在上述两下之间，用手推进瓜籽，牙齿轻微挤压瓜籽，再松开，再嗑。严格地说，第二下不是嗑，而是快速地挤压。但第二下破裂的声音，听起来也像是嗑出来的。三次的速度是均等的，也就是音乐中的三连音。

然后，手微微旋转，顺势把舌尖伸进张开的瓜籽皮内，将瓜籽仁粘出来。

拿着瓜籽皮的手由下向外向上翻转，离开嘴唇，顺势将瓜籽皮扔出去。

手臂顺势落回放着瓜籽的地方（通常是捧在另一只手里）。

五、 误差

瓜籽长得不一样，难免会嗑坏。

如果嘴里留下了残余的瓜籽皮，把它吐出去，尽量少沾唾沫。轻轻地，用气流送出去，啪，发出一个爆破音。

如果嗑到了变质瓜籽，或者虫子，随便怎么处理，但不要破坏节奏，继续嗑。

如果遇到了连体瓜籽，先嗑其中的一侧，然后用手捏掉瓜籽皮，继续嗑剩下的一半。

如果瓜籽太小，用手拿紧，快速推进，牙齿连续轻轻开合，把它挤开。

如果舌尖无法将瓜籽仁粘出，就再多嗑一次，并用手捏开瓜籽皮。

六、 触觉

注意瓜籽皮的脆度和弹性。

第一下重点是脆度。第二下重点是弹性。

舌尖粘出瓜籽仁的时候，将会体会到它饱满的重量。

七、 声音和节奏

嗑三下的话，听起来更有音乐性。

嗑瓜籽的声音有两种：通过空气传播的；通过骨骼振动的。

一只手拿瓜籽来嗑，另一只手捧着瓜籽的话，会增加一个环节，哗啦，就像下围棋的人在手里拿着一些棋子。

瓜籽皮落到地面的声音很微小，也无法确定它们落地的时间和位置，这正是美妙之处。

就像农民播种，就像运动员跑步，就像做爱，就像酒鬼划拳，嗑瓜籽的节奏是无始无终的。

但分解每一个嗑瓜籽的过程，节奏是有张有弛的，松弛的部分很含蓄，充满并且延伸了听觉空间，例如扔瓜籽皮，但节奏并未断开，就像书法，两个字之间，运笔并不间断。

等着听瓜籽皮落地的声音的时候，正好可以听见周围的其他声音，交通噪音，冰箱，其他人工作的声音……

八、 脑子

嗑瓜籽的时候什么都可以想，也可以什么都不想。

最好不要专注想一件事情，包括嗑瓜籽本身。

九、 呼吸及其他

普遍来说，腹式呼吸很好，没有这样的习惯则不必勉强。

嗑瓜籽的时候，没有必要去关注其他的事情。如果出现了幻觉，就任由它继续，或者消失。如果突然领悟到了真理，也不要当回事，不要停下来。

十、 一个人以上

不存在两个人或者大家一起嗑的瓜籽。每颗瓜籽都是被一个人嗑开的。

所以不管是几个人，都要记住自己在独自嗑瓜籽。

可以把其他人嗑瓜籽的声音，当作环境声音的一部分来听。

十一、 停止

不要想停下来。停不下来的话更不要强迫自己停下来。

最好事先准备好适当的量。例如，打算嗑 2 到 3 个小时的话，可以准备半斤瓜籽。

如果一定要在中途停止，最好在念头一起的时候马上停下来。这种能力需要经过多次训练。

十二、 总结

嗑瓜籽没有境界高下之分，不必执著追求提高。

嗑瓜籽可能对身体有好处，也可能有坏处，不必在意。

外国人也可以嗑瓜籽，但不要作为一个外国人来嗑。更不要作为一个中国人来嗑。

为自己而嗑瓜籽，即使是面对录音机或者镜头，或者面对观众。

后记

2008年底，我的生活发生了一些变化。包括终于能早睡早起了。也愿意再写点文章。

这些都是那之后写的。有的是杂志约稿，有几篇是唱片内页，或者画册文章，其余多数是旅行中写的笔记。写法并不一致，想法也在变，还有很大一部分属于车轱辘话。

要说这本集子的主题，就是声音、旅行和作为一个失败者的思考。

思考这个词，我不确定自己是不是配得上，不过那些时候是认为自己在思考的。暂且这么用一次吧。时间过得快，以后可能不会这样想了，也不这样写了。

感谢那些单纯的人，我说的反话，都被你们正着读了。

颜峻

2015年1月，青年路

后记的后记

快过年了，把手头的工作放一放，来给终于要出版的集子送个行：又读了一遍这些文章，改了些词，删了两三篇，然后再塞回去几篇之前删掉的。

我也回忆了一下，发现一个规律：这里面的确有几篇是发表在杂志上的，不过这些杂志，在发表过我的文章之后，要么改版，要么编辑辞了职，甚至也有关张大吉的。要么编辑就写一封婉转的信：我们这边有所调整，您暂时不用写了。

也有一些是被误读了的，有一本艺术杂志的编辑说："摇滚不死，艺术永恒，每个人都有一个梦想，哈哈哈，这是我今年听到的最好笑的话了。"

我想这是不好的。我又不是董其昌，每一笔都要有出处。典故太多，反讽，信息密集，这些风格化的表演，的确让人不好消化。再说，干货呢？干货总是直接的。干货也可能不好消化，但至少是直接地不能消化。我还真是给大家添了麻烦呀。

当然，这是我现在的想法，也并不是自我批评。我还是喜欢自己写过的东西。尽管有时候它们引发了尴尬的后果。

希望以后给大家添的麻烦，包括尴尬，能够更直接一些吧。

颜峻

2018 年 1 月，十里堡

图书在版编目（CIP）数据

噪音与世界末日/颜峻著. -- 上海：上海文艺出版社,2020

ISBN 978-7-5321-7610-6

Ⅰ.①噪… Ⅱ.①颜… Ⅲ.①随笔－作品集－中国－当代 Ⅳ.①I267.1

中国版本图书馆CIP数据核字(2020)第059009号

发 行 人：陈　徵

责任编辑：胡远行

封面设计：朱云雁

书　　名：噪音与世界末日

作　　者：颜　峻

出　　版：上海世纪出版集团　上海文艺出版社

地　　址：上海绍兴路7号　200020

发　　行：上海文艺出版社发行中心发行

上海市绍兴路50号　200020　www.ewen.co

印　　刷：上海华教印务有限公司

开　　本：787×1092　1/32

印　　张：11

插　　页：2

字　　数：210,000

印　　次：2020年6月第1版　2020年6月第1次印刷

I S B N：978-7-5321-7610-6/I · 6055

定　　价：35.00元

告 读 者：如发现本书有质量问题请与印刷厂质量科联系　T：021-66243241